이동희 창작집

아직 끝나지 않았다

풀길

|목차|

이동희 창작집

아직 끝나지 않았다

서·다시 한 번 시도하며

무엇을 썼는지 모르지만 50년 가까이 쓰다 보니 여러 가지 경향이 있다. 얼마 전 『노근리 아리랑』『죽음의 들판』을 내놓았는데 이 작품도 그와 비슷한 경향이라고 할 수 있다. 우리 민족에 대한 얘기, 한국전쟁과 통일에 대한 생각이며, 그 시공 속에 숨쉬고 있던 나의 체험적 상상력을 써 보고 싶은 것이다.

『죽음의 들판』에서 미군에 의한 농민학살 얘기를 쓰며 많은 울분을 터뜨렸었는데, 여기서는 그 100배 아니 1,000배 2,000배도 넘는 민족 학살 사건을 들추어보며 그것이 다른 사람도 아닌 바로 우리가 저질은 일임에 틀림없는데도 60년이 지나도록 묻어두고 누구 하나 잘못했다는 주체가 없으니 참으로 어이가 없다.

편집자와도 얘기했었지만 이와 같은 것들은 소재이고 제재일 뿐이고, 그것으로 우리의 삶을 얘기하는 것이다. 소설의 주제란 어떤 작품이든 인생의 의미를 말하는 것이다. 나의 필치로 그리는 것은 빙산의 일각일 것이고, 줄곧 시도하여 온 소설기법이 그 전체 그림을 형상하리라 기대해 본다.

내게 있어서 작품은, 긴 것이 됐든 짧은 것이 됐던 늘 설레고 두렵고 산모와 같은 산통을 겪는다. 이 또한 예외가 아니었고 어느 때보다도 난산이었다. 제목처럼 이 작품은 아직 끝나지 않았다. 계속 마음에 드는 것이 빚어지길 기원하며, 많은 제보와 편달을 부탁한다.

　「아들의 만남」은 이 작품과 같은 제재이다. 「아직도…」는 자식이 아버지를 만나는 얘기라면 「아들의…」는 아버지가 자식을 만나는 것이다. 얼굴도 모르는 혈육을 처음 만나는 우리 민족의 자화상이다.「멀리 멀리 갔었네」연작은 나의 신앙백서이다. 답을 찾지 못해 끝을 내지 못하고 있다.

　머리가 허연 택시 운전기사에게 묻는다. 80까지는 하실 수 있겠지요? 그래야지요. 글을 쓰는 것도 그 이상은 안 될 것 같다. 더 살게 되면 표지 목차만 보았던 책들을 다 읽으리라.

경인 하일
歸耕齋에서
저자

신과의 약속
-멀리 멀리 갔었네 1-

　어느 약속보다도 중요하고 꼭 지켜야 될 것이 혼인에 대한 약속일 것이다. 당신과 결혼을 약속한다. 그리고 그것을 평생토록 지킨다. 그런 것이 약혼일 것이다.

　그런 약혼을 가볍게 할 수 있는가. 혼인을 빙자하여 이것저것 갈취하려는 사람들이야 참 사람이라고 할 수도 없는 것이고 아무리 성실하게 잘 지키려고 해도 마음먹은 대로 잘 안 되는 일이 얼마든지 있다. 그러나 우선 당장에 확고한 자신이 없는 것을 지키겠다고 말할 수는 없는 것이다.

　"그래요? 어째 그럴까요?"

　그가 교회에 나가겠다는 약속을 당장 할 수 없다고 하자 그렇게 묻는 것이었다. 실망어린 어조였다.

　약혼 아니 결혼의 몇 가지 조건 중에서 제일 첫째가 교회를 다녔으면 좋겠다는 것이었다. 그것을 본인도 아니고 장모될 분이 깐깐하게 따지었다.

　장로의 딸이고 선배인 그 교회 목사가 중매를 서는 혼담이었다. 장로의 사위가 될 사람이 교회를 다니지 않아서는

안 되지 않느냐 하는 것이었다. 그래야 말이 되었다. 그럼에
도 불구하고 그는 그 대답을 얼른 할 수가 없었다. 결혼에
대한 약속도 어렵지만 더 어려운 것이 신(神)과의 약속이다.
아무리 좋은 자리(가령 말이다)라고 해도 그런 인류지대사의
약속을 함부로 할 수가 있는가.

"글쎄 제가 지키지 못할 약속을 할 수는 없고 앞으로 교
회에 나가봐서 좋으면 나가겠다 그말입니다."

그는 참으로 냉담하였다. 그러나 일부러 그런 배를 튕기는
자세를 취한 것은 아니고 그저 사실을 그대로 말할 뿐이었
다.

"그러면 나가보고 싫으면 안 나가겠다 이 말인가요?"

장모될 분 정집사도 계속 냉정하게 물었다. 그것이 제일
중요한 조건이었기 때문이다.

"그거야 그럴 수밖에 없지 않습니까? 억지로 신앙을 가질
수가 있겠습니까? 그렇게 되는 것도 아니지 않습니까?"

그렇게 또 말하자 정집사는 더욱 실망의 표정을 감추지
못한다. 목사가 소개한 사람이 어째 그렇단 말인가, 그런 표
정이 역력했다. 다른 것이 또 월등히 뛰어나고 특출한 데가
있으면 모르겠는데 인물이 꾀죄죄하지, 가난하지, 직장 하나
있다는 건데 그것도 사립학교 교사이다. 그런데 또 무엇을
쓴다고 했다. 아니 쓰겠다고 했다. 그것이 오히려 불안하게
생각되어지는 것이었다. 그런 정집사에게, 그것은 비단 그녀
뿐 아니라 다른 사람들이 그렇게 생각하고 있는지도 모르고
또 창호지로 바른 문을 사이한 건너방에서의 대화가 다 육
성으로 중계가 되고 있는 터에, 어떻게 허튼 이야기를 할 수
가 있으며 더구나 환심을 사는 값싼 수작을 할 수가 있는가.

그럴 수기 없었다.

　좌우간 일당 백까지는 안 되고 그 혼자 몇 사람의 공세에 맞서야 하는 데 대한 꿀림이나 쫓김은 없었다. 그는 차분히 마음을 가라앉혀 이야기를 하는 대로 다 듣고 또 표정을 다 살펴서 또박또박 쉽게 답변을 하였다. 어디서 그런 여유가 생기는 것이었을까. 하나도 조급하지가 않았고 두렵지가 않았다. 어쩌면 그것은 이 혼담의 절대성을 느끼지 않았기 때문인지도 몰랐다. 꼭 이 혼담이 이루어지지 않으면 안 된다는 강박관념이 그에게는 없었던 것이다. 그것은 뭐 이 집의 둘째 딸 호선에게 끌리는 매력이 적다든가 결혼 당사자에 절대성이 아니고 결혼 그 자체가 그렇게 절실하게 느껴지지가 않은 것이었다. 그것도 또 그렇다. 사람이 마음에 쏙 들면 다른 여러 가지 조건들이야 뭐 봄눈 녹듯이 다 녹아 잦아지는 것이 아니냐고. 그럴 수도 있을 것이다. 그러나 그녀에게 그렇게 사람을 갑자기 잡아끄는 마력은 느껴지지 않았고 읍내 다방에서 두 시간이나 얼굴을 마주 보고 이야기를 나누었지만 조그만치도 헛점을 보이지 않으려는 조심성만이 떠오르는 여인이었다. 어떤 용모를 가지고 얘기하는 것이 아니고 전체적인 느낌이 그랬다. 순박하고 건강한 이 시골 농촌 여성에 대한 매력을 따지기에 앞서 그에게는 몇 가지 조건이 있었던 것이다. 그의 제1조건은 부모를 모셔야 한다는 것이었다. 맏이도 아니고 지차인데 그것도 성격이 꽤 까다로운 시어머니를 모셔야 된다는 조건을 미리 제시하였던 것이다. 그러자면 자연 시골 출신으로 건강하고 순박하고 가급적 덜 똑똑할 필요가 있다고 생각하는 그였다. 그런 면에서 그녀는 오히려 넘치었다. 그러나 또 그런 딩사자가 문세가 아니었다. 그에게는 아직 뭔가 이루지 못한 꿈으로 하여 결혼이다 살림이다 하는 것은 거리가 느껴졌던 것인데 그 꿈을 이루기 위해서 이런 직장 여성 - 그녀도 교사였다 - 을 만나는 것이 좋겠다고 김목사가 천거한 것이다. 그리고 한번 보기만이라도 하라는 것이었다. 마음에 안 들면 그만두면 되지 않느냐고, 그런데 마음에 쏙 들거라고. 그는 선배인 김목사의 면을 봐서라도 그냥 한번 보고 마음에 든다 안 든다 할 수가 없었다. 그래서 이런 어색한 대좌까지 오게 된 것이다. 알고 보니 김목사는 그가 교회를 나갈 것이라고 얘기하였다는 것이고 나가고 있다고 얘기했다기도 하고 거기서부터 혼담이 출발되었던 것이다.

"그동안 교회를 좀 나가보니까 좋은 것 같애요. 전에도 더러 나갔지만 요즘 다시 나가봤는데 여러 가지로 느낀 것이 많습니다."

그는 그렇게 솔직하게 고백을 하였다. 그러자 정집사의 표정이 다소 밝아지고 다시 그에게 다그쳐 물으려는 자세여서 계속해서 말하였다.

"그러나 아직 마음의 결정을 내리지는 못하겠고 좀더 나가봐야 되겠습니다. 낚시를 하고 등산을 하여 하루 종일 술을 마시고 취해 돌아오는 것에 비하여 배우는 것도 많고 마음에 와 닿는 것이 있어요. 너무 방황을 하고 있구나 하는 생각도 들고."

"술을 많이 하세요?"

정집사는 그것이 또 제일 걸리는 모양이다.

"예 많이 했지요."

"술이 그렇게 좋아요?"

"좋지 않은 것을 먹을 리가 있습니까? 그리고 뭐 성경에도 술 마시지 말라는 말은 없는 것 같던데요."

점점 한다는 말이 어깃장을 놓기만 하였다. 그런데 그것은 정말 일부러 그러는 것이 아니고 사실대로 솔직하게 말하는 것이었다. 그에게 병이 있다면 너무 솔직한 것이었다.

"그렇게 성경을 자세히 읽어보셨어요?"

"읽어는 봤어요."

"그런데 믿고 싶은 생각이 안 드시던가요?"

또 그렇게 얘기를 끌고 가려 한다.

"안 든다기보다 아직 때가 안된 모양이지요."

아무래도 마음에 차지 않는 대답이다. 그래도 조금이라도 미쁜 구석을 보여 주지 않고 겉으로만 빙빙 도는 듯한 대화에 정집사는 맥이 빠지고 만다.

그러나 그로서는 중요한 한가지 얘기를 더 하여야 했다. 그냥 넘어가면 나중에 딴소리를 한다고 할지도 모를 일이다. 적어도 그는 믿음은 없더라도 교회에 나가지는 않더라도 신의만은 저버리고 싶지 않았던 것이다.

"그런데 저에게는 믿느냐 안 믿느냐 교회를 나가느냐 안 나가느냐 하는 것이 문제가 아니라 하나의 교를 믿어야 하는가 하는 것이 문제입니다."

"아니 그건 또 무슨 얘기지요?"

못 알아들어서가 아니라 얘기가 아주 엉뚱하게 되어 버린 것이다. 너무도 어처구니가 없는 정집사였지만 그러나 이렇게 얘기를 끝낼 수는 없었으므로 그의 이야기를 들어 주었다.

그는 어느 한쪽 종교를 믿을 수가 없다는 것이었다. 문학을 연구하고 작품을 쓰겠다는 사람이 어느 하나의 교리만 신봉을 한다면 다른 수없는 종교에 대해서 무시를 해버려야 되는데 그렇게 편파적이고 편협하여서는 안 되고 타종교에 대해서는 다 부정을 한다든지 매도를 한다든지 하는 자세로 는 안된다고 하였다. 그렇게 해 가지고는 하나의 종교를 위한 작품밖에는 쓸 수가 없지 않겠느냐는 것이었다.

이 이야기는 딸에게도 하였다. 호선은 그 말을 반박하지 못하였다. 문학이 그런 거냐고 반문하기만 했다. 그러나 어머니는 그런 반문도 할 지식이 없었다. 다만 그렇게 마음에 안 들 수가 없었고 더 얘기를 하고 싶지 않았다. 김목사가 원망스럽기만 하였다.

"이것 좀 들어보세요."

정집사는 앞에 내놓은 자두와 계란을 들라고 권하였다. 이야기는 더 할 것이 없을 것 같고 대접이나 해서 보내려는 것이다. 실은 계속 물어대어 무엇을 먹을 수가 없기도 했던 것이다.

그는 또 그 말만이라도 들어주어야겠다는 듯이 자두를 한 개 집어서 깨물어 먹었다. 그리고 나서 다시 날계란을 구멍을 뚫어 두 개를 거푸 마시었다.

"그런 생각을 가지고 있는 제가 교회에 나가서 제대로 믿을 수가 있을까, 그것이 걱정입니다."

그는 이번에는 먼저 얘기를 꺼내어 마무리를 지으려고 하였다.

"그렇겠네요."

정집사도 고개까지 끄덕이며 그런 의견에 동의를 하였다. 이야기는 완전히 담 넘어간 것이라고 생각하면서. 오히려 그렇게 말하는 것이 속이 편하고 손님 - 참 보통 손님인가, - 대접이 될 것 같았다.

그런데 그는 거기서 튕겨져 나간 고리를 하나 붙들듯이 말하였다.

"그러나 결론을 내린 것이 아닙니다. 노력하는 데까지 해 보겠습니다. 조금 더 나가보고 결정하겠습니다."

참으로 정중하고 신중하고, 마음에 들진 않지만 나무랄 데 가 없는 대답이었다.

그런 희망, 절대로 허튼소리 흰소리는 하지 않겠다는 솔직함의 고리는 결국 걸리게 되었다. 어머니가 마음에 안 들어하고 또 다른 누가 반대를 하였는지 모르지만 장본인인 호선이 결혼을 하겠다고 나서 약혼 날짜를 받아 보낸 것이다. 그것도 여름방학에 들어서는 첫 토요일로 날을 잡은 것이다.

거기에는 물론 두 사람의 만남이 몇 번 있었고 그가 제시하는 조건도 수용하겠다는 의사가 있음으로 내려진 결론이었다. 그런데, 그렇게 해서 하나의 혼약은 이루어지고 또 결혼을 하고 아들 딸 낳고 집도 장만하고 하는 생활로 이어졌지만, 그 믿음의 문제는 한동안 참으로 오랫동안 엉거주춤한 상태로 방황을 하였다.

두 사람의 손을 성경책 위에 올려놓고 김목사는 기도를 하였다. 죽음이 두 사람을 갈라놓을 때까지 서로 믿고 사랑하는 부부가 되게 하여 달라고. 복의 근원 강림하사…… 사랑의 찬미를 불러 가며.

먹구름 속의 장마비가 이날 약혼식날을 기하여 말끔히 걷히고 긴 여름방학의 첫날에 베풀어진 축제는 참으로 푸근하였다. 양쪽의 가까운 친인척 친지 친우의 대표들이 더 흰지리에 모이고 마을 교인 대표라고 할까 권사 집사들이 다 참석을 하였고 목사는 중매인이고 장로는 혼주였으니 말할 것도 없고.

식이 말하자면 교회식인 셈이어서 일요일은 피하였으며 음식도 여러 가지 다 갖추었지만 술은 빼놓았다. 그러나 그는 축하를 받기에 바쁘고 분위기에 얼떨떨히 취하였다. 처형이다 처제다 처남이다 동서다 이질이다, 그리고 동네 사람들이나 교인들과의 수인사에 정신을 차릴 수가 없었다.

"얘들아, 이모부 될 분이시다. 절 해라."

장로가 될 정집사가 아이들(이질)을 한꺼번에 절을 시키자 빼액 울음을 터뜨렸는데 아이들뿐 아니라 그도 갑자기 이모부라는 호칭이 얼떨떨하여 촌수(?)를 댈 길이 없었다. 그의 이모 이모부를 떠 올려 보았지만 소용이 없었다. 매형, 형부는 알겠는데 또 왜 그렇게 처제들이 많았는지 마치 이상한 환상의 꽃밭에 불시착을 한 것 같았다.

교인들은 또 곤란한 질문을 던져대는 것이었다.

"어느 교회에 나가시지유?"

"직분을 뭘 맡고 계시는가유? 집사이신가?"

"아, 예, 아니요."

"무슨 대답이 그래유?"

그러나 그런 대답이 문제될 것은 없었다. 그의 틀린 답도 다 맞게 생각하는 시골 마을 사람들, 또 장로님댁 사윗감이라고 하는 대단히 선택된 사람, 그것도 목사가 다리를 놓은 자리에 대하여 그저 달아보고 싶을 뿐 그 이상 이러쿵 저러쿵 찧고 까불지는 않았다.

"그냥 어느 교회에 나간다고 하시면 될걸 뭘 그렇게 쩔쩔

매셨어요?"

이렇게 넌지시 압력을 넣는 듯한 약혼녀의 마음씀이 또 문제될 것도 없었다. 그저 뜨 약하여 해본 말에 불과한 것이니까.

"거짓말을 하고 싶지는 않았어."

그것이 또 솔직한 그의 심정이었던 것이다. 어쩌면 그의 그런 솔직함, 거짓을 싫어하는 진실함이 신앙 또는 믿음을 대신하는지도 모른다. 그 뒤, 얼마 뒤까지도 말이다.

약혼여행 때, 그 다음 다음주던가, 둘이 같이 여행을 떠났는데 처음에는 대천 해수욕장으로 교회분들과 같이 가게 되었다. 목사, 장로 그리고 몇 사람의 재직들이 하계 휴양을 하는 것이었다. 거기서 어떤 목사가 설교를 하였다. 매일 한 차례씩 설교를 하는 것이었는데 그 일정의 중간에 당도한 그는 본능적으로 발이 멈칫하여 안으로 들어가지 않고 밖에서 서성거렸다.

"안으로 들어가시지요."

호선이 그를 안으로 들어가자고 하는 것이었다.

"글쎄, 뭐 여기 있지요 뭐."

그가 웃으면서 사양하였다.

"그래도 이왕 이까지 오셨으니 들어가셔서 애길 들어보시지요."

그녀도 웃으면서 다시 권하였다.

"여기서도 다 들리네요. 뭐. 전 여기 있겠어요. 어서 들어가시지요."

억지로 잡아끌었으면 못 이기는 척하고 - 물론 그것을 원한 것은 아니지만 따라 들어갔을지도 모른다. 그러니 호선은 입가에 웃음을 담아가지고 몇번 권하다가 손목을 잡아끌지는 못하고 들어가는 것이다. 그녀만이라도 구원을 받겠다는 것이라기보다 자신만이라도 아버지의 품에 있고 싶어서였는지 모른다. 그녀만이라도 신실한 딸이 되고 싶었는지 모른다. 불신자에게 끌려다니지 않고 말이다.

천막 안에 설치한 임시교회에서의 설교는 창문·- 이랄까 환기 구멍 - 을 통해서도 잘 들리었다.

전쟁터에 남편을 보낸 여인이 힘겹게 살고 있었다. 온갖 고초를 나약한 여자의 몸으로 다 겪으며 식생활을 해결하고 자녀 뒷바라지를 하면서도 그녀는 힘들지가 않았다. 언젠가는 돌아올 남편에 대한 기대와 희망과 믿음은 그녀에게 힘을 주었으며 고통을 즐거움으로 바꿀 수가 있었다. 그러나 어느날 그녀에게 남편의 전사 통지서가 날라 온다. 슬픔에 싸인 여인은 힘을 잃고 모든 희망과 기대를 저버린 절망 상태가 되어 고통 속을 헤매었다. 믿음을 잃었을 때 꿈도 잃게 되었다.

이런 6·25때 전쟁 미망인의 예화를 통해 목사는 신이란 무엇인가 믿음이란 무엇인가 하는 것을 얘기하려고 하였다. 이 여인에게 남편은 믿음이요, 신이었다. 남편이 돌아올 것을 기대하고 믿고 있을 때 여인에게는 신이 있었다. 그러나 남편이 죽었다는 통지이후 여인은 절망상태가 되었고 신이 죽었다. 신이 있을 때 힘과 용기와 기대와 희망이 있었지만 신이 죽었을 때 고통만이 남았다. 신이란 무엇인가. 믿음이란 무엇인가.

그는 해질녘의 해변으로 터덜터덜 걸어나갔다. 유난히 붉은 태양의 서편하늘에 크게 걸려 있었다. 신이란 존재, 믿음의 문제가 그에게는 그렇게 심각하지도 않았고 그에 대한 접근이 그렇게 급박하고 절박하지도 않았다. 라기보다 적어도 저 아름다운 태양, 저 낭만적인 바다, 인어와 같은 미끈미끈한 여체들, 무도회처럼 하늘을 나는 갈매기떼들이다 시의 창조물이란 생각을 하고 있지는 않았다. 그저 그냥 아름다웠고 너무나 할 일이 많았다.

붉은 저녁 노을에 젖어 젊음의 교향악과 같은 해변을 터덜 터덜 걷고 있는데 아는 얼굴이 나타난다.

"마치 길 잃은 한 마리 양 같애요."

호선이다. 참으로 반가운 얼굴이다.

"그렇게 애처러워 보이세요?"

"뭐 애처롭다기보다…… 호호호호… ."

호선은 웃음으로 하고 싶은 말을 감싸서 모래 사자에 묻어 버린다.

"물 위에 기름처럼 떠돈다 그 말인가요?"

그냥 그렇게 지나가도 될 일이지만 그는 동정을 받는 것 같은 느낌이 들어 짓궂게 물어 보았다.

"네 맞아요. 호호호호……"

그녀의 웃음은 말하자면 이쪽이나 그쪽을 보호하기 위한 것이었다.

"하하하하……"

맞받아서 그가 크게 웃어버리자 호선이 깜짝 놀라는 것이었다.

"그건 호선씨도 마찬가지입니다."

"네? 어째서요?"

"한 번 보세요. 우리만 이렇게 정장을 하고 무슨 교향악단의 지휘자 같지 않아요?"

그가 비키니 해수욕복 차림의 젊음과 자연에 도취되어 술 렁이며 어우러지는 해수욕 인파들을 돌아보며 말하였다.

"네? 정말 그렇군요! 마치 두 마리의 펭귄이 서 있는 것 같군요."

"하하하하…… 그렇잖아요? 하하하하……"

그는 호선을 끌어안았다.

그녀는 부끄러워 빠져나가서는 대신 팔짱을 끼었다.

그렇게 엉뚱하게 끌고 가 버렸다. 신이다 믿음이다 하는 회의와 물음과 대답에 앞서 젊음이 앞섰고 아직은 인생이 즐겁기만 했고 삶과 죽음은 무한한 사고 또는 연구의 대상 일 뿐이었다. 아니 삶, 인생을 바라보는 것이 아니라 그 속 에 들어 있었던 것이다.

언젠가부터 그는 계속 밖에서 헤매고 있는 것이다. 잃어버 린 양이라고 할지 아직 돌아오지 않은 탕자라고 할지…….

그날 그는 호선을 그 하계 휴양 교회 천막에서 약혼녀만 을 빼어 내어 장항선을 더 타고 내려갔다. 판교에서 내려 부 여 친구의 집으로 갔고 거기서 친구는 밤새도록 술을 낼 준 비를 하였다. 그러나 거기서도 빠져 나와 백마강가의 조그만 여인숙으로 갔다. 그의 세속적 욕망에서일까, 어쩌면 그것은 출발할 때부터 의도된 것이었는지 모르지만, 그의 고집대로 이리 저리 일정을 궁글리었다.

"나, 이선생의 인격만 믿겠어."

대천을 떠날 때 김목사는 장인될 분을 앞에 놓고 말하는 것이었다.

"어딜 가려고 그래. 뒷방을 깨끗이 치워놨으니께 여기서

자. 술을 밤새도록 먹자고는 안 할게. 원 사람도 참! 왜 그러
나 모르겠네!"

　친구는 또 그들을 붙들다 못해 원망을 하는 것이었지만
그의 고집을 껄일 수는 없었다.

　다른 사람, 아는 사람 가까운 사람의 시선이 없는 곳으로
가고 싶었던 것이다. 그러나 그의 그 얄팍한 욕망은 너무나
의지가 굳고 강한 호선이 문을 열어 주지 않아 이루어지지
않았다. 어쩌면 그것은 신앙심 때문인지도 몰랐다. 그러나
이튿날 낙화암 백화정, 구경을, 조룡대 구경을 즐겁게 하였
으며 그 수없이 물 속으로 떨어지던 꽃의 의미 또는 백마를
미끼로 용을 낚는 의미를 그들 아직 일천한 인연인대로 사
랑 삶의 의미로 되새겨 보면서.

　결혼을 그 해 11월 춥기 전에 하게 되었는데 그는 교회에
서 혼례를 치르는 것을 반대하여 - 반대라기보다 좌우간 달
리 하기를 원하여 - 토요일 시내 예식장에서 하고 그대신
주례를 어느 교회 장로인 그의 학교 교장을 세우기로 하였
다. 절충식이었다. 주례는 성실하고 항상 감사하는 생활, 믿
는 생활을 하라고 또 절충식 주례사를 하였다.

　그런 이후 신혼여행 중에도 교회에 같이 나갔으며 언제나
일요일이면 특별한 볼 일이 없으면 아내와 함께 교회에 나
갔다. 한 팔엔 성경 찬송가를 끼고 한 팔은 아내가 팔짱을
끼고. 또 그뿐만 아니라 그 뒤 태어난 아이들도 다 유아 세
례를 받았으며 믿지 않던 어머니까지 교회에 같이 나가게
되었다. 그 뒷날 애기지만 아이들은 또 자라서 초등반 중등
반 반장도 하고 찬양대에서 찬양을 하기도 하고 피아노 반
주를 하기도 하고 기휘도 하고 교사도 하였다.

문제는 그였다. 그가 처음엔 열심히 교회를 나갔었지만 차츰 차츰 빠지기 시작했고 또 빠지지 않더라도 교회에 나가 앉기만 하면 졸리었다. 수업시간에 조는 학생의 심정을 강습을 받을 때 졸면서 이해할 때가 있었는데 좌우간 꾸벅꾸벅 졸기만 하는 그를 옆에서 아내가 자꾸 꼬집어대는 것도 한도가 있는 것이었다. 한두 해도 아니고 10년 20년도 아니고 말이다.

결혼 초부터 아니 결혼과 동시에 어쩌면 그 전부터 교회는 열심히 다녔다. 열심히라기보다 자주 많이 다녔다.

처음 약속은 그런 것이 아니었다. 호선, 그러니까 아내나 또 장모와는 나가 봐서 좋으면 다니겠다고 하였다. 나가 봐서 좋지 않으면 안 다니겠다는 얘기도 되지만 어디까지나 긍정적으로 얘기한 것이고 또 받아들인 것이었다. 그러나 나가본다는 것은 한두번만 나가 봐가지고 되는 것이 아니었다. 어떤 분위기를 이해를 하려 하는 것인데 겉으로만 봐서 파악되는 것도 아닐 것이다. 그러자니 자연 어떤 기한도 없이 나가게 된 것이다.

좀 더 솔직히 말하자면 어느 사이 아내와의 사랑이라고 할까 정이 형성되어 그녀가 간절히 원하고 있는 부분에 대하여 소중히 생각하고 싶었던 것이고 그것을 추구하고 싶었던 것이다. 아니 그것도 솔직한 것이 아니고 - 정말 왜 이렇게 우회를 하고 있을까? - 아내에게 묶이고 끌리고 있었던 것이다. 그녀의 생각 여하에 따라, 기분 여하에 따라 집안, 가정의 기상도가 정해 지는 터이니까 지레 알아서 기었던 것이다. 아부나 아양이라고 할 것까지야 없겠지만.

좌우간 일요일날 특별한 일이 없는 한 아내와 같이 교회를 가서 예배를 보았다. 물론 부득이한 일이 있을 때는 그 일을 보았다. 그것마저도 어느 것이 중요하냐, 무엇이 중요한 것이냐를 따지기도 하였다. 세상의 일보다 세속적인 일보다 영원한 세계로의 구원이 중요하지 않으냐고 말이다. 그러나 그는 아직 그런 식의 얘기에는 공감을 하지 못하고 있었던 것이다.

"아직 시간이 많은데, 뭐 그렇게 서둘 게 없잖아?"

그는 웃으면서 가볍게 그런 얘기를 물리친다.

"시간이 그렇게 많은 게 아니에요."

아내는 또 그렇게 근엄하게 나왔다. 아내뿐 아니라 믿음이 돈독한 모든 사람들이 그렇게 얘기하였고 그런 태도의 그를 그 믿음이 약한 것을 아쉽게 생각하고 동정 어린 시선으로 바라보는 것이었다. 그는 또 그런 시선을 그렇게 따갑게 느끼지는 않았다. 한마디로 그런 말에 대하여 별로 실감을 느끼지 않고 있었다. 아직 살 날이 많은데 죽음에 대한 준비, 천당 갈 걱정은 안해도 된다는 얘기가 아니라, 그리고 죽음에 대한 두려움이나 내세에 대한 준비 같은 것을 절실하게 느끼지 않았다기보다도 아직은, 아직은 그런 생각에 얽매이기보다는 현실에 충실하고 싶었다. 너무나 현실에 바쁘게 뛰어다니고 있기 때문이었는지도 모른다. 어떻든 그가 교회를 잘 나갔다는 얘기가 아니라 거의 일요일마다 나갔다는 얘기를 하고 있는 것이다.

결혼 초에는 서로 떨어져 있었다. 한 주일은 그가 내려가고 한 주일은 호선이 올라왔다. 직을 옮길 수가 없어서였다. 직을 그만 둘 수는 더구나 없었고 조만간 서로 한 지역에서

- 아내가 올라오는 것이지만 - 근무하게 되기를 기대하고 그런 노력도 하고 있었던 것이다. 그것이 2·3년 계속되었는데 기차를 타고 내려가고 또 기차로 올라오고 마중을 나가고 배웅을 나가고 일주일 동안을 기다리고 편지를 쓰고, 그리움이 쌓이었고 만남의 주말을 위해 일주일을 사는 듯 했다. 일주일 만에 만난 부부는 아무런 이견 이의가 있을 수 없었다. 어느 쪽에서든 원하는 대로 응하였고 요구하는 대로 끌리어 갔다.

아내가 교회에 나가는 동안 그는 드러누워 잘 수도 있었고, 일보따리를 싸가지고 다니는 그인지라 일을 펴놓고 할 수도 있었다. 사실 기찻간에서도 자리만 잡는다면 내릴 때까지 줄곧 책을 보거나 글을 써 대었다.

하지만 일주일 만에 만난 처지에 떨어져 있고 싶지가 않았다. 그것이 그가 내려갈 때의 경우는 더욱 그랬다.

아내의 학교 근처에 방을 얻고 살았었는데 그 동네의 교회에 나갈 때도 그랬고 또 얼마 떨어지지 않은 처가 마을의 교회에 나갈 때도 그랬고 나란히 교회에 나갔다. 요는 철저한 들러리가 되어 주어야 했다.

아내는 그것을 강요하지는 않았다. 또 그도 그런 강요에 끌려갈 생각도 없었다. 그러나 그런 강요에 끌려갈 생각도 없었다. 그러나 화장을 부지런히 한 다음 옷을 차려 입고 성경책을 옆에 끼고 그에게 다만 이렇게 물어보는 것이었다.

"안 가실래요?"

그녀의 자세는 아니라는 대답만 나오면 얼른 문을 열고 혼자 갔다 오겠다고 할 것 같았다.

"안 가면 안 될까?"

그는 내심과는 달리 한 박자를 더 두었다.

"좋으실 대로 하세요."

호선은 또 급하지가 않았다. 단수가 높았다고 할까. 언제나 그보다는 머리 회전이 빨랐다.

호선은 다시 혼자 나갈 자세였다.

"아니 날 잡아 끌어야지. 그렇게 해 가지고 되겠어."

그는 또 한 번 버티어 보는 것이었다.

그랬을 때 아내의 반응은 두 가지였다. 하나는, 저는 강요하지 않아요. 강요한다고 되나요? 하고 역시 고단수를 쓰는 것이었고 또 하나는, 그것이 더 높은 단수였는지 모르지만

"자, 자, 이렇게 끌께요. 어서 옷을 입어요."

그렇게 끌어 일으키는 것이었다. 그리고 그가 바지를 입으면 상의를 입혀 주는 것이었다.

그러느라고 교회는 항상 늦게 가게 되고 뒷자리에 앉게 되었다.

처가에 갈 때는 교회에 안 나갈 때가 거의 없었다. 장로요 집사인 장인 장모와 같이 교회에 가기 위해서는 그렇게 늦잠 잘 수가 없었다. 그래서 앞자리에 나란히 앉게 되기도 하고, 또 느닷없이 특송을 시키기도 하였다.

"장로님 가족들이 나와서 특송을 해 주시겠습니다."

목사의 이와같은 얘기가 떨어지면 도저히 사양할 수가 없는 처지가 되었다. 그만 떨어져 앉아 있을 수도 없고, 그럴 때는 그에게 무슨 찬송을 부를까, 하고 물어봐서 그가 부를 수 있는 것을 선택하긴 하지만 그런데 그가 자신있게 부를 수 있는 찬송가가 별로 없었다. "멀리 멀리 갔더니……"를 겨우 부를 수 있는 정도였다.

어떻든 처가에 갈 때는 그는 남보기에 참으로 신실한 교인이 되었다. 그들 앞에서 언제나 인사를 시키고 특송을 부르고 특별한 신자가 되었다. 물론 그때까지 아직 나가 보는 단계였던 것이지만 그런 티는 일부러 낼 필요가 있었던 것도 아니었다. 또 그에게 확인하기 위해 가령 장모 같은 분이,

"어떻게 나가 보니까 좋아요? 좋지요?"

하고 묻기도 하였다.

어쩌면 당연히 그렇게 동화되게 되어 있고 신앙의 힘이 얼마나 큰 힘이 큰 것이라는 것을 거역할 수 없을 거라고 믿고 있는 것인지도 몰랐다.

크리스마스 때는 방학이 시작되는 때인데 언제가 처가로 가서 축제 분위기의 크리스마스 행사속에서의 휴가를 보냈고 그런 신앙의 성(城) 속에서 마치 성주(城主)의 딸과 같이 군림하는 착각에 빠지기도 하였다.

그것이 착각이 되었든 뭐가 되었든 행복했던 시간들이었음은 부인할 수가 없다. 그때까지 별 갈등이 없었고 그런 신앙의 외형만이라도 갖추었을 때는 작죄(作罪) 적악(積惡)과는 관계가 참으로 멀었던 것이다.

아내가 그에게로 오는 주일에도 가급적 교회를 나갔다. 이사를 많이 다녔는데 이사 가는 곳마다의 교회에 나가 목사의 심방을 받곤 하였다. 한동안은 버스를 한 시간씩이나 타고 이름있는 y교회 같은 데를 다니기도 하였다. 참으로 설교를 잘 하는 한목사의 화법에 매료되기도 하고 그 교회에 나오는 한다는 인물들, 저명인들을 만나는 것을 의의로 삼기도 하였다. 그 교회는 참으로 신도가 많았다. 조금 늦으면 본당

으로 들어가질 못한다. 1층 2층이 꽉 차면 그 옆 기념관으로 사람을 들여보낸다. 거기서는 목사를 직접 육안으로 보지 못하고 TV로 중계를 한다. 거기도 꽉 차고 나면 교육관 지하실로 들여 곧 보내는데 거기는 확성기로 설교하는 소리만 들을 수 있게 되어 있었다. 그들 부부는 늘 늦어서 지하실로 배치를 받곤 하였다.

아내가 부부교사 케이스로는 안 되어 시험을 쳐서 서울로 올라오고 변두리지만 자그만 집도 하나 지어 정착을 하였을 때 교회도 동네의 가까이에 있게 되어 그리로 정착을 하게 되었다. 여기 저기 왔다갔다 하지 않고 말이다. 나름대로 안정이 되었다고 할까.

그런데 그때서부터 그에게는 하나의 시련이 닥쳐오기 시작했다. 그동안은 적도 없이 교회를 다니기만 하였다. 그저 설교를 듣고 헌금을 하고 나올 때 목사와 재직들과 악수를 나누고 그렇게 지내왔는데 여기서는 그것이 아니었다. 젊은 안목사는 그의 손을 꽉 쥐고 놓아주지를 않았다. 목사관으로 같이 데리고 가서 차를 대접하기도 하고 식사를 하자기도 하고 또 그의 집으로 찾아와 한동안 기도를 드린 다음 이야기를 하기도 하였다. 그가 세례교인이 아닌 것을 알고는 더욱 적극적으로 그에게 접근을 하는 것이었고 종내는 학습을 받으라는 것이었다.

좀 나가보고 좋으면 다닌다고 하였는데, 그렇게 장모에게 약속을 하였는데 아내도 그것을 잊고 있을 리가 없고, 이럭저럭 몇 년을 지난 것이다. 얼마를 가지고 좀 나가 보는 것이 된다는 것인지 지금쯤 어떤 하회가 있어야 될 때가 되었다. 그린데 아내에게 끌리는 것이 아니라 목사에게 끌리어 견딜 수가 없었다. 하지만 그는 아직 마음의 결정을 하지 못하고 있었다. 그동안, 실은 그냥 교회 출입만 하였지 그렇게 심각하게 답을 찾으려고 하지는 않았던 것이다. 아내의 들러리 노릇을 한 것이고 하나의 외형을 갖춘 것에 불구하고 아무런 심정 동요가 없었던 것이다. 간간이 거부감 같은 것을 느낀 적이 있었다. 이처럼 기적적인 이야기라든가 성경귀절을 곧이곧대로 현실에 적용하려 한다든가…… 그러나 그런 것과는 반대로 그에게 감동을 주거나 마음을 움직이게 한 적은 거의 없었다. 그렇다고 아직 안 되겠다는 결론에 도달한 것도 아니었다. 시간은 상당히 흘렀다고 하지만 실은 성경책을 한번 다 읽어보지도 못했던 것이다.

"조금 생각할 여유를 주시기 바랍니다."

그는 안목사에게 사정을 하였다.

"아니 뭘 자주 생각을 해요. 벌써 독실한 신자가 되셨는데, 그러지 마시고 한 번 오시기만 하세요."

학습 문답을 받으러 오라는 것이었다. 그가 자꾸 사양, 거절을 하자 안목사는 얼마 뒤 다시 세례문답을 받으러 오라고 하고 그것도 피하자 그에게로 찾아와서 문답 형식을 밟으려는 것이었다. 아니 형식을 밟으려는 것이 아니라 그런 절차를 생략하고 세례를 주겠다는 것이었다.

"조금 더 시간을 주세요."

그는 분명하게 말하였다.

목사가 뜨악하다는 표정을 짓고 돌아간 다음 그는 아내에게 다시 말하였다.

"아직 나는 결정을 할 수가 없오. 안 믿겠다는 것도 아니고 아직 믿음을 정하지를 못한 것이오. 조금 더 기다려 주오."

엄숙한 어조로 말하였다.

아내는 그에게 연민의 시선을 물끄러미 보낼 뿐 뭐라고 말을 하지 않았다.

미로에서
-멀리 멀리 갔었네 2-

　잭 게루악의 「노상에서」라는 소설을 읽을 때가 벌써 몇 년 전인가. 존 오스본의 「성난 얼굴로 돌아보라」를 읽으며 비트 제내레이션이 어떻고, 이유 없는 반항이 어떻고 하며 무언가 억울하고 피해자로 자처하면서 술을 퍼마시던 때이다.

　물불을 가리지 않던 때이다. 돈, 글쎄 돈이 좀 아쉬웠다면 아쉬웠고—그러나 그것은 지금도 마찬가지이다—다른 아무 것도 걸리적거리는 것이 없었다. 상사도 두렵지 않았고 하나님도 두렵지 않았고 물론 아내도 두렵지 않았다. 사흘도리로 외박을 하였고 결근을 식은 죽 먹듯이 하였다. 오로지 추종하는 것이 있다면 정의이고 의리이고 우정이고 인간성이었다.

　그러나 지금은 너무나 노회하다. 너무 능수능란하고 너무 몰염치하고 한마디로 인간이라고 할 수도 없는지 몰랐다. 인간이란 무엇인가. 사람다운 것을 말하지 않겠는가.

　"아니야. 그게 인생이야."

"나발같이 뭐가 그래?"

"그럼 인생이란 무어라고 생각해? 인생이란 질서정연한 교향곡 같은 것이 아니야."

"그래서?"

"그래서 교회도 나가고 한 것 아니야?"

"그런가?"

그는 고개를 끄덕였다. 교향곡하고 교회하고 무슨 연관이 있는 것 같기도 하고, 앙드레 지드의 「전원 교향곡」의 개종 얘기가 생각나기도 하였다.

"그래. 스스로를 가두고 살자는 것이었지. 해방의 자유보다는 구속의 행복을 누리고, 그런 벽 속에 갇힌 대로 의지처가 되었으면 하였지. 방탕의 시대에 마지막 보루처럼."

"그러나 그것은 인생이 아니야."

"그럼 무엇이었단 말이야?"

"개똥이라는 거지."

"하하하하…… 개똥철학이구먼. 오랜만에 듣는 이야기이네."

그림자와 같이 붙어 다니는 또 하나의 그는 멀쩡한 그를 뭉개고 있었다. 그러나 그는 아무 말을 못하였다. 사실을 말하고 있기 때문이었다.

그때 그랬었다. 똥인지 된장인지 모르고 날뛰었다. 말갈데 소갈 데 다 갔었다. 지금 생각하면 두렵기도 하고 참으로 그리운 낭만의 천국으로 생각되기도 하였다.

미궁 속을 달려가고 있었다.

그은 지금 그에게 있어서 무엇일까. 한낱 지나간 추억의 그림자에 불과한 것일까. 눈이 역수로 쏟아지는 날 모든 교통수단이 두절되고 걸어서 걸어서 약속 장소에 갔을 때 그녀도 꽤는 늦게 와서 기다리고 있었다. 눈 속을 한없이 걸었다. 볼 옆쪽으로 보이던 헛점이 매력이었고 그 사다리를 타고 자꾸 올라갔다. 어느 봄날 계양산 꼭대기를 하이힐을 신고 따라 올라와 아무도 없는 둘이 되었을 때 소리를 질렀다. 천국이다. 여기가 바로 천국이야. 마구 끌어안고 불을 뿜어대었다. 쨍쨍 태양이 내리쬐는 대낮에 둘은 전라가 되어 춤을 추었다. 그리고 풀밭에 누워 하늘을 우러러보았다. 한 점 부끄러움도……. 그런 것도 없었다. 그리고 바다를 내려다보았다. 아름다운 그림이었다. 사람보다 아름다운 그림이 없었다. 시인 ㅎ선생도 말하였다. 사람이 가장 아름답지. 큰아이 돌 때 그의 누옥을 찾아와 누드 달력을 펼치면서 땅바닥의 맥주를 자꾸 상 위로 올려놓았다. 맥주는 차와야 한다고 하면서. 고혈압으로 술은 별로 들지 못하였다.

산에 오르려면 등산화나 운동화를 신어야 한다. 물론 그래야만 발이 편하고 오르기가 좋다. 산에서 내려올 때 더욱 그러하다. 그러나 신발이 문제가 아니다. 무엇을 신든 오르고자 하는 의지만 있으면 되었다. 의지가 아니라 그것은 불길이었다. 한 사람이 업고 내려올 수도 있고 또 올라갈 수도 있었다. 힘들고 어렵고 뭐가 어떻고 하는 것은 변명이기에 앞서 의지가 없고 욕망의 불길이 꺼진 것이다.

관악산엘 갔었다. 동동주에 취하였다. 날이 어두워 왔다. 돗자리를 깔아놓은 곳이 많았다. 그러나 그런 곳에서는 안 되었다. 그녀가 안 된다고 했다. 저 바위 위에 올라가면 안 될까요? 계곡의 주인이 그들을 이르집어보며 웃었다. 거기야 천당이지요. 자리는 주인이 가지고 올라가고 술은 그가 들고 올라갔다. 더 어두워지기를 기다려 그녀가 올라왔다. 선녀였다. 어둠의 장막이 세상을 둘러쳤다. 그러나 술은 더욱 취하고 경사진 바위 위에 깔아놓은 돗자리는 자꾸 미끄러져 내려갔다. 그때 그들 앉은 머리 위로 지나가는 줄이 손에 잡혔다. 차일을 친 줄이었다. 하늘에서 내려준 동아줄이야. 썩은 줄인가 잘 봐요. 아니야, 단단한 나일론 줄인데. 정말 참! 정말 천당이네! 줄을 꼭 잡아. 진짜 천당으로 보내줄게. 말대로 그녀는 줄을 두 손으로 잡았다. 그리고 그는 열심히 약속을 지키느라고 술병을 다 궁글뜨리었다.

천당은 산 위에만 있지 않았다. 바다 끝에도 있었고 들판 가운데도 있었다. 퀴퀴한 여인숙 모텔의 구석방에도 있었고 같이 뛰어들어간 공중 화장실 벽에도 있었다. 무수한 편력의 장소를 곰살맞게 다 기억할 수도 없다. 그 이전 청계천 바닥에 흘려보낸 것은 또 얼마인가. 그가 무슨 변태요 성욕도착자도 아니었다. 정상이 아닌지도 모르지만 비정상도 아니었다. 그는 가끔 그런 질문을 받을 때마다 말한다. 나는 평균적인 존재라고. 중간쯤 되는 사람이라고.

좌우간 ㄱ은 네 잎 클로버를 붙인 편지를 계속 보내왔다. 그 편지들은 하나하나가 황홀한 시였다. 그러나 그는 언젠가부터 다시 ㅂ을 자주 만나고 있었고 ㄴ에게 빠져 있었다. ㅂ과는 자주 여행을 다녔고 여행 이퀼 미망(迷妄)이었다. 같이 차를 타고 내려가기도 하고 중간에서 만나기도 하고 올라와서 시내서 만나기도 하였다. 유부녀인 ㄱ과 달리 토요일, 일요일 그리고 밤늦은 시간도 상관없었다. 그 대신 가끔 물었다. 저 책임지실 거예요? 그래 와이프가 죽으면 내게로 와. 그 전엔 안 대요? 그게 어떻게 된다고 생각해? 안될 것두 없지요 뭐. 뭘 하러 골치 아프게 그래? 그래요. 사모님하고 싸울 자신도 없고 그러고 싶지도 않아요. 알아. 정말이에요? 아니야. 그러나 그것은 한때의 슬럼프에 불과하고 대개는 조건이 없었다. 그저 아무 말도 하지 말아요. 그래. 난 그런 자네가 좋아. 그래서 좋은 거예요? 무조건이야. 뭘 그렇게 따져? 그래요. 무조건이에요.

그러던 ㅂ이 시집을 간다고 하였다. 같이 여행을 가서 하는 얘기였다. 설악산의 단풍이 유난히 붉게 물든 계곡에서 억수로 취하여 어느 때보다 흥건한 밤을 보냈다. 결혼식에는 오지 말아요. 그럴까? 그렇게 하였다. 그리고 다시 만났을 때부터는 그가 요구하지 않았다. 그녀도 그것을 억지로 지키려고 하였다. 키스를 하다가 몸을 쏙 빼서 달아났다.

ㄴ과는 참으로 위험한 곡예를 하였다. 그녀의 집으로 가기도 하고 그의 집으로 오기도 하고 밤중에 불러내어 드라이브를 하기도 하고 아는 사람들 앞에 같이 나타나기도 하였다. 술도 같이 마시고 등산도 같이 하고 세미나도 같이 갔다. 술에 잔뜩 취하여 광란의 질주를 하기도 하였다. 한 번은 그녀의 핏줄이 닿는다는 왕릉에를 갔었다. 정확한 것은 잘 몰랐지만 이십 몇 대조 할아버지가 된다는 거대한 능 주변을 돌아보다가 능 뒤로 돌아갔다. 큰 봉분에 가려져 앞이 보이지 않았다. 꽁무니에 찬 술병을 꺼내서 나팔을 불었다. 그녀 차례가 되자 술을 잔뜩 머금고는 그에게 키스를 하였다. 혀 대신 술을 그에게로 넘기었다. 그가 또 나팔을 불다가 키스를 하며 그녀의 혓바닥 밑으로 반쯤 남긴 술을 보내었다. 소주 한 병을 그렇게 넘긴 그들은 이제 드러누웠다. 그녀가 더 견디지 못하였다. 참 옛날 왕조시대 같으면 능지

처참을 하고도 남았다. 정말 너무 하셨어요. 우리 대왕님 앞에서. 앞이 아니고 뒤에서였어. 그래도 그렇지요. 그런가? 참 정말 말도 안 돼요. 하하하하…… 호호호호……

그 해 겨울 첫눈이 온다고 그를 불러내었다. 우중계 얘기를 하였다. 비가 올 때 만나는 친구 모임이라고 했다. 비만 오면 어디로 모여서 술을 마시는 도깨비 같은 친구들이었다. 팔짱을 끼고 얼마나 걸으며 포장집 순례를 하다가 돌아오는 길은 눈이 푹푹 빠졌다. 길을 찾을 수가 없었다. 그래서 한참 길이 아닌 엉뚱한 곳으로 가게 되었는데 거기서 해방이나 된 듯 벌렁 뒤로 누웠다. 별유천지였다. 비인간이었다. 두 사람은 마구 뒹굴다가 끌어안고 불을 뿜어대었다. 동네 가운데 공터였다. 하, 참, 말도 안돼요. 뭐가 자꾸 안 된다고 그래? 아니 그래 참! 호호호호…… 하하하하……

몇 번이고 첫눈이 올 때 불러내었다. 그 후로도 얼마나 얼마나 더 헤매었다. 참으로 멀리 멀리 갔었다. 바닥 없는 함정이었다. 그리고 지금 ㅁ과는 더욱 위험한 곡예를 하고 있었다.

미망의 골짜기에 안개구름이 꽉 끼어 있었다. 도대체 언제까지 그 속에서 헤맬 것인지, 어디까지 갈 것인지, 알 수가 없었다. 알 수가 없었다.

말끝마다 사랑이라고 하였다. 사랑한다고 하였다. 정말 사랑이었을까. 사랑이란 무엇일까. 육체에서 오는 것일까, 정신에서 오는 것일까. 영혼에서 오는 것일까. 어느 쪽도 아니다. 그 모두의 신들림이다. 그것은 신의 장난이 아니고 인간의 장난이다. 그것을 동물이라고 하자. 그러나 동물이 아니다. 동물은 동물인데 동물은 아니다. 그러면 신이라고 하자. 그러나 신도 아니다. 그 중간이다.

그는 계속 설복 당하고 있었다.

"그래, 그래, 그래."

"너는 너무 행복하다. 너무 무감각하다. 운이 너무 좋거나 너무나 불운하다."

"그래?"

왜냐하면 한 번도 절망을 느끼지 않았으므로. 운 좋게 그냥 그냥 넘어갔다. 예를 들면, 사실 예를 들기가 민망할 정도이다. 의무도 저버리고 권리도 저버리고 도대체 한 것이 뭐가 있단 말인가. 그가 정말 한 것이라고는 실컷 술을 마신 것이고 그리고 실컷 바람을 피운 것뿐이다. 8할이 바람이었다고 한 이가 있지만, 그 이상이었다. 그래 그것 말고 무엇이 또 있단 말인가. 그러면서도 하고 싶은 얘기 다 하고 그것을 또 무슨 자랑이라고 이리 저리 다 공표를 하였다. 언필칭 선비 선비 하면서 감투도 이것저것 다 걸터들이고 되나 개나 자리만 차지하여 뭉기기도 많이 하였다. 못 해본 것이 있다면, 그러나 그것은 너무나 복에 겨운 얘기다.

그야말로 운이 좋다고 할까. 그렇게 양지만 찾아다닌 것이었다. ㅇ이 그를 보고 자기 이익만 챙긴다고 핏대를 올려 말할 때, 같이 핏대를 올리며 뭐가 그러냐고 예를 들어보라고 하였지만 정말 그랬는지도 모른다. 아니 그랬다. 오십보 백보였다. 그 말이 그렇게 실감이 나는 것이었다. 결국 피장파장이 되어버렸고 물에 술 탄 듯 술에 물 탄 듯 아무것도 아닌 인간 쓰레기가 되어버렸다.

고집도 대단했는데 다 꺾이고 말았다. 넥타이를 안 매고 목 졸리지 않게 편안하게 살려고 하였지만 직을 갖고 자리를 갖고자 하는 바람에 다 무너지고 말았다. 넥타이뿐이 아니었다. 술값 물어보지 않기, 술병 흔들어보지 않기, 먼저 도망가지 않기…… 금기사항을 한 가지도 지키지 않았다. 그런 시시한 것들뿐 아니었다. 체신 깎이는 일을 밥먹듯이 하였다. 어느 부분 한 군데도 마음에 드는 곳이 없었다. 어느 것 하나 미끔한 것이 없고 자신 있는 것이 아무 것도 없었다. 한 가지 내세우는 것이 작품이라는 것인데 사실 그것이야말로 가장 자신이 없었다. 신주 개 물려보낸 격이었다.

좌우간 그건 그렇다 치고 말이다, 그런 그에게 세례를 받으라는 것이었다. 참으로 황당하였다. 까맣게 잊고 있던 빚을 갚으라는 얘기와 같았다. 잊어버리고 있었던 것이 문제가 아니고 그의 상태가 도저히 그럴 수가 없었던 것이다. 그는 그 동안 한없이 미로(迷路)를 헤매고 있는 것 외에 또 하나의 걸림돌이 있었던 것이다.

우리는 어디서 왔는가. 어디로 가고 있는가. 나는 누구인가. 이러한 화두와 함께 국조(國祖)에 대하여 관심을 갖고 우리의 뿌리와 정체성에 대하여 써보고 싶어서 대종교에 출입을 하고 있었다. 마니산에도 자주 갔고 백두산에도 가고 구월산에도 갔다. 「천부경」이다 「참전계경」이다 하는 우리 고유의 경전에 대하여 심취해 있었고, 상고사를 밝혀 놓은 여러 전적들을 뒤적이고 있었던 것이다. 그것이 물론 종교는 아니었다. 종교라 하더라도 그가 그 교인이 된 것은 아니었다. 다만 예수보다도 2000년 전의 단군이 산신령이 아니고 우리의 조상이며 국조라고 하는 것인데, 어떻게 따져서 그렇다는 얘기인지 모르지만 우리의 조상이 아브라함이나 아담이라고 하는 주장에 동의를 할 수 없었던 것이다. 그러나 그저 의견이 다를 뿐이지 그 반대의 주장을 하고 다니는 것도 아니었다.

어떻든 호선은 그것을 문제 삼고 있었던 것이고 그런 것 저런 구실을 다 겹쳐서 세례를 받으라고 하는 것이었다. 참 약속을 너무 오랫동안 지키지 않았던 것이다. 벌써 몇 년인가. 10년도 넘고 20년도 넘고 30년이 다 되었던 것이다. 그렇게 오랜 세월 동안 계속 엉거주춤하고 있었던 것이다. 그동안 교회를 나간 것도 아니고 안 나간 것도 아니었다. 그가 교회에 나간 숫자보다 목사가 그의 집에 온 숫자가 더 많다고 호기 있게 얘기를 하곤 하였지만 그것은 과장이었고 교만이었다. 특별한 일이 없으면 아니 별 구실이 없으면 일요일에 아내와 같이 교회엘 갔다. 구실이 참 많았다. 할 일이 있다, 책을 봐야 한다, 약속이 있다, 모임이 있다, 몸이 찌뿌드드하다, 술이 덜 깨었다, 그리고 결혼식이다, 등산이다, 야유회다, 세미나다, 특근이다, 출장이다…… 꼭 거짓말을 하지 않더라도 볼일이 지천으로 쌓이었다.

"아니 그래, 무슨 볼일이 그렇게 많아요?"

"볼일을 보는 게 사는 것 아니오?"

"그런데 그것이 꼭 이 시간이 아니면 안 되는 거예요?"

"그래도 교회 가는 날짜가 더 많을 걸."

"1주일에 몇 번 가야 되는지 알아요?"

"몇 번은 무슨?"

"열 번 가야 돼요. 알아요?"

"이이고 참, 알았어요. 알았어요."

모르는 것이 아니었다. 매일 새벽기도를 가야지, 수요일날 밤에 가야지, 일요일날 낮에 가고 밤에 또 가야지. 그래 봐야 속회, 구역예배는 따지지도 않은 것이었다. 그것까지는 요구하지도 않았다. 그런 대로 그냥 넘어왔다. 약속은 계속 유예되었고 그렇게 근근히 유지된 것이 30년이었다. 정확히 29년이었다. 참 그가 생각해도 너무 하였다. 그 동안 교회를 많이 나가 봤는데, 좋다는 것인지 싫다는 것인지 답을 내놓지 않고 미적거린 것이었다. 똑 부러지게 묻지도 않았던 것이다.

"어떻게 되는 거예요? 약속을 지켜야지요?"

"지금 나가고 있잖아?"

"그게 나가는 거예요?"

"차차 나아지겠지, 뭐."

"술부터 끊어야지요."

"많이 줄였어."

"딱 끊어요."

"술 얘기는 없었잖아?"

"있었어요."

"그게 아니었어."

그것을 장모인 정집사에게 따져보면 되는데 뇌수술을 하고 병원에 누워 있었다. 그러나 이제 그것을 따져서 무엇을 할 것인가.

그런데 이제 와서 갑자기 세례를 받으라는 것이었다. 그러지 않으면 자신도 약속을 지키지 않겠다고 하였다. 처음에는 그것이 무슨 소리인지 몰랐다. 알고 보니 그것은 결국 어머니를 모시지 않겠다는 말이었다. 심한 치매에 걸려 앞뒤 분간도 못하고 있는 어머니였다.

"아니, ㄱ걸 말이라ㄱ 하는 거야?"

"마찬가지예요. 당신이 약속을 안 지키기나 내가 안 지키기나."

"뭐야?"

참으로 어처구니가 없었다. 이제 숨만 붙은 어머니를 볼모로 약속 이행을 요구하고 있다는 것이 너무나 야박하기도 하였다. 그러나 호선의 인정을 따지기 전에 그토록 오랫동안 결혼의 조건을 지키지 않고 미적거리고 있었던 자신을 탓해야 했다. 따지고 보면 약속을 안 지킨 것은 아니었다. 다녀보고 좋으면 다닌다고 하였는데…… 좋지가 않은 것이었다. 단순히 좋다 나쁘다의 문제가 아니라 결국 그의 마음을 움직이지 못했던 것이다. 그러나 이제 그런 것을 따지는 시효도 다 지나고 말았다. 무조건이었다. 그래요. 무조건이에요. 어디서 듣던 소리 같았다. 얼굴이 달아올랐다.

"말하자면 그렇지 않아?"

그는 아내의 얼굴을 정면으로 바라보지 못하고 따졌다.

"마음이 그냥 움직여져요?"

"결국 그 긴 세월 동안 나 하나를 움직이지 못한 거요? 그게 당신의 신앙이고 믿음이란 말이오?"

그가 호선에게 한심하다는 듯이 웃으면서 되물었다. 그러나 그녀는 더욱 한심하다는 듯이 말하였다.

"참 누가 할 소린지 모르겠네요. 나 하나를 못 움직이면서 도대체 어떤 중생을 움직이기 위해서 그 동안 뭘 썼단 말인가요?"

"그게 또 그렇게 되나?"

본전도 못 찾았다. 그는 그의 말을 도로 주워 담아야 했다.

"그럼 어떻게 해야 되는 거지?"

"그걸 여태 몰라서 물어요? 노력을 해 봤어요? 하나님을 만나보려고 했었느냐 말이에요?"

"얼씨구! 아니 그런 약속이 아니었잖아? 나가보고 좋으면……."

"그냥 좋아지느냐 말예요?"

"그게 그 말인가?"

"그럼요."

그러니까 세례를 받아야 한다는 것이었다. 그것이 약속을 지키는 방법이라고 하였다. 그가 약속을 파기하려고 하는 것은 아니었다. 그렇게 약속을 한 것도 사실이고 노력을 안한 것도 사실이었다. 사나이 대장부가 다른 것도 아니고 결혼 조건으로 내세운 것을 지켜야 하는 것이 마땅하였다. 거기에는 이의가 없었다. 그런데 그것이 세례를 받아야 한다는 것이었다. 교회는 나가고 있고 세례만 받으면 된다는 것이었다. 그러나 그것이 그렇게 간단한 것이 아니었다. 신과의 약속, 하나님과 약속을 하는 일이었다. 그 중요한 요건을 여태까지 미뤄오고 있었던 것이다. 오죽하면 호선도 어머니를 볼모를 요구하고 있는 것이었다. 거기에다 또 하나의 결정적인 돌발 사건이 추가되어 꼼짝을 할 수 없었다. 미망의 꼬리가 밟힌 것이다. 일요일 동료들과 등산을 갔다가 술에 취하여 돌아온 그의 바지 속에서 잔뜩 구겨 넣은 휴지 뭉터기가 쏟아져 나온 것이었다. 그가 아무리 자위행위를 했다고 변명을 해도 곧이듣지를 않았다. 며칠을 이성을 잃고 대어들다가 온 식구들의 금식령을 발동하는 것이었다. 하루도 참을 수 없는 것이 어머니였다. 그는 손을 들기 않을 수 없었다.

"그래요. 알았어요."

그가 결연히 말하였다.

"뭘 어떻게 한다는 거예요?"

"어떻게 하긴? 당신 하고 싶은 대로 해야지."

"어떻게요?"

호선은 그의 말을 얼른 알아듣지 못하였다. 그가 약속을 지키지 않는 쪽을 자꾸 생각하고 있는 것이었다. 그럴 경우 서로 갈라서는 것이었다. 그녀는 이 집의 주인이기 때문에 나갈 수가 없다는 것이고ㅡ늘 그랬었다ㅡ그가 어머니와 함께 나가야 하는 것이었다. 그런 준비를 여러 번 하였었고 다른 방도가 없었던 것이다. 꼭 그런 신앙의 문제뿐이 아니고 너무도 맞지 않는 것이 많아 맞추다 맞추다 막다른 길을 치닫게 되곤 했었다. 셋방을 얻어 놓고 어머니를 설득하였다. 채마나 가꾸며 살자고도 하고 조용히 글을 쓰고 싶다고도 하였다. 그런데 어머니는 아내, 그러니까 며느리와 갈라서는 것은 안 된다고 하였다. 그 점에 있어서는 대단히 단호하였다. 어쩌면 그 동안 그들 부부를 붙들어 매고 있었던 끈은 아내가 지긋지긋하게 생각하고 있는 어머니라는 존재였던 것이다. 어머니가 아니었더라면 벌써 갈라서고 말았을지 모른다. 좌우간 그가 아내를 따르느냐 아내가 그를 따르느냐, 길은 두 가지였다.

"나가는 거예요?"

아내는 다시 묻는다. 그녀는 항상 부정적인 시각을 갖고 있었고 그렇게 물었다.

"들어오는 거요."

"세례를 받는단 말이지요?"

"그래요."

"그 말하기가 그렇게 힘들어요?"

"그런데 분명히 말하지만 당신을 위해서가 아니라 어머니를 위해서요."

"뭐요? 좋도록 생각해요. 그렇게 주제 파악을 못하고 있으니 참!"

"허허허허…… 그래요?"

"그러나 등산은 절대로 안 돼요."

"아, 알았어요."

그랬다. 어머니에게 불효를 더 할 수가 없었던 것이다. 마지막 시간에라도 따뜻한 보살핌이 되도록 하고 싶었던 것이다. 밥 한 그릇이라도 따뜻이 차려줄 수 있기를 바라는 심정이었다. 그의 신앙이란 그런 것이었다.

그런데 그것이 그렇게 쉬운 것이 아니었다. 멀찌감치 시한을 정하였다. 시간을 벌자는 것이었지만 금방 그날이 왔다. 학습은 생략하고 세례 문답을 하게 되었다. 천지를 만드신 하나님 아버지를 믿습니까? 성령을 믿습니까? 몸이 다시 사는 것과 영원히 사는 것을 믿습니까?

「사도신경」의 내용을 가지고 묻는 것이었다. 그것을 외어 보라는 것을 어물거리고 있었더니 몇 가지를 집어서 묻는 것이었다. 외우지를 못한 것이 아니었다. 그것을 늘 어물거리고 있었던 것이다. 교회를 갈 때마다 「주기도문」과 「사도신경」을 소리 내어 암송하라고 하지만 그는 그러지를 않고 입 속으로 얼버무린 것이다. 계속 10년, 20년 그렇게 얼버무린 것이다. 그런 자신이 없었기 때문이었다. 하나님에게 하는 약속을 대충 할 수가 없었던 것이다. 그 스스로 자신이 없는 얘기를 다른 누구에게 할 수가 있단 말인가. 더구나 하나님에게 어떻게 할 수가 있단 말인가. 하물며 거짓말을 할 수가 있단 말인가. 확실하지 않은 얘기, 자신 없는 대답을 하는 것은 거짓말을 하는 것이었다.

결단의 시간이 왔다. 목사가 그 대답을 기다리며 그를 바라보고 있었다. 피할 수가 없는 자리였다. 계속 얼버무리고 넘어갈 수 있는 자리가 아니었다. 분명히 대답을 하여야 했다.

"믿습니까?"

믿는다는 것은 바로 그것을 말하는 것이었다.

"믿도록 노력하겠습니다."

그는 정말 어려운 약속을 그렇게 하였다. 그 대답을 하는 데 30년이 걸린 것이다. 그러나 목사는 정색을 하고 고개를 흔들었다.

"그렇게 해서는 안 됩니다."

"예?"

"믿습니까? 안 믿습니까? 분명히 대답하세요."

안 믿는다는 것은 뭘 말하는가. 아내와의 약속을 지키지 않는 것이다. 나이 값을 해야 했다. 사람값을 해야 했다. 그러나 또 믿는다는 것은 거짓말을 하는 것이다. 믿어지지 않기 때문이다. 아무도 그에게 그것을 확신시켜 주는 사람이 없었다. 이래저래 실없는 존재가 되고 만다. 빼도 박도 못하게 되었다.

"믿습니다."

결국 거짓말을 하고 만 것이다.

가장 진실하여야만 했던 물음과 대답에서 그는 허위로 말

한 것이다. 결국 그것을 피하려고 그렇게 오랫동안 미적거렸
는데 구렁이 담 넘어가듯이 가장 중요한 대목을 뛰어넘고
말았다. 그러니 달라진 것이라고는 아무것도 없었다. 갈등만
이 더 커지게 된 것이다. 주일마다 하는 통성기도를 어물거
리며 한 주일 동안의 일을 반성하고 그리고 과연 신이란 존
재하는 것인가, 하는 질문을 스스로에게 던지곤 하였다. 이
미 「주기도문」과 「사도신경」을 통성으로 암송할 때 그것을
믿는다고 해놓고 딴 소리를 하고 있는 것이었다. 그것이 그
의 운명이었다.

"너는 할 수 없는 놈이다. 별 수 없는 놈이여. 이제 그렇
게 사는 거여. 여태도 그랬듯이 편한 대로 살아가는 거지
뭐."

또 하나의 그가 말하는 것이었다. 그에게 연민의 시선을
보내고 있었다.

"사기를 친 건 아니야. 소설을 쓴 거야. 의사가 중환자에
게 거짓말을 하듯이. 다른 방법이 없었어."

"알아. 다른 사람을 사기한 것이 아니고 자기 자신을 사기
한 것이지. 그러나 뭐 다들 그렇게 사니까, 그렇게 살다 죽
으면 돼."

"죽으면…"

"그럼 안 죽고 살 텐가? 좌우간 죽기 전에 한 번 더 고비
는 있지."

"그건 각오하고 있어."

영원히 눈을 감을 때도 이런 상태여서는 안 될 것이었다.
이렇게 불확실하고 엉거주춤한 상태로 생을 마감하고 싶지
는 않은 것이다. 그것이야말로 영겁의 구렁텅이에 빠지는 것

이 아닌가 싶었다. 그런 것을 느끼고 또 각오도 하고 있으면서 그러고 있는 것이다. 억지로 믿어지지가 않기 때문이었다.

'부름 받아 나선 이 몸 어디든지 가오리다……' 참으로 행복한 사람들이다. '괴로우나 즐거우나 주만 따라 가오리다……' 그들의 가는 길에는 막힘이 없었다. 아낌없이 모든 것을 다 바치고 죽음도 두렵지가 않은 삶, 오직 사랑만이 사명인 사람들이 부러웠다. 사랑, 그것이 진정한 사랑인지 몰랐다.

"여러분의 소원은 무엇입니까."

목사가 설교를 하며 말하였다.

"아버지의 뜻을 이루는 것입니다. 어떻게 하면 하나님의 뜻을 이루면서 살아볼까. 이것이 우리 삶의 자세가 되어야 할 것입니다. 우리의 소원은 건강과 명예와 물질을 추구함으로써가 아니라 하나님을 순종함으로써 이루어지는 것입니다. 하나님에게 기쁨을 주는 삶을 위하여 우리 자신을 날마다 부인하여야 합니다. 나를 부인하고 나를 죽이는 고난의 길, 그것이 십자가의 길이며 주님의 가신 길을 영광의 길로 밝히는 승리의 길입니다."

주일마다 사랑의 길, 순종의 길, 십자가의 길을 강요받았다. 그의 마음을 압박하고 있는 것은 아니지만 매번 그냥 지나칠 수만은 없었다. 특히 죽음에 대하여 죄악에 대하여 무감각할 수가 없었다.

"죽음이란 무엇인가. 하나님이 사람을 흙으로 만들고 거기에 숨을 불어넣었습니다. 영혼을 불어넣은 것입니다. 언젠가 그 영혼을 하나님이 불러내십니다. 그것이 다름 아닌 주검입니다."

언젠가는…… 그것이 언젠가는 모르지만 그에게도 그런 음침한 사망의 골짜기에 다다를 것이라고는 생각하고 있다. 그가 아무리 믿음이 없고 신앙심이 없다고는 하지만 천 년 만 년 살 것이라고 생각하는 천둥벌거숭이는 아니다. 그것을 자꾸만 환기시켜준다. 그것이 믿음이며 신앙심인가. 그의 일거수 일투족은 모두가 다 죄악 투성이며 죽음의 길을 걷고 있는 것이었다. 육체의 소욕은 성령을 거스르고 성령의 소욕은 육체를 거스른다고 하였다. 육체의 소욕이란 무엇인가.

'음행과 더러운 것과 호색과 우상숭배와 술수와 원수 맺는 것과 분쟁과 시기와 분냄과 당 짓는 것과 분리함과 이단과 투기와 술 취함과 방탕과……'(갈라디아서 5:19) 그와 같은 것들이 육체의 일이며 육체의 길이라고 하였다. 죄목이 무려 15가지였다. 육체의 욕심을 따라 지내며 육체와 마음이 원하는 대로 행하는 사람은 하나님의 성령을 거역하고 불순종하는 것이며 지옥의 형벌이 기다리고 있다고 하였다. 한 마디로 말해서 이런 사람은 죽은 사람이라는 것이었다.

"육체를 입고 있는 사람마다 죄의 소원이 있습니다. 그 죄를 다스려야 합니다. 어떤 집사님 한 분이 있었습니다. 교회 일도 잘 하고 직장의 일도 잘 하고 모든 일을 원만히 잘 하였습니다. 그런데 마음에 일어나는 정욕을 다스릴 수가 없었습니다. 여러 날 괴로워하던 나머지 금식하며 기도를 했습니다. 하나님 앞에 몸부림치며 죄의 소원을 다스릴 수 있는 능력을 달라고 호소하였습니다. 그날 밤 꿈에 천사가 오더니 그의 호주머니에서 지렁이 한 마리를 잡아서 끄집어내어 버렸습니다. 그리고 나시는 정욕이 없어졌다고 합니다."

하루는 설교 가운데 이런 말을 하였다. 그 지렁이는 인간 욕정의 상징이었다.

육체의 소욕을 거슬려 싸워 이겨야 한다고 하였다. 육체를 죄의 병기로 사용하지 않고 의의 병기로 사용하여야 한다고 하였다. 성령의 열매를 맺기 위해서라고 하였다. 그렇게 얘기를 끌고 갔다. 그리고 이런 말도 하였다.

"불교와 기독교가 어떻게 다른지 아십니까? 불교는 구원을 얻기 위해서 자비와 선을 행합니다. 그러나 기독교는 구원을 얻은 감격에서 선을 행합니다. 선을 행하는 것은 같지마는 목적이 다릅니다. 우리가 구원을 얻기 위하여 선을 행한다면 인간의 의라는 것은 더러운 누더기와 같고 걸레와 같습니다. 하나님 앞에서는 사람의 의는 누더기요 걸레입니다. 벌레인 인간 구더기인 인생이라고 하였습니다."

도무지 혼란스러웠다. 기존의 가치관이 다 흔들리었다. 하나 하나가 다 죄악이요, 사망의 길이요, 누더기요, 걸레였다. 정욕을 억제하지 못하고 간음을 하고 방탕을 하는 것이야 그렇다 치더라도 술을 마시고 조상에게 제사를 지내고 어떤 종교에 심취하는 것마저 죄악이 되고 마는 것이었다. 성적인 죄, 종교적인 죄, 형제관계의 죄, 무절제의 죄…… 어느 것 하나 죄가 아닌 것이 없었다. 그러니 그가 세례식에서의 약속대로 믿는다고 하는 것은 죄인의 길을 가는 것이었다. 그것은 나를 버리고 사는 고난의 길, 십자가의 길로 연결하기까지는 아직 많은 시간과 노력이 필요했다. 그러므로 해서 그의 마음의 주머니 속에 있는 지렁이는 자꾸 자라기만 하고 끄집어내어지지가 않았다. 그것을 꺼내는 핀셋트는 그가 가지고 있는 것이 아니고 의사가 가지고 있는 것도 아니며 하나님이 들켜 쥐고 있다는 것이었다.

그 높은 사다리에는 아직 발도 올려놓지 않은 채 머뭇거리고만 있었다. 그리고 여럿이 함께 부르는 합창 속에서 입을 벙긋거리기만 하였다.

"십자가를 내가 지고……"

가성(假聲)이었다. 위선이었다. 거짓의 몸짓이었다. 그 15가지 죄악, 그러나 어디 육체의 죄악뿐일 것인가. 원죄(原罪)를 포함해서 죄의 덩어리였다. 인간은 죄로부터 출발하였다. 최초의 사람인 아담은 신명(神命)을 거역하였다. 인간은 모두 아담의 자손으로서 그 죄를 지고 태어났다 하였다. 그러니 그 모두를 인정하지 않는 한 그는 거짓의 몸부림을 치고 있는 위선의 존재였던 것이다.

"그러나 그것은 너무 결벽이다. 뭐 다들 그렇게 살지 않느냐고? 그렇게 살다 죽는 거지, 뭐 그렇게 중뿔나게 굴 것 있냐고?"

또 하나의 그가 위안을 주려고 한다. 틀린 말은 아닌지 모른다. 병 주고 약 주는 것이다.

"나도 그렇게 생각해 봤지만 잘 안 돼."

"결벽증이야."

"그 반대일 텐데. 나는 털털하다고 생각하는데."

"그러니까 알레르기성이라고 할 수 있지."

"줏어 대기는…"…

"하하하하……"

"그러니 난 어쩌면 좋은가?"

그는 울상이 되어 머리를 쥐어뜯었다.

간옥이었다. 일요일이 벽 속에 갇혀 죄인이 되는 것이었다. 기도를 해보지 않아 지렁이를 꺼내어 주는 꿈도 꾸지 못하였다. 동료들과 등산도 못 가게 하여 새장 속에 갇힌 앵무새와 같았다. 다른 날은 몰라도 일요일은 깨끗한 와이셔츠에 꼭 넥타이를 매었다. 머리에 물을 발라서 갈라 빗고 아내와 책을 나눠 들고 교회에 갔다. 그러나 교회에 가서 앉기만 하면 졸렸다. 옆에서 줄곧 꼬집어 뜯고 발을 밟았다. 그것도 팔자요 운명이라고 생각하였다.

어머니가 졸수(卒壽)를 하고 세상을 떠난 후에 그것도 3년이 지나서 아내와의 약속을 파기하고 싶은 생각이 간절하였지만 억지로 참았다. 인간적인 약속만이라도 지켜야 할 것 같았다. 그러나 아직도 등산은 안 된다고 하였다. 5년도 더 지났는데 10년 형은 살아야 될 모양이었다. 살인죄에 해당되는 기간이었다.

그러나 언젠가부터 ㅁ과 자주 만났고 곡예를 하고 있었다. 전라의 십자가가 되어 그녀에게 다가갔다. 이리 와. 내가 신이야. 피사로의 「앉아 있는 농부(農婦)」 같은 그녀는 언제나 수줍은 미소로 그의 골수를 파고들었다. 그럴 때는 모딜리아니의 「앉은 나부(裸婦)」가 되었다. 희열의 순간은 짧지만 끊임없이 빠져들어 갔다. 물방울 유희였다. 저 못됐지요? 맞아요. 히히히히……

미로를 나와서 다시 미궁 속으로 들어간 것이다. 그게 인생이야, 하고 또 하나의 그가 참견할 차례인데 웬일로 험구를 다물고 있다. 개똥이고 개나발이라도 좋았다. 어떤 상태로든 현상유지를 해야 했다. 감옥이라도 좋았다. 아직 죽지만은 말아야 되겠다.

가끔 혀를 삼키거나 숨을 한참 동안 멈추고 허우적거리는 단말마를 만나곤 한다. 요단강 강구의 뱃사공처럼 아내가 흔들어 깨우기도 하였다. 미망의 골짜기를 헤맬 때마다 천벌을 내리는 것 같았다. 천길 나락으로 떨어지는 것이었다. 지옥이었다. 연옥이었다.

그냥 이렇게 끝나고 싶지는 않았다. 천당엘 가고 극락엘 가지는 않더라도―참 넉살도 좋다―개똥밭에서라도 하고 싶은 일을 더 하여야 했다. 아직 하고 싶은 일이 너무나 많았다. 너무나 많았다.

氣를 넣고 精을 빼다
-멀리 멀리 갔었네 3-

　먼 여행을 다녀왔다. 도무지 무엇에 씌었는지 몰랐다. 지
구의 끝까지 아니 천국을 헤매다 온 느낌이었다. 차차 얘기
하기로 하고, 한 가지만 먼저 말한다면, 그렇게 헤맨 이유라
고 할까 원인(遠因)이 칡뿌리처럼 깊이 박혀 있었다는 것이
다.

　아무래도 그는 불교적 사고를 갖고 있는 것 같았다. 불교
신자라는 것이 아니고 기독교 신자가 아니라는 것은 더구나
아니다. 물론 어떤 신자라는 것도 아니다. 신자나 신앙에 대
한 얘기가 아니라 사고(思考)에 대한 얘기였다.

　시시각각으로 횡액의 가능성은 잠재하고 있었다. 가령 차
를 몰고 다니다보니 언제 어떤 순간에 무슨 사고가 발생할
지 모르는 것이다. 또 걸핏하면 밤을 새우는 처지로 달리면
서 깜빡 졸 때가 많다. 말이 '깜빡'이지 지옥의 문턱엘 갔다
오는 것이었다. 번번이 참 용케도 견뎌왔다. 100킬로로 달리
는 것이다. 그 이상으로 질주할 때도 많다. 눈을 똑 바로 뜨
고서도 순간순간의 돌발 위험들을 곡예를 하며 피해가기가

힘든데 잠시라도 그것이 100분의 1초라 하더라도 삐끗한다면 어떻게 되는가. 삐이익…… 그러나 그런 것은 약과이고, 그의 의사와는 전혀 관계없이 다른 차가 와서 받기도 하고 중앙선이나 분리대를 넘어서 대형 덤프추럭이 덥치기도 하는 것이었다. 그런 일이 비일비재로 신문에 나고 있지 않은가.

번번이 남의 일일 수만은 없는 것이었다. 어째 나만의 행운을 기대할 수 있는가. 그건 욕심도 아니고 무지이고 무방비였다. 삶에 대한 무방비뿐인가. 비단 차 사고뿐인가. 가정의 문제, 아이들 문제, 직장의 문제, 건강 문제, 대인관계, 남자 문제, 여자 문제 등등 주변 곳곳에 복병이 도사리고 있었다. 고속으로 달리는 자동차가 아니라고 하더라도 일촉즉발의 위기들이 튀어나왔다. 삶에 대한 무방비는 죽음에 대한 무방비였다.

죽음이 보이기 시작하였다. 주변에 죽는 사람들이 많아지고 여러 가지 죽음의 모습들이 자꾸 떠올랐다. 어느 편인가 하면 천국보다는 지옥이 자주 등장하였다. 이제 그런 것을 대비할 때가 된 것 같기도 하였다. 이번 여행도 그런 것이었다.

그런 연극이나 영화를 보기도 하고 책을 뒤져보기도 하였다. 『이것이 당신이 가게 될 죽음의 세계이다』를 읽어보았다. 레이몬드 무디의 『Life After Life』를 번역한 것이다. 생 뒤의 생, 죽음 뒤의 삶에 대한 이야기였다. 철학박사이며 정신과 의사인 저자는 육신의 죽음에서 소생하는 현상을 깊이 연구하였고 죽었다 살아난 사람들의 증언과 조사를 하여 책을 낸 것이다. 의사들에 의해서 의학상 죽은 것으로 판명된

후 살아난 사람들, 사고를 당하거나 심하게 다치거나 병을 앓는 가운데 육체적 죽음의 문턱에 다다랐던 사람들, 죽었다 살아난 사람들이 자신들의 경험을 임종을 지켜본 사람들에게 이야기 해준 것들 등 150명의 실례를 연구한 것이고 그중 3분의 1에 해당되는 사람들은 만나서 상세하게 면담을 하여 보고하고 있다. 죽음의 비밀 공개장이다.

나는 완전히 깜깜한 허공 속에 있었습니다. 마치 내가 진공 속의 흑암을 뚫고 떠다니는 것처럼 느꼈습니다. 공기가 조금도 들어가 있지 않은 원통 속 같았습니다. 그것은 반쯤은 여기에 반쯤은 저기에 있는 지옥의 변방인 것 같았습니다.

중화상을 입은 후에 여러 차례 죽었던 한 남자의 얘기였다. 그리고 복막염에 걸렸던 한 여인의 얘기이다.

나의 의사는 나의 오빠와 언니를 불러 마지막으로 나를 보도록 하였습니다. 간호원은 내가 좀 더 편히 죽도록 하기 위해 주사 한 대를 놓았어요. 병원에서 내 주변의 것들이 점점 멀어지기 시작했어요. 그것들이 희미해지자 머리부터 먼저 좁고도 칠흑같이 어두운 통로로 들어갔습니다. 그 속에 내가 들어가기에 꼭 맞는 것처럼 보였어요. 나는 점점 미끄러져 내려가기 시작했습니다.

어두운 터널 속을 다녀온 것이었다. 그러나 어떤 사람들은 평안과 위로와 온화함을 느끼고 무척이나 호젓하고 평화스러운 느낌을 가졌다고 하였다. 아무런 고통도 없었으며 말할 수 없이 아름답고 멋진 공간에 처해 있었다고도 하였다.

죽음을 경험한 사람들, 정확히 말해서 죽음 근처에 간 경험을 한 사람들의 이야기다. 참으로 놀라운 이야기가 아닐 수 없었다. 이 세상에 죽었다 살아난 사람은 아무도 없었던 것이다. 한 사람이 있긴 있었다. 단 한 사람, 예수였다. 그러나 그는 사람인가. 사람이 아니라 신이다. 아니 사람의 아들이라고 하였다. 소설이었다. 그건 어떻든, 장사한 지 사흘만에 다시 살아났다고 하였다. 그런데 그 후 소식이 없다. 그가 온다고 하고 그를 기다리고 있다. 예수의 재림(再臨). 왔다가 도로 간 것이다. 왔다가 간 것이다. 다시 온다고 하였다. 그리고 그들 죽었다 살아난 사람들은 갔다가 다시 온 것이다. 요단강을 건넜다가 돌아온 것이었다. 그런 사람들의 얘기였다.

참 거짓말 같기도 하고 도무지 믿어지지 않는 이야기였지만 사실이라는 것이고 그것을 <타임>지도 화제거리로 다루었다. 베스트셀러가 되었다. 미국에 있는 장사장이 꼭 읽어보라고 몇 해 전 만났을 때 소개한 책이었다. 그에게 내세에 대한 생각을 심어주고자 한 전도였던 것이다. 자주 신앙에 대한 대화를 나누었던 옛 동료 장선생을 다시 만나게 되어 부랴부랴 읽어본 것이었다.

인간은 육체적 고통의 한계점에 이르면 죽는다. 의사는 검안을 하고 죽음을 선언한다. 그러나 죽음의 문에 들어서는 순간 요란한 소리가 들리고 굉음이 들리고 캄캄한 터널을 통과한다. 사자의 영혼은 육신의 몸 밖으로 빠져나와 공중에 떠서 내려다본다. 다른 영(靈)을 만나기도 하고 이미 죽은 친척들 친구들을 만나고 사랑의 영, 온화한 빛을 만나며 그 빛의 인도를 받는다.

내가 그것(빛)에 점점 가까이 갔을 때 그것은 더욱 커졌어요, 나는 그 빛에 다가가려고 했어요. 그것이 그리스도라고 느꼈기 때문입니다.

그리스도인인 사자는 '나는 세상의 빛이라'고 한 그리스도에게 그 빛을 연관시켰다.

만일 이 빛이 그리스도이시라면, 만일 내가 죽어야 한다면, 거기 빛 가운데서 누가 나를 기다리고 있는지를 알지요.

그는 책을 뒤적거리며 죽음이란 그런 것인가, 결국 두려운 것이 아닌가, 나는 지금 죽음으로의 행진을 하고 있는가, 등등의 생각을 해보았다. 그리고 다시 유대교 천주교 기독교 예루살렘교 몰몬교 이슬람교 등 서방 종교들 그리고 힌두교 불교 유교 도교 등의 동양 종교들의 죽음과 내세에 대한 대목들을 뒤적였다.

그날 나팔소리가 울리면 죽은 자들이 모두 살아날 것이요 사람마다 하나님 앞으로 와서 심판을 받을 것이다. 의인은 낙원으로 들어가게 허락될 것이나 악인은 영원히 지옥 불에서 고통을 당하게 할 것이다. 유황불 불못 등의 힌놈의 골짜기, 게헨나(Gehenna) 형벌을 받는 것이다.

코란경에 쓰인 것이었다. 성경의 영향 아래 있는 종교들이 대개 이렇게 고압적인데 비해서 동양의 종교들은 아주 느긋했다.

사람이 생명 후의 생명으로 계속해서 새로 태어나게 된다. 이런 환생(還生)이 시작과 끝이 없이 계속된다. 이런 힌두교의 관점과 같이 불교도 출생-죽음-환생으로 집약할 수 있었다. 이 세상에서 경험하는 업(業)은 그 사람의 과거의 삶에서의 행위 결과들이다.

지옥 대신 열반을 주장하기도 한다. 그러나 중국 종교에서 염라대왕의 심판 후 땅에 갇혀서 수족을 절단 당하는 아픔의 형벌을 받는다는 개념은 동양종교의 공통적인 생각이다. 결론적으로 악인의 형벌에 대해서는 동서가 다를 것이 없었다.

다시 죽음의 공포로 돌아갔다. 죽음의 음산한 골짜기로 그를 끌고 갔다. 그의 불교적 사고는 그 자신을 더욱 불안하게 했다. ㅁ과의 미로 행각은 지옥에 떨어질 수밖에 없는 업을 쌓은 것이다. 쌓고 있는 것이다. 환생과 내세 삶에서 경험하게 될 업이다. 업의 법칙 카르마(Karma)는 어떤 행위를 하거나 어떤 사고를 할 때마다 지속된다. 나쁜 행위나 생각처럼 좋은 행위나 생각은 뒤에 흔적을 남긴다. 다시 뒤집어 말해서 좋은 행위와 생각을 했을 때처럼 나쁜 행위와 생각은 뒤에 흔적을 남긴다. 흔적을. 죄를 짓는 거지요? ㅁ은 묻는 것이 아니고 대답을 하고 있었다. 제가 기도를 하면 상쇄되지 않을까요? 기도란 그렇게 편리한 것일까요? 그가 되물었다. 그들의 작죄(作罪)에 대하여. 그러자 그녀는 지난 주 성당에서 기도한 것을 되뇌어 보이는 것이었다. 저희들을 용서하여 주옵소서. 저희들이 벌받지 않게 하여주옵소서. 우리가 사랑하면서 사랑하여서는 정말 안 되는지. 죽음의 길이 아닌 삶의 길을 알으켜 주시옵소서……. 그것은 좋은 행위이며 생각일까. 착각의 미로를 헤매면서 악업(惡業)의 흔적을 남기는 그들 미망의 그림자를 붙들려 하였다.

죽음이란 무엇인가. 그것을 어쩔 것인가. 그런 의문을 풀고 해결하고자 해서라기보다 그런 것을 생각할 때가 되었다. 이제까지 거기에 대해서는 희떠운 얘기만 하고 야유적으로 객기만 부렸지 진지하게 생각해 본 적이 없었다. 한 번도 그런 신가한 문제를 조용히 또는 밤을 새워 생각해 본 적이 없었다. 솔직히 전혀 생각을 안 해본 것은 아니고 사태의 심각성을 전혀 인식하지 못하고 있었던 것이다. 그러다 죽음이 보이기 시작한 것이다.

몇 가지 징후들이 나타난 것이었다. 팔 다리가 저리고 위통으로 새벽잠을 이루지 못하였다. 중풍 뇌졸중의 전 단계라고 하였다. 저린 것이 다리에서 팔로 옮겨지고 의사가 디스크 수술을 하라고 하는 것을 미적거리고 있는데 오진 쇼가 벌어진 것이었다. 위염을 위암으로 검진 결과를 보낸 것이다. '염'과 '암', 글자 한 자 차이지만 생사의 방향을 바꾸는 말이었다. 찍찍 갈겨 써 놓은 것을 타이핑을 잘 못한 것이라고 하였지만 그런 실수는 의사로서도 처음이라고 사과를 하였다. 참으로 죄송하게 되었습니다. 아니면은 되었습니다. 오히려 그는 감지덕지였다. 죽었다가 다시 살아 돌아온 심정이었다. 위가 헐었다는 것이다. 위궤양이었다. 거기에다 매일 술을 들어부으니 위인들 성할 리가 없었다. 커피 사이다 콜라는 들지 마라고 하여 될 수 있으면 그것을 지키려고 노력을 하였다. 그러면서 그보다 열 배나 나쁠 알콜은 하루도 빠짐 없이 마셔대었다. 그는 보사리감투가 안주로 나올 때마다 얘기하였다. 이게 돼지의 위라는 것인데 이게 웬만해서 뚫어지겠어요? 그것이 그의 위이기나 한 것처럼 2중 3중으로 된 모타리를 쳐들어 보이며 호기 있게 말하였다. 뚫어질 리가 없지요. 술꾼들은 웃으면서 맞장구를 치며 그의 잔에 술을 쳤다. 오히려 뚫어지는 게 이상하지요. 그럼요. 그러나 그의 위는 헐었다는 것이고 암이라는 진단이었다.

오진이라는 데도 불구하고 그는 밤새도록 의학서적 백과사전을 들추면서 그 자신이 반대로 진단을 해보았다. 그리고

생각하였다. 언젠가는 내게도 닥칠 일이 아닌가. 남의 일만
은 아니지 않은가. 다른 병원에도 가서 진찰을 받아봐야 확
실하지 않을까.

그러면서 또 다시 그도 이제 그것을 대비해야 된다는 생
각이 들었던 것이다. 가끔 자다가 단말마를 겪으면서도 그랬
다. 언제나 엉성하게 일을 당하고 부닥치듯이 그의 마지막
행사라고 할 죽음도 그렇게 엉성하게 넘기는 것이 아닌가,
생각되었다. 아이들 혼사도 그렇게 대충 넘겼고 뭐다 뭐다
하는 그의 일생일대의 중요한 날들도 사람들만 잔뜩 청하여
인사도 제대로 못하고 욕만 잔뜩 먹지 않았던가. 아이들은
둘 다 외상으로 치렀다. 딸은 유학을 간다고 하여 장롱을 하
나도 못 사주었고 아들도 밖에 있다는 이유로 방 한 칸 얻
어주지를 못하였다. 참 남 흉도 많이 보면서 그는 근사하게
잘 좀 해보려고 하였지만 너무나 마음에 안 들게 넘겨버렸
던 것이다. 60년에 한 번 있는 날 그날은 정말 의미 있게 보
내려고 하였다. 오랫동안 미뤄두었던 글을 묶어 책을 내고
그 출판기념회를 하는 것으로 의의를 삼으려 하였다. 그런데
약력소개를 하면서 날짜가 알려져 완전히 의도와는 다른 모
임이 되어버렸고 기념회는 죽을 쑤고 말았다.

그의 모든 일들이 그랬다. 마치 비 새는 지붕의 구멍을 때
우듯이 죽음이라는 그의 마지막 통과의례마저 그렇게 지나
쳐버릴 수는 없었다. 그러면 결국 뭐란 말인가. 뭘 위해서
살았단 말인가. 산단 말인가.

죽음이란 무엇인가, 하는 생각은 어째 그런지 신이란 무엇
인가, 하는 문제로 옮아갔다. 신이란 그에게 무엇인가. 그것
도 이제 생각할 때가 되었던 것이다. 그리고 결론을 내릴 때

가 되었다. 이제 회의를 느끼고 객쩍은 질문만 퍼붓고 있을 때가 아니고 진지하게 정리하고 그 결론을 조심스럽게 실천할 때가 되지 않았는가 말이다.

『신과의 대화』가 있었다. 월쉬의 3권 짜리 책이었다. 신과 나눈 이야기, 영적인 체험을 통한 메시지를 정리한 것이었다. 신은 모든 사람과 말한다는 것이다. 선한 사람과 악한 사람 성인과 악당 그리고 그 중간에 해당하는 사람들에게도 수많은 방식으로 다가와 대화를 한다는 것이고 이 책도 그런 것이라고 하였다.

너는 이 모든 질문에 대답 받기를 원하느냐, 아니면 그냥 푸념을 늘어놓고 있는 것이냐? 신이 말하였다. 양쪽 다입니다. 나는 분명 푸념을 늘어놓고 있습니다. 하지만 이 질문에 대답이 있다면 죽는 한이 있어도 꼭 듣고 싶습니다. 너는 죽는 한이 있더라도라고 말하는데 기왕이면 살아서 꼭이라고 하는 게 더 멋지지 않느냐. 그게 무슨 뜻인가요?

그것을 미처 깨닫기도 전에 이야기를 시작하며 글로 썼다. 신과 나눈 이야기를 받아쓰는 것이었다.

왜 내 인생은 순탄하게 굴러가지 않는 겁니까. 잘 굴러가게 하려면 대체 뭐가 필요하단 말입니까. 어째서 나는 다른 사람들과 행복하고 즐거운 관계를 가질 수가 없는 겁니까. 필요한 만큼의 돈을 만져보는 일 같은 건 내 평생 한 번도 없을 거란 말입니까. 그리고 마지막으로 더욱 힘주어 물었다. 대체 내가 무슨 짓을 했길래 늘 이렇게 고통스런 삶을 살아야 한단 말입니까. 단단히 따지고 든 것이었다.

받아쓰기는 3년간 계속되었다. 그것이 이 책이었다.

그는 사후의 세계를 읽을 때 이상으로 호기심과 흥미를

가졌다. 라기보다 그의 관심을 잡아끌었다. 책의 내용에 앞서서 작가 닐 도날드 월쉬의 삶의 경력이었다. 이혼을 다섯 번 하고 매달 양육비를 보조해야 하는 9명의 자녀를 가진 아버지인 월쉬는 신문기자, 편집자, 라디오 토크쇼 사회자 등을 거쳐 현재는 영적인 각성을 목적으로 하는 '리크리에이션(재창조)'법인을 설립해 활동하고 있고 『신과의 대화』 이후 『신과의 우정』 『신과의 합일』을 출간한 후 강연자로 돌아다닌다. 미국에서 250만 부 일본에서 50만 부가 팔리고 있는 세계적인 베스트셀러 작가이다.

책이 얼마나 팔리고 얼마나 인기가 있고 유명하고 하는 것보다 그 굴곡 있는 삶에 관심이 갔다. 그는 거기에 비하면 참으로 평탄한 삶을 살아온 것 같다. 우선 그는 한 번도 이혼할 용기가 없었던 것이다. 그걸 용기라고 할는지 모르지만 대단히 불행하거나 아니면 무한히 행복한 사람이다. 자유 말이다. 신념대로 사는 것 말이다. 그는 정말 한 번도 하고 싶은 대로 해보지 못하지 않았던가. 바람이나 피웠지. 술이나 실컷 마셨지. 그래서 위가 뚫어진 것밖에 더 있는가.

삶이 무척 두렵습니다. 무척 혼란스럽고요. 매사가 좀 더 확실했으면 좋겠습니다. 다시 물었다. 네가 결과에 집착하지만 않는다면 삶에서 두려운 것이란 없다. 신이 대답했다. 아무것도 원하지 않으면이란 뜻이로군요. 그렇다. 선택하라. 하지만 원하지는 마라.

여기에서의 신은 기독교의 하느님도 아니고 불교의 부처님도 아니다. 다른 어떤 특종 종교에서 숭배하는 신도 아니다. 오히려 기존의 종교와는 전혀 무관한 단지 창조주이며 관찰자로 존재하는 신, 지옥과 천당도 없이 인간에게 모든 창조력과 선택권을 무제한으로 허용하는 신이다. 난 너희가 원하는 걸 원한다. 이 신은 대단히 보편적인 신이며 작가가 창조한 창조주인 것이다. 그 창조주와의 만남이었다.

그는 마음이 설레고 마치 자신이 죽었다 살아난 사나이같이 황홀한 세계로 진입하는 것 같았다. 깜깜한 터널 속에서 나와 훨훨 어디론가 날고 있는 듯하였다. 그런 느낌으로 다른 여러 종교의 신들을 불러 모았다. 그리고 대화를 나누었다. 예수도 만나고 마호멧드도 만나고 석가도 만나고 공자도 만났다. 단군도 만나고 치우도 만났다.

소설이었다. 그의 다른 글(책)에서도 썼지만 성경도 소설이고 예수도 소설이고 석가도 소설이고 불경도 소설이고 지옥도 천당도 연옥도 극락도 소설이었다.

"이 사람 돌았구만!"

또 하나의 그가 말한다. 그의 그림자였다. 죽음의 그림자인지 몰랐다. 무소부재로 항상 그를 수행하는 악마였다. 마우(魔友)라는 이름을 붙이기도 했었다.

"왜 안 되는 소린가?"

"정신이 있어?"

신인지도 모른다. 정신 깨우침을 해 주며 그를 지켜주는 수호신. 언제나 여유 있을 때 즐거울 때가 아니고 외나무다리에서 원수를 만나듯 아주 난감한 위기의 순간에 얼굴을 내미는 존재이다. 도깨비 같은 친구이다. 항상 혼잣말처럼 중얼거린다. 그이면서 그가 아니고 그가 아니면서 그였다. 궤변이 아니었다.

"그냥 내 생각이 그렇다는 거야."

"되나 개나 그냥 내갈기면 되는 거야? 미친년 오줌 갈기

듯이. 미쳤구만!"

"젠장! 얘기도 못 하나? 평생 늙어죽도록 속으로만 우물거
리란 말인가?"

"그래도 그렇지. 되는 말을 해야지. 나이가 몇이라고 함부
로 뇌까리면 어떡해."

"그러나 그런 것은 아니야. 무턱대고 하는 얘기는 아니야.
단테의 서사시 「신곡」에 지옥과 천국을 만들어놓지 않았느
냐고. 그게 소설이 아니고 성경인가?"

"그게 어떻다는 거야?"

「신곡」은 '지옥편' '정죄(淨罪)편' '천국편'으로 되어 있다.
지옥은 다섯 강으로 둘러싸여 있고 대체로 암흑에 쌓여 있
으며 질풍(疾風) 호우(豪雨) 혈하(血河) 독류(毒流) 열사(熱
砂) 빙원(氷原) 등으로 가득차 있다. 단테의 비참한 생활과
귀향의 거부 등 삶의 모든 굴욕과 꿈의 좌절에 대한 시적
보복이라고 할 수 있는 피안의 여행기이다. 신곡(神曲)의 원
명 Divina Commedia의 코메디아는 처음에는 비참한 운명에
허덕이나 마지막에는 행복으로 끝난다는 뜻이라고 하였다.

그는 밀턴의 「실락원」 얘기도 하면서 이야기를 다시 소설
로 끌고 갔다.

"소설이란 거짓말이라는 것이 아니야. 실제보다 훨씬 재미
있고 의미 있게 쓴 것이지. 성경이 거짓말이고 예수가 거짓
말이라는 것이 아니고……"

좌우간 그것이 소설이라는 신념은 변함이 없었다. 참으로
고집이 세었다. 그렇다고 억지로 우기고 있다고는 생각지 않
았다. 그럴 이유도 없었다. 그의 생각이 중요한 것이지 누구
의 동의를 받으려고 하는 것이 아니었다. 이년게이니라 나이

가 몇 살인가. 이제 그 스스로 생각하여 결론을 내릴 때가 되었다. 자신 있게 자신의 얘기를 주장하고 관철시키고 말이다.

좌우간 소설이라는 것이었다. 누가 만든 것이었다. 지옥도 만들고 천당도 만들고 이상향도 만들었다. 죄를 지으면 어떻게 되고 선행을 하면 어떻게 되고 무엇을 하면 또 어떻게 된다는 것을 보여주고자 하는 인생 계도 소설이며 도덕 교과서였다. 어디 단테나 밀턴의 서사시뿐인가. 그 전에나 그 뒤에도 그와 같은 멋들어진 소설이 얼마든지 있다. 그러나 성경을 소설이라고 하고 예수를 소설이라고 하면 사람 취급을 않는 사람이 많았다. 다른 누구보다도 당장 호선과의 관계가 성립되지 않았다. 무엇보다도 밤의 관계가 안 되었다.

그날도 그런 설교를 같이 듣고 오는 것이었다. 한 부자가 있었다. 고은 옷을 입고 날마다 호화로운 잔치를 벌였다. 그야말로 호의호식이었다. 나사로라고 하는 거지는 그 부자의 대문에 누워 상에서 떨어지는 것을 얻어먹으려 하였지만 개들이 와서 헌데를 핥았다. 거지가 죽어 천사들에게 받들려 아브라함의 품에 들어가고 부자는 죽어 음부에서 나사로를 보았다. 아버지 아브라함이여 나를 긍휼히 여기사 나사로를 보내어 그 손가락 끝에 물을 찍어 내 혀를 서늘하게 하소서. 내가 이 불꽃 가운데서 고통을 받나이다. 부자가 간청하였다. 너는 살았을 때에 네 좋은 것을 받았고 나사로는 고난을 받았으니 그것을 기억하라. 이제 저는 여기서 위로를 받고 너는 고통을 받느니라. 아브라함이 가라사대, 그뿐만 아니라 너희와 우리 사이에 큰 구렁이 끼어 있어 여기서 너희에게 건너가고자 하되 할 수 없고 거기서 우리에게 건너올 수도 없게 하였느니라. '누가복음'16장 19절부터 있는 이야기를 인용하여 천국과 지옥은 서로 오고 갈 수가 없으며 지옥은 불길 속 눈물의 골짜기이며 천국은 눈물과 고통 근심이 전혀 없는 낙원이라고 하였다. 그리고 구원을 받는 길은 오직 예수를 믿는 길밖에 없다고 하였고 기회가 지나가기 전에 회개하라고 하였다. 이것을 어떻게 부정할 수가 없었다. 교회에를 안 나가는 방법밖에 없었다. 그러나 그것은 약속을 어기는 일이었다. 약속은 지키고 살아야 했다. 지옥은 그런 곳이고 천국은 그런 곳이었다. 죄를 진 사람은 그렇게 된다는 것이었다. 아니 회개를 하지 않은 사람은 그렇게 된다는 것이었다. 종교란 그런 것이었다. 소설이었다. 가설이었다. 소설이 아니면 우화였다.

얻어맞을 소리만 하고 있었다. 좌우간 기(氣)를 넣어 가지고 오겠다는 이번 여행은 무엇보다도 죽음에 대한 의식이 작용한 것이었다. 지옥이다 천국이다 신이다 하는 문제들도 다 그런 것이었다.

미국 로스안젤리스의 「지구환경과 생존전략」 세미나에 참가하였다. 그것도 같은 맥락이었다. 그러나 그것은 중신아비이고 거기에 몇 가지 볼 일이 있었다. 세계적인 정신지도자 명상가 예술가들이 모여 있다는 휴양 도시 세도나를 다녀오고 싶었다. 기가 많이 솟아나는 곳이라고 하였다. 장사장을 만나는 것도 그 하나였다. 그의 아이 문제에 대한 부탁도 있고 듣고 싶은 얘기도 있었다. 아직 공부를 마치지 못하고 있는 아이의 후견인 역할을 맡겨놓고 있었던 것이다. 세미나 주제 발표를 하기 위해 자료 조사를 하다가 장사장과 밤을 세워 얘기를 하려고 마음먹었다. 만날 때마다 대상은 하나기 아니고 수없이 많다고도 하고 지구를 향해 행성이 다가오고 있다고도 하고 그에게 충격을 안겨주었던 것이다. 이번에는 답을 주고 와야 했다.

지구 환경의 문제는 참으로 심각하였다. 지구의 수명은 앞으로 25년밖에 남지 않았다고 하기도 하였다. 도무지 믿어지지 않았다. 그러나 누구나 부인할 수 없는 사태가 진행되고 있었다. 하늘이 뚫리고 땅이 썩고 바다가 썩고 강이 다 썩고 있다. 지구 표면의 온도가 날로 상승하여 바다 수면이 높아지고 지구는 수장 위기에 있다. 각 일각 지구는 침몰하며 죽음의 행진을 하고 있다. 아무 대책이 없었다. 결국 원시시대로 다시 돌아가야 되는데 그것을 동의하는 사람은 아무도 없다. 우리는 그러기에는 너무 물질문명에 젖어 있다. 오직 한 가지 방법이 있다면 우리의 욕망과 편리를 억제하고 행진 속도를 늦추는 것이다. 그러나 결국 죽음으로 치닫고 있는 것이다.

답을 얻은 것이 아니라 문제만 떠안고 불안만 가중되었다. 이제 개인적으로 아무리 잘 해도 다 죽는다. 종교는 뭐에다 써 먹는 존재이고 신은 뭘 하고 자빠진 존재이며 이 세상에 질서란 있는 것이며 정의란 있는 것이며 아니 도대체 미래란 있는 것인가.

차츰 그의 머리는 뒤죽박죽이 되어가고 있는 때에 무슨 기적처럼 기가 등장한 것이다. 기란 무엇인가. 그런 것이 있다면 희망은 있는 것이 아니냐는 생각이 들었던 것이다. 기적을 바라는 심정이었다.

세미나를 마치고 여행을 떠났다. 장사장과 함께 세도나를 가는 것이었다. 그가 가자고 떼를 썼다. 새벽같이 그가 있는 곳으로 장사장이 미니밴을 몰고 왔다. 아리조나 주의 사막 가운데 있는 기의 도시였다. 기를 좀 넣어 가지고 오려는 것이었다. 만날 사람도 있었다. 창조주였다. 「창조주와의 만남」 포럼이 있다고 하였다. 로스안젤리스에서 10시간 거리였다. 비행기로 갈 수도 있었지만 빨리 가는 것이 목적이 아니었다. 가면서 구경도 하고 얘기를 하려는 것이었다. 그런데 장사장은 엉뚱한 새 이야기보따리를 끌러놓았다. 거기서 제일 큰 식당을 하던 것도 내 놓았고 부인하고도 별거하고 있다고 하였다. 심복인 매니저가 부인과 배가 맞아 주인을 몰아낸 것이었다. 지금 이혼 수속을 밟고 있다고 하였다. 자신의 몫을 챙겨 주식 투자를 해놓고 옛날 제자들과 골프나 치면서 지나고 있다고 하였다. 이제 사장도 아니고 장선생으로 돌아간 것이었다. 그는 너무 어처구니가 없어서 말문을 닫고 있다가 한 마디 하였다.

"기를 잔뜩 넣어 가지고 오다가 오입이나 한번 하자고 ."

달리는 위로할 길이 없어서 한 말이었다.

"하하하하…… 그러지 뭐, 까짓거."

장선생도 말은 그렇게 하지만 그가 알기로는 외도 한번 한 일 없이 살아온 샌님이었다.

"잘 됐네. 하하하하……"

몇 년 그의 옆자리에서 같이 근무한 적이 있는 장선생은 여기로 건너와 돈을 많이 벌었다. 처음부터 돈을 많이 번 것은 아니고 주유소의 주유원에서부터 안 해 본 것이 없고 내외 주야로 뛰어서 제일 큰 업소를 가지게 된 것이었다. '제일'이라는 것을 추구하여 그것을 기어코 이루었던 것이다. 그리고 다시 그것을 잃은 것이었다. 돈보다도 인간적인 배신을 참을 수 없다고 하였다.

점심은 들소고기(버팔로) 햄버거 집을 찾아 들어가 사 먹고 저녁에도 역시 햄버거였는데 사 가지고 차 안에서 커피와 들면서 달렸다. 계속 얘기를 하면서였다. 그가 그동안 지난 이야기도 하고 역시 신앙에 대한 이야기 신에 대한 이야기를 하였다. 장선생은 독실한 크리스천이었고 만날 때마다 그를 전도하려 하였다. 10시간이 더 걸려 밤중에 세도나에 도착하였다. 그가 가고자 하여 예약한 리트릿은 명상의 휴양 공간이었다. 힐링 파크(Healing Park)라고 하였다. 하루 종일 한 이야기로 미진하여 다시 무더운 밤을 새워 이야기를 하였다. 그는 부인을 용서할 생각은 없느냐고 물어보았다. 장선생은 몇 차례 부인의 사죄를 다 거절하였다고 하였다. 절대로 그럴 수는 없다고 하였다. 아침에 눈을 조금 붙이고 일어나 리트릿의 경내를 둘러보았다. 붉은 바위로 둘러싸인 사막의 분지였다. 붉은 바위, 레드락(red rock) 여기저기에 기가 솟아난다고 하였고 특히 집중적으로 기가 많이 솟아나는 장소와 시간이 있다고 하였다. 기가 많이 솟아나는 레드락 근처에는 수많은 호텔 모텔이 밀집되어 있기도 하였다. 기를 볼텍스(vortex) 에너지라고 하였다.

볼텍스는 돌다, 회전하다의 뜻으로 하나의 중심축을 기준으로 물체가 나선향으로 돌아 올라가는 것을 말한다. 이런 볼텍스 현상에는 전기적 성질과 자기적 성질이 있는데 일렉트릭 볼텍스는 지구가 전기력을 방출하는 장소로 이 에너지가 육체에 작용하여 마음에 영향을 준다. 이 에너지가 증가되면 우리 몸의 중앙 시경계 안에 회로가 열리고 새로운 자각을 하게 되고 정신적 영적 능력이 각성된다. 여기서 명상과 기도를 통해 고차원의 정신적인 수준에 도달할 수 있도록 도와준다. 세도나의 뾰족하게 솟은 지역이 이에 해당된다. 예를 들면 벨락(종 바위) 같은 곳이다.

그들을 안내하는 벽운 선사는 그렇게 기에 대하여 설명하였다. 또 하나의 기의 성질은 참으로 경이로웠다.

"마그네틱 볼텍스는 한층 신비로운 기가 솟아나는 곳입니다. 물리적인 실체 없이 에너지 장으로만 존재하는 것으로 육체보다는 영적으로나 심적으로 더 크게 영향을 끼칩니다. 여기서는 전생 체험을 하거나 텔레파시 영과의 대화 등 초자연적인 현상을 경험하게 됩니다. 인간의 오관을 조종하여 지구 에너지와 공명이 되도록 하고 우리 몸에 있는 에너지의 장을 재정렬시키는 것이지요. 회복의 장소라고 부르는 캐스드럴락(성당 바위)은 세도나에서 가장 강력한 마그네틱 볼텍스 지역입니다. 영적인 바위지요."

신비의 땅이었다. 말대로라면 백 살이고 천 살이고 살 수 있을 것 같았다.

"다 버리고 이런 데에 와서 살 수는 없을까."

"오시지요 뭐, 환영합니다."

그가 혼자 우스갯말로 해 본 것을 선사는 진지하게 답한다.

"못 올 것도 없지요 뭐."

장선생도 웃으면서 말하였다. 이제 홀가분하다는 말인가.

그러나 이날 몇 군데의 뾰족한 붉은 바위 위에 서 보고 이튿날 기가 특별히 많이 솟아나는 지역에 시간을 맞추어 가보았지만 기의 실체를 느낄 수는 없었다. 기를 받아들이는 자세가 또 있었다. 기에도 도(道)가 있었다. 기도(氣道)였다.

마음부터 비워야 했다.

선사가 다음 안내한 곳은 너무나 놀라운 장소였다. 단군을 모신 언덕이었다. 사막이 다 내려다보이는 붉은 언덕에 거대한 황금색 단군상이 우뚝하게 서 있었다. 그 옆으로는 천부경(天符經)을 돌에 새겨 놓았다.

"아아!"

그는 큰 소리로 감탄을 하였다. 다른 무엇보다도 너무나 반가운 얼굴이었다. 황무한 사막의 벌판 이 낯선 언덕에 태고적 우리의 할아버지는 그들을 기다리고 있었던 것이다. DANKUN이라는 명패를 붙이고.

"미국 아리조나 그리고 캐나다 남미 멕시코에서 칠레까지 퍼져 있는 인디언의 역사도 동이(東夷)의 역사의 연장이이요 줄기지요. 우리 역사와 인디언의 역사가 너무나 흡사하게 닮아 있어요. 앞으로 많은 관심과 탐구를 요하는 비교역사의 가치가 있을 것입니다. 단군 할아버지의 홍익이념과 삶의 가치관이 깔려 있는 곳입니다."

선사는 단군을 그렇게 연결해 주었다. 그러니까 여기도 단군의 땅이었다.

그는 네, 그렇군요라는 말 대신에 혼잣말처럼 중얼거렸다. 당신은 이 시대의 무엇입니까? 신입니까? 우상입니까? 그냥 금칠을 한 옛할아버지의 얼굴입니까? 한동안 동상을 바라보다가 큰절을 올리었다.

그가 절을 두 번하고 일어서면서 돌아가신 분에게는 절을 두 번 하는 것이 이니냐고 하였더니 성인에게는 세 번 하는 것이라고 선사가 알려주었다. 절을 한 번 더 하였다.

여기서 매달 음력 보름날 달밤에 「창조주와의 만남」 포럼이 열린다고 하였다. 날짜를 따져보니 열흘 뒤가 되었다. 2,3일이라면 몰라도 너무 먼 기간이었다. 창조주를 만나는데 날짜 며칠이 대수냐고 생각하여 보았지만 그것이 안 되었다. 스케줄이 다 짜여 있었고 사람이 우선 약속을 지키며 살아야 하지 않는가 말이다. 창조주와의 인연이 없는가 보았다. 『신과의 대화』의 저자 월쉬, 『뇌내 혁명』의 저자 하루야마 시게오 같은 사람들도 참가한다고 포럼을 주재하는 일지 선사가 말하였다. 그리고 창조주는 모두의 마음속에 있다고 하였다. 그는 그들의 책을 좀 자세히 읽어보리라 생각하였다.

돌아오는 길에 기가 많이 솟아난다는 곳을 골고루 다녀서 기를 마셨다. 벨락에는 새벽 네 시에 가야 했다. 창조주와의 대화를 듣지 못하는 대신 기나 많이 넣어가자고 하여 마냥 늦게 출발하였다. 그러는 바람에 가다가 하루를 더 자고 가야 했다. 아리조나 네바다 캘리포니아 3개 주가 만나는 변경 도시 라플린으로 나와 코로라도 강가의 호텔에 들었다. 라스베가스처럼 도박의 도시였다. 호텔마다 슬롯머신이 꽉 들어차 있었고 그 대신 호텔비는 아주 쌌다.

잠을 자자고 한 것이지만 우선 시간을 정하여 노름을 조금만 하자고 하였다. 한 시간만 하기로 하였다. 이곳저곳 옮겨 다니며 기계를 잡아 돌렸다. 몇 번 좌르륵 좌르륵 대박이 터졌지만 결국 들어가기만 했다. 1000불이 들어가고도 자꾸 들어갔다. 다시 이번에는 시간을 정하지 않고 액수를 정하여 100불만 더 하기로 하고 제일 싼 코인을 바꾸어 돌렸다. 금방 다 들어갔다. 장선생이 조금 더 하자고 하였지만 그가 그만두자고 하였다. 장선생도 잃기는 마찬가지였다. 아쉽게 자리를 뜨는 순간 괴상한 생각이 떠올랐다. 돈 값을 하는 것인

가. 무슨 대발견 같았다. 장선생에게 말하였다.

"우리가 만일 10배 비싼 코인으로 돌렸다고 하면 만 불을 날린 것이 되는 거지요. 안 그래요?"

그런 얘기였다.

"그걸 말이라고 해요?"

장선생은 수학 전공이었다.

"그럼요."

100배면 십만 불이고 1000배면 백만 불이었다. 만일 그렇게 가정하면 말이었다. 한 시간을 돌릴 수도 있지만 열 시간을 돌릴 수도 있었다. 밤을 새울 수도 있었다. 평생 피땀 흘려 모은 재산을 다 날릴 수도 있었다. 그는 자꾸 그렇게 계산을 하다가 장선생을 빠로 데리고 갔다. 맥주를 시켰다.

"돈이란 하루 저녁에 다 날릴 수도 있는 거 아니겠어요?"

"그렇지요."

"잘 생각해 봐요."

이혼수속을 말하는 것이었다. 아이들을 생각하면 그럴 수가 없는 것이었다. 그와 아이들 또래가 같았다. 같이 남매이기도 했다.

"돈만은 아니지요."

장선생은 얼른 말귀를 알아차렸다.

"그럼 정조를 가지고 따지는 건가요?"

"이선생 같으면 수용할 수 있겠어요? 어떠세요?"

"물론 저도 처음엔 말이 안 나왔어요. 그러나 죽으면 다 썩어서 흙이 되고 마는데, 자꾸 그런 것만 따지겠어요?"

"그럼 아무 것도 따질 것이 없다는 얘기인가요?"

"그런 것은 아니고요, 용서해요."

"안 돼요. 절대로 그럴 수 없어요."

"그러면 사모님을 돌로 치시겠습니까? 사랑은 한 내끼도 없었습니까?"

이번엔 거꾸로 그가 전도를 하고 있었다. 그는 한 술 더 떴다.

"용서하시면 장선생은 구세주가 되는 겁니다."

"…………"

"구세주와 창조주는 어떻게 다르지요?"

"글쎄 같은 거지요, 뭐."

장선생은 그 말에는 어정쩡하게 대답을 하였다.

"오늘 밤 여기서 창조주를 만나는군요."

"뭐라고요?"

"용서해 주세요. 지금 전화 걸어요. 그리고 우리 근사하게 오입이나 한번 합시다."

"아니!"

"까짓거, 뭐.

그는 맥주를 한꺼번에 몇 병 시켰다. 그리고 돈을 잃고 해롱거리는 여자를 하나 끌어 앉혔다.

장선생을 움직이면 그도 구세주가 되는 것이었다. 신이 되는 것이었다. 원래 술을 못 하는 장선생에게 술을 자꾸 따라 주었다. 억지로 받아 마신 장선생은 금방 혀가 꼬부라졌다.

"약속했잖아?"

"그러면 피장파장이지 뭐냐?"

"오케이! 바로 그거야."

"Okey"

옆에 앉은 여인이 무슨 뜻인지 맞장구를 쳤다.

"하하하하……"

"<u>호호호호</u>……"

"허허허허……"

또 하나의 그도 같이 따라 웃었다.

그는 다시 그의 걸 헌팅을 하기 위해 빠와 도박장 돌아다녔다. 기왕이면 젊고 마음에 들어야 했다. 하루 밤을 자도 만리장성을 쌓는다고 하지 않았는가. 여기가 동인지 서인지 방향감각도 없어졌다. 술을 또 잔뜩 시켰다.

그날 밤 그는 천신만고 끝에 결국 장선생을 움직이고 그도 움직였다. 잔뜩 집어넣고 온 두 사람의 기가 작용을 한 것이 틀림없었다.

콜로라도 강가의 밤은 너무나 짧았다.

일탈과 욕망

-멀리 멀리 갔었네 4-

그녀와는 자주 만났다. 거의 매주 만났다.

이름을 밝힐 수는 없다. 석자 중에 한 자도 밝히기가 두렵다. 그만큼 알려져서는 안 되는 관계이다. 흔히들 내가 하면 로맨스이고 남이 하면 스캔들이냐고 말한다. 그랬다. 성은 김이요 이름은… 머리글자로만 얘기할 수밖에 없다고, 그러나 그럴 수만도 없었다. 죽어도 좋아라는 영화도 있다. 얘기만 들었다. 통속적이요 유행가와 같은 로맨스인지도 모른다.

뭐 그런 것이야 아무래도 좋다. 누가 뭐라든 뭐가 어떻다고 찧고 까불어대든 상관할 바 없다. 다만 이름만은 알려져서는 안 된다. 석 자 중에 한 자도 밝히기가 두렵다. 그만큼 알려져서는 안 되는 로맨스랄까 스캔들이다. 그들의 관계가 백일하에 들어 나면 참으로 곤란한 지경에 이르게 될 것이다. 그래서 그 관계라는 것에 대하여도 말 할 수가 없다. 그런데 그런 생각은 하고 있으면서도 여전히 관계를 계속하고 있고 거기에 대해서 심각하게 생각하지 않고 있는데 문제의 심각성이 있는 것이다.

좌우간 그래도 이야기를 할려면 이름이 있어야 하므로 아무렇게나 붙여 본다. 일단 윤이라고 해 두자. 이름이냐 성이냐 따지지도 마시라. 나이, 나이도 밝히기가 그렇다. 10대 20대는 아니다. 유부녀이다. 아이도 있다. 다 장성하였다. 남편은 공직에 있다. 그녀도 같은 공직이지만 단순한 일을 반복하는 기능직이이다. 그러나 시간은 마음대로-정말 마음대로는 아니지만-비교적 많이 낼 수가 있었던 것이다. 연가도 내고 출장도 달고 조퇴도 하고 늦게 들어가기도 하고 자신이 책임 진 일만 하면 되었다. 그녀는 남편이 한 단계 한 단계 계단을 밟아올라가는 대목마다 역할을 하였다. 같이 동부인을 하여 식사 대접을 하기도 하고 가끔 악역을 맡기도 하였다. 선물 꾸러미를 들고 간다든가, 그 선물 속에는 봉투가 들어 있기도 하고, 어떤 때 그것이 발각되어 되돌려 받아오는 수모를 겪기도 하였다. 미인계도 더러 썼다. 술자리를 같이 하기도 하고 잠자리까지는 모르지만, 사실 그것도 잘은 모르는 일이었다. 그것을 말한 적도 없고 물어본 적도 없을 뿐이다. 그에게도 남편의 부탁을 몇 번 한 적이 있다. 들어 준 것도 있고 그럴 수 없었던 것도 있고, 다 어려운 것이었다. 말을 꺼내면 집요하게 관철을 시키고자 하였다. 그와의 만남에도 가끔 그런 계산이 들어있었다. 그것은 계산이 아니고 그녀의 솔직함이며 남편에 대한 배려이며 애정이라고 생각하는 편이 옳을 것이다.

그녀가 헤프다든지 윤리 도덕 의식이 없다는 얘기는 아니다. 오히려 그 반대라고 할 수 있다. 그것이 무슨 기준이 될지는 모르지만 그녀는 번번이 불을 끄곤 하였다. 환한 데에서는 백이면 백 번 다 거절이었다. 백이라? 뭐 그 이상이면 이상이었지 이하는 아닐 것이었다.

참 곤란한 얘기만 골라서 텅텅 하고 있는 것이다. 어떻든 그녀가 남편이 승진을 하고 줄을 타는데 결정적인 역할을 하였다고 할 수 있다. 헌신적으로 남편을 위하여 노력을 하였고 어쩌면 남편의 출세를 위하여 자신의 생을 다 바친 여자였다. 그만큼 가정적이었고 또 사회적이었으며 현명하고 똑똑한 아내였다. 그럴 때 딱 들어맞는 말이 현모양처인데 그런 표현이 전혀 손색이 없는 여인이었다. 그와의 스캔들 아니 로맨스를 뺀다면 말이다. 어쩌면 그것이 스캔들이 아니고 로맨스라고 한다면 로맨스도 멋들어지게 하고 있다고 할 수도 있을 것이다.

뭐가 됐든 그들의 관계 속에는 어떤 중요한 의미가 들어 있을 것이었다. 물론 처음에는 거창한 의미가 있었다. 같이 일을 하자는 것이었고 뜻을 같이 하는 것이었고 모든 것을 터놓고 열어놓고 무엇을 한다는 것이 얼마나 중요한 일이냐, 역사와 민족을 위하여 문학과 예술을 위하여 아니 인생의 구경(究竟)을 위하여… 그렇게 생각을 하였다. 그런데 무엇이 되었든간에 적어도 그녀의 남편과 그의 아내는 절대로 그들의 관계를 용납할 수가 없을 것이다. 절대로. 만일 그런 사실이 털끝만큼이라고 알려지기만 한다면 그 순간 모든 것은 끝장이다. 죽어도 좋아가 아니라 너 죽고 나 죽고 다 죽자고 할 것이다. 다른 것은 어떻게 될지 모르지만 그들의 가정만은 도저히 유지될 수가 없을 것이다. 파탄이다. 양쪽 다 파멸이다. 한 가정 아니 두 가정에서 뿐만 아니라 직장이나 지역이나 어떤 고급 사회에서도 그들의 관계는 용납될 수 없을 것이다. 이혼의 제1조건에 대당하며 당장 파면감이고 그런 사회적 법적 제재에 앞서 천벌을 받을 일이며 파렴치한 일인지 모른다. 그럼에도 불구하고 하나도 죄의식을 갖지 않고 있었다. 물론 죄의식을 안 갖는 것은 아니다. 그러나 그것이 계속 반복되고 반복되어 버꾸가 앉아버렸다. 처음 얼마동안은 꼬리가 길면 밟힌다는 속담을 떠올리며 꼬리를 자르자고 하였지만 한 번도 꼬리를 자른 적은 없었다. 아무래도 이쯤에서 그만 일어서자고 그가 용단을 내려 제안을 해보았지만 다른 누가 있느냐고 그러면 좋다고 가라고, 술에 취한 강짜만 받아야 했다.

어떻든 그들의 관계는 들어나서는 안 되는 데도 불구하고 하루 하루 각일각 그런 수순을 밟고 있는 것 같다. 그녀에 대하여 그리고 그들의 관계에 대하여 제대로 소개하였는지 모르겠다. 그러나 그것이 이야기의 핵심은 아니다. 어떻든 윤과는 뗄래야 뗄 수 없는 관계가 되었다. 이틀만 지나도 보고 싶고 사흘 나흘만 지나면 만나고 싶어 견딜 수가 없었다. 1주일을 넘기지 못하였다. 다른 이유가 없었다. 보고 싶고 만나고 싶었다.

"보구싶어요."

"저두요."

거기에 가식도 없고 보태는 것도 없었다. 가끔 이렇게 떠보기도 하였다.

"정말이세요?"

윤 쪽에서였다.

"거짓말이에요."

"거짓말……"

그렇게 한 번 더 드티었다. 그러나 그녀는 그에게 인내심을 갖게 하지 못하였다.

"사실은 제가 전화할려고 하던 참이었는데……"

"그런 줄 알고 제가 먼저 했지요."

"히히히히……"

"빨리 보구 싶어요."

"알았어요."

그렇게 서로의 의사 표시가 있고 시간을 정하면 백리 밖에서도 금방 달려왔다. 그리고 달려갔다. 백리가 아니라 천리 만리라도 달려가곤 하였다.

"컨디션이 어떠세요?"

"좋아요."

그렇게 사정을 물어볼 때도 있었다. 그의 편에서였다.

만나는 데는 물론 그들의 일이 전제되었다. 어느 것이 먼저인지는 모르나 두 가지가 겹친 것은 분명하였다. 그들은 같은 길을 걷고 있는 동지였다. 같은 경향의 시를 쓰고 있기도 하고 한 단체의 회원이기도 하고 임원이기도 하였다. 집이다 밥이다 하는 것을 초월해서 이땅에 무언가를 이루고 실현하겠다는 이상을 같이 하고 있었다. 민족이고 통일이고 하는 거창한 깃발을 치켜들 것도 없이 뜻이 같으며 궁합이 맞으며 의기투합이 된 것이다. 우리의 정체성이 어떻고 시대가 어떻고 더러는 정치가 어떻고 하다가 자아도취가 되기도 하고 거기에 뮤즈와 바카스가 발동을 하면 길바닥에 앉아 깡소주 나팔을 불기도 하고 길을 잃기도 하고 하는 것이다.

같이 세미나에 참석해 토론도 하고 발표도 하고 그가 발표를 하면 그녀가 토론자로 질의를 하기도 하고 그것을 바꾸어 하기도 하였다. 혹시 그런 것에 대해 오해 받을 느끼기 있을 때는 그녀가 빠졌다. 오히려 그가 자꾸 끌어넣었고 그녀는 절도를 지켰다. 같이 책을 내기도 하고 같이 여행을 하기도 하고 하였다. 물론 거기에는 그들 둘뿐이 아니기 때문에 그렇게 중뿔나지 않았다. 길을 잃고 비틀거리지만 않는다면 말이다.

모임, 작품, 때로는 논문으로 인하여 자주 만났고 안 간 데가 없다. 말 갈 데 소 갈 데를 다 간 것은 아니고 나름대로 의미 있고 자신의 발전과 무언가 이 시대를 위하여 민족을 위하여 생각하는 회동이었다. 그래서 그들 모임에서 술잔을 들고 건배를 할 때는 의례끈 조국과 민족을 위하여였고 개나발을 위하여였다. 세미나 답사 회의 출판기념회 시낭송회 등을 많이 빠진다고 해도 꽤 여러 번 수도 없이 참가를 하였고 전국을 순회하였다. 한라산 백두산 지자리산 산에도 많이 가고 거문도 백령도 독도 섬에도 많이 가고 부산 대구 광주 춘천 원주 그런 도시 뿐 아니라 조그만 소읍 산간 마을 농장 술집 장마당에서 행사를 벌이기도 하고 미국 일본 중국 몽골도 같이 가고 북한에도 같이 갔었다. 그럴 때마다 그녀가 철저히 챙기는 것이 있었다. 기록이었다. 초청장 팜플렛 사진, 사진도 꼭 현수막 앞에서 찍었다. 나 여기 분명히 갔었다 하는 알리바이-아니 그 반대던가-증명용인지 몰랐다. 세미나는 참석 않고 팜플렛만 가지고 갈 때도 있었다.

그녀와 처음 다 열어놓은 것은 꽤 오래 되었다. 그렇게 어렵지가 않았다. 서로 좋아하고 사랑하고 그런 것보다 서로 신뢰하고 존경했다. 굳이 따지자면 윤이 그를 존경했고 그가 윤을 귀여워 했다. 사랑했다는 것이 더 어울리는 표현이지만 달리 표현하자면 귀하게 여겼다. 그녀의 젊은 피 그에게 쏟는 열정은 보배와 같은 것이었다. 윤은 그에게 용기를 주고 넘치는 힘을 주었다. 그는 선배이고 연조가 더 있고 별 것은 아니지만 공적이 더 있고 시를 추천도 해 주었지만 그를 통해서 모모한 중견 대가들과 자리를 같이 할 수도 있었다. 그가 무슨 지위가 있고 대단한 위력이 있어서가 아니고 어쩌다 보면 그렇게 되었다. 같이 친하게 지내는 사이가 있고 그 중에는 괜찮은 쟁쟁한 존재도 더러 있게 마련이었던 것이다.

한번은 그 때 가장 존경 받는 선배 시인인 성선생의 집엘 같이 갔었다. 우리 민족 통일의 화두를 지겟군의 타령조로 연작시를 써서 화제가 되었고 그것이 독일에서 주는 무슨 상을 사양하여 더욱 화제가 되고 있었다. 성선생이 밝힌 그 사양의 이유가 상패 하나 받으러 가기가 너무 멀다고, 영국의 어느 작가가 미국 대통령의 초청에 저녁 한 끼 먹으로 가기에는 너무 먼 거리라고 한 말 비슷하게 하였지만, 사실은 그런 것이 아니었다. 선생의 시가 북한에서 대대적으로 소개되고 까마귀 날자 배 떨어지기로 그것이 독일로 연결된 것이어서 이래 저래 안 간다고 한 복잡한 사정이 있었다. 그런 모든 솔직한 면모가 역선전되면서 더욱 매력을 추가하고 있던 성선생은 그와 동향이며 그의 직계 선배라고 할까 은사인 설촌 선생의 같은 문하였던 것이다. 은사님이 계시면야 그 앞에서 얼씬도 못하였겠지만 성선생 덕에 문하입네 제자입네 하고 그 말석이라도 차지하고 있는 그였던 것이다.

그의 존재를 설명하려는 것이 아니라 그 성선생 댁엘 그녀와 같이 갔었다는 얘기를 하는 것이고 거기에서 일이 벌여졌다는 것이다. 그녀뿐 아니라 민족시인포럼의 여러 회원들이 같이 갔던 것이다. 그날 북한에서 소개된 「통일 시뭐뭐

」라는 시와 함께 선생의 땔나뭇군과 같은 차림의 사진이 대문짝만 하게 난 신문을 사들고였다. 누가 고기를 두어 근 사고 그가 됫소주를 한 병 샀다. 그것 가지고 되겠냐고 그녀가 술을 더 사려고 하였지만 그가 말렸다.

"선생님 댁에 가는데 술을 한 병 사들고 가는 거지. 줄줄이 술병을 들고 가는 것은 모양이 안 좋지. 안 그래요?"

그러자 그녀는 얼른 알아차리었다.

"허선생님이 그러자면 그래야지요. 뭐 술 없는 동네 있겠어요? 술 떨어지면 제가 사 댈께요."

"하긴 술 한 병 사들고 가서 한 독을 다 비우고 나온 허선생이신데 뭐."

옆에 있던 황진 시인이 또 한 마디 하였다.

"허허허허……"

그것은 사실이었다. 오래 전에 강촌으로 성선생을 처음 그가 찾아갔을 때, 정종 한 병을 들고 가가지고 그 마을 가게 잔 소주로 파는 오지 독의 술을 다 비우고야 나왔던 것이다. 초면에 백면서생이 참 염치도 좋았다. 사실은 눈으로 길이 막혀 나올 수가 없는 사정이 있었던 것이고 그로 인해 그는 평생 성선생에 술을 샀던 것인데, 그것만으로 허영석의 관록은 인정이 되었던 것이다. 그만큼 그와 성선생이 친하다는 얘기였다.

"하하하하……"

"히히히히……"

모두들 웃었다. 윤의 웃음이 가장 매력적이었다. 그 웃음소리는 그에게 힘을 주었다. 용기를 주었고 허세를 더 하게 했다.

"동네 이름이 뭔지 알어?"

"설보르미지요."

윤은 그의 애기를 여러 번 들었던 것이다.

강촌의 성선생이 사는 골짜기 이름이 설보르미, 설보름인데 설날 친정집에 왔다가 보름이 되어서야 갈 수 있는 눈의 고장이라는 뜻이다. 설국(雪國)이 아니라 설촌(雪村)이다. 아호를 설촌(雪邨)이라고 쓰기도 하는 성선생은 「설국」으로 노벨상을 받은 가와바다 야스나리와 얼굴 모습이 비슷했고 깡마르고 왜소한 체구도 비슷했다. 우연한 일이긴 하지만 성선생과 가까운 사람들은 미구에 성선생이 노벨문학상을 탈 것이라고 기대하고 있었다.

그날 윤은 자신의 약속을 지키기라도 하듯이 그리고 그의 체면을 지켜 주고 선선생의 체면을 살려주기라도 하듯이 연방 화장실 가는 척하고 시골 동네 한참 떨어진 구판장을 들락거리며 치마 속에다 소주병을 사 넣고 왔다.

"아니 그 치마 속에 도깨비 방망이라도 들은 기여?"

성선생이 드디어 그녀의 존재를 인정하였다.

"이 속에요?"

윤은 그날따가 당시 유행하던 맥시라던가 새로 사 입은 긴 치마를 벌렁 까뒤집어 보이면서 스트립쇼를 하였다.

"이 속에 화수분이 들어 있지요."

얼굴이 술로 빨갛게 되어가지고 요상을 떨었다.

"하하하하……"

"허허허허……"

윤의 그러한 교태가 금방 방안을 달구어 놓았다. 물론 거기에는 다른 어류들이 있었고 더 뛰어난 존재가 있었지만 제일 먼저 취한 윤에게 시선이 집중되었다. 우선 그의 시선을 잡아끌었다. 화장실을 같이 가게 된 그녀는 그의 앞에서 참지 못하고 소방호수에서 뿜어대듯 좌 소주를 쏟아 젖기는 것이었다.

달 밝은 여름 강촌의 밤이 깊어 갔고 이야기는 더욱 무르익어 갔다.

"잘 하셨습니다, 선생님! 정말 잘 하셨어요."

"뭘 개뿔이나 잘 한 게 있다고 야단들이여?"

"선생님은 이 시대의 별입니다. 그런 시시한 상 받지 마시고 앞으로 노벨상이나 받으시지요 뭐."

그가 한 마디 하자 방안의 열기는 더욱 고조되었다.

"이러다 나 주재소에 잽혀 가는 것 아닌가 모르겠어."

성선생은 술이 거나해지자 자신에게 쏟아지는 칭송들이 싫지는 않다는 듯이 그렇게 솔직히 말하였다. 그러자 또 이 사람 저 사람이 한 마디씩 하였다.

"염려 붙들어 매세요. 절대로 그렇게는 못 합니다."

"개 같은 놈들 나타나기만 하면 다 때려죽이고 말겠습니다."

"선생님은 잡아가도 주재소에서 잡아가는 것이 아니라 중앙정보부에서 잡아갑니다. 선생님은……"

"이 사람아 이름이 바뀌었어."

성선생은 소설을 쓰는 이교수가 열을 올리자 가로채며 지적을 하였다. 그도 그냥 넘기지 않았다.

"주재소는 안 바뀌었지요?"

"하하하하……"

"호호호호……"

"히히히히……"

한 바탕 또 웃었다.

"좌우간 선생님이 잡혀가시면 정말 영웅이 됩니다. 농민의 영웅! 지갯군의 영웅!"

윤이 또 한 마디 발언을 하였다. 그녀가 무슨 점수를 따려고 인기 발언을 하는 것은 아니었다. 술이 취한 것이고 그냥 함부로 텅텅 던지는 말이었고 그것을 오늘의 주인공인 성선생이 인정을 해주고 있었다.

"거 참 예의는 바르구만! 뉘 집 딸이여?"

"애 엄마예요."

"유부녀예요. 애가 넷인가 다섯인가."

"아 유부녀면 어때?"

"그렇지요? 선생님!"

"그런데 뭐 그런 영웅보다도 난 농민으로 족하고 똥지겟군으로 족해요. 이 시대 영웅은 해서 뭘 해요? 그게 뭐 밥을 멕여 줘요? 옷을 입혀줘요?

모두들 시무룩하였다. 또 이런 말도 하였다.

"아무러면 박정희 장군 김일성 장군만 하겠어요?"

그런 성선생의 냉소적인 수사로 열기가 오른 방안을 냉각시켰다. 참 역시 선생님이구나 하는 생각도 하였지만 좀 이상한 방향으로 가는 것이 아닌가 하는 생각들도 하였다. 그런 엇갈린 분위기 속에서 뭐라고 대꾸를 하지는 못하고 술만 따르고 마시고 하는데 다시 윤이 마재기 뒷불알처럼 톡 튀었다.

"선생님은요, 그런 영웅이나 장군 같은 거 하지 마시고요, 똥깅군이니 되세요."

"똥장군이나 하라고?"

성선생도 너무나 의외라는 듯한 표정을 감추지 못하고 실색을 하며 반문을 하여 방안을 다시 급랭시키었다.

"에헤 참! 똥장군이나 지시라고요."

참 기고만장이었다.

"하하하하…… 맞아. 자네 정말 맘에 드네. 하하하하……"

그리하여 방 안의 열기는 다시 되살아나고 떠들어대고 웃어대며 술을 계속 마셔대었다. 술을 얼마나 들어부었던지 속이 타서 마루로 나 앉기도 하고 마당에 비틀거리기도 하고 강가로 기어나가기도 하고 그러면서도 누구 하나 갈 생각을 하지 않았다. 봉고차를 몰고 온 이교수가 곯아떨어졌으니 갈수도 없었다.

윤은 계속 술을 사 날르고 또 연방 마셔대고 하다가 다들 밖으로 나간 사이에 이윽고 방 가운데 드러누웠다. 그리고 더욱 요상한 짓을 하였다.

"제가 선생님 회춘을 좀 시켜드릴께요. 히히히히……"

그리고는 성선생의 목덜미를 휘감고 뒹굴었다. 마른 장작개비 같은 성선생의 작은 체구는 건장한 젖소부인 윤에게 금방 나동그라졌다. 영락없는 꽃뱀이었다.

"히히히히……"

무슨 추태라기보다 교태였다. 그녀를 미워하는 사람이라면 도대체 그게 무슨 짓이냐고 질색을 하겠지만 조금이라도 그렇지 않은 사람이라면 왜 그렇게 주책없이 퍼마셨느냐고 술 탓으로 돌릴 것이었다. 정말 술 취하니까 가관이라고 생각할 수도 있고, 그런데 그의 경우는 그렇게 그날의 윤이 매력적일 수가 없었다. 남의 유부녀 마음에 들고 안 들고를 따지는 것이 아니라 그렇게 재기발랄하고 민활하고 다른 사람 몇 몫을 하였다. 무엇보다 그의 천금과 같은 선배를 그렇게 기분 좋게 해주겠다는 마음씨가 가상하고 사랑스러웠다. 그렇게 이쁠 수가 없었다. 너무나 헌신적이고 자기를 버리고 분위기를 맞추려는 의도가 눈물겨웠다. 그것이 무슨 주책이고 술 탓일 것이 있는가. 사랑이고 애정이었다.

어떻든 그녀가 성선생과 맞장을 뜰 수 있었던 것도 그를 통해서였고 들어눕고 애교를 떨 수 있었던 것도 그가 있었기 때문에 가능했던 것이다. 그가 등단을 시켰으며 자꾸 등장을 시켰다. 그것이 발전의 발판이 되었다. 말하자면 그랬다. 그런 것을 의도한 것도 아니고 계산한 것도 아니었다. 자연히 그렇게 되었다.

그날 밤 몇 시나 되었는지 달도 기운 강가 자갈밭에서 그녀는 훌훌 벗기는 대로 다 벗고 성선생이 아닌 그의 목을 감았다. 그리고 마신 소주를 쏟아놓듯이 서로의 정욕을 있는 대로 다 쏟아부었던 것이다. 그날 저녁 서로에게 누적된 매력의 포인트들 사랑스럽고 눈물 겨운 감정들이 합쳐진 것이었고 그것이 폭발하였던 것이다. 사랑해요, 저 사랑하세요? 그런 것도 따지지도 않았다. 서로가 서로에게 다 퍼주었던 것이다. 그러고 싶었던 것이다.

두 번째는 속리산에서의 세미나 때였다. 삼신사에서 남북시에 나타난 통일형식에 대한 세미나가 있었다. 몇 년 전이던가 개천절 날이었다. 도깨비 용 호랑이 그림을 집대성하였으며 북의 삼성사 대신 환인 환웅 환검(단군) 삼신을 모신 삼신사를 세운 한국민학회 삼신학회 조회장이 아직 펄펄할 때의 일이다. 그 때 세미나의 후원 기관이었던 삼신사 수련

원 홍풀이 마당에서 막걸리에 취하여 도깨비춤을 밤새도록 추었다. 조회장은 막걸리를 도깨비 물이라고 하였다. 자꾸 그 물을 퍼마시게 하고는 덩실 덩실 춤을 추게 하였다. 징에다 꽹과리에다 장구에다 나팔 호적에다 북도 소고 대고 골고루 갖추어 있어서 아무나 집어다 두드리도록 하여 놓았다. 도깨비 집에는 도깨비의 정말 귀신 같은 너줄한 옷들이 켜켜이 널려 있었다. 그것도 아무나 가서 아무 것이나 걸치고 나오면 되었다. 탈이 또 무수히 많아서 마음에 드는 것을 쓰고 나와서 춤을 추었다. 도깨비 탈춤이었다. 이왕이면 가장 마음에 안 드는 탈을 쓰고 가장 보기 싫은 몸동작으로 춤을 추는 것도 하나의 매력이었다. 가면무도회의 밤은 거꾸로 가는 밤이었다. 카니발, 혼돈 속으로 들어갔다.

덩덩 덩더쿵 덩덩 덩더쿵……

꽝— 꽝— 꽝—

꾕매 꾕매 꾕매 꾕매……

마구 두드려대고 노래를 부르고 마셔대며 춤을 추었다. 법주사 주지 여적암 천왕사 불광사 봉덕사 여러 사찰의 스님들이 자리를 같이 하고 보은군 교육장 교육위원 경찰서장 문화원장 우체국장 등 기관장 유지들도 함께한 자리였다. 김금화 무당패가 또 함께 어울려 춤을 추었다. 하버드 출신의 훤칠한 조회장은 간간히 막간을 이용해서 설명하였다.

"신라의 도깨비들은 으슥한 서라벌 뒷산 속에 숨어 살면서 밤마다 요란스럽게 두드리며 놀기를 좋아했어요. 그래서인지 지금도 경주에서는 도깨비들을 두드리라고 부르고 있지요. 두드리의 괴이한 버릇은 오늘 우리에게 살아남아 술잔을 주고 받다보면 숟가락 젓가락을 집어들고 닥치는 대로 두드립니다. 이제 두드리가 따로 있는 것이 아니라 놀기 좋아하고 취하기 좋아하는 한국인 모두가 두드리가 되어 버린 것입니다."

조회장은 춤도 배워서 추냐고 하면서 이 사람 저 사람에게 도깨비 물을 퍼주었다. 그리고 흥풀이 마당으로 등을 떠밀어넣었다. 조회장은 오랜 동안 우리 신명의 뿌리인 둥지굿과 환무제천(環舞祭天)의 부흥운동을 벌이고 있는 것이었다.

밤을 새워 춤을 추던 윤을 도깨비 집으로 그가 유인했다. 너풀거리는 옷끈을 조금 끌어당긴 것이다. 그녀는 하나도 힘들이지 않고 끌려왔다. 실은 그녀가 먼저 끌었던 것이다. 그가 그만 들어가서 자겠다고 했을 때 계속 춤을 추자고 그의 옷끈을 잡고 놓아주지 않았던 것이다. 그는 치던 징을 꽝 꽝 있는 힘을 다하여 쳐대었다. 도깨비 집에 갔을 때 그들은 온 몸이 땀에 젖어 있었다. 팬티까지 다 젖어 있었다. 전신이 흐느적 흐느적 하여 한데 쓰러지고 같이 널부러져 잤다. 모두들 다 여기 저기 나동그라져 잤던 것이다.

그녀와의 만남은 그런 카니발과 같은 혼돈 속에서 이루어졌다. 그러나 그녀가 문을 열고 옷을 벗기 시작하고부터는 아무런 거리낌도 없고 두려움도 없이 만났다. 대부분은 그가 연락을 하였지만 그녀가 먼저 전화를 할 때도 있었다. 그런 때도 많았다.

"오늘 뭘 하세요?"

"별 일 없는데요."

"그럼 제가 갈까요?"

"제가 갈께요."

"빨리 보구 싶어요."

"금방 갈께요."

다른 말이 필요 없었다. 보고 싶고 만나고 싶은 것 이상의 더 큰 용건은 없었다. 대개는 그녀가 약속 장소에 먼저 와서 있었다.

그날도 중요한 일이 있었다. 북한에 가는 문제였다. 그 일로 처음 만나는 것은 아니었다. 다시 확인을 하고 채근을 하려는 것이었다. 같이 가기로 되어 있었다. 거기에서 남북 통일문학 세미나를 개최하기로 되어 있었고 그것을 그들 포럼에서 주최하고 있었던 것이다. 임원 중에서도 상임의장이며 사무차장인 그들 둘이 주로 일을 만든 것이다. 통일부에 뛰어다니며 서류도 갖추고 연락도 하고 북경과 연변을 왔다 갔다 하면서 북한 작가 접촉도 하고 그래서 몇 년 만에 천신만고 끝에 승인을 맡은 것이었다.

이래서 안 된다 저래서 안 된다 별의 별 구실을 붙여서 안 된다고 하였다. 도대체 우리 민족이 만나서 얘기를 하겠다는데 도대체 왜 그렇게 막는지 몰랐다. 그것도 통일을 논의하자는 것이 아닌가. 비록 예술의 분야이고 문학의 분야이고 시의 내용으로 접근하는 것이긴 하지만 다 민족의 얘기이고 통일의 얘기인 것이었다. 통일부가 왜 그것을 막는가. 도대체 통일을 하자는 것인지, 말자는 것인지 알 수가 없었다. 답답하기 짝이 없었다.

북에서도 그랬다. 그만큼 말 짜듯이 세미나를 갖기로 하고 초청을 하기로 약속을 하여 놓고는 번번이 함흥차사였고 꿩 구워먹은 자리였다. 한 두 번이 아니고 몇 번째였다. 몇 년째였다. 통일문학 세미나라고 하였지만 남과 북의 시인이 한 자리에 앉아 얘기를 좀 하자는 것이었다. 남북시인회의였다.

정치의 논리가 있고 문학의 논리가 있다. 문학의 논리 시의 논리로 통일의 문제를 풀어보자는 것이었다. 그렇게 누누이 설명을 하였는데도 왜 들어올려고 하느냐, 무엇을 할 것이냐, 누구누구 오느냐, 주제가 뭐냐, 발표자가 누구냐… 몇 년째 똑 같은 물음을 사람을 바꿔서 던지고 있고 그 까다로운 절차를 반복하고 있는 것이다. 그런데 알고 보니 잘 안 되는 이유가 돈 때문이라는 것이었다. 노골적으로 그런 얘기를 면전에서 하지는 않았을 뿐이고 중간에 연결하는 사람을 통해서 무슨 컴퓨터를 얼마를 사내라 멀티비전을 얼마를 사내라 돈을 얼마를 내라 하는 것이었다. 그런 사정을 참 한참만에야 알고 화가 났다. 도대체 시인들이 무슨 돈이 있다고 돈도 한 두 푼도 아니고 거금을 내놓으라는 것이냐 말이다. 아니 따지고 보면 시인이라고 꼭 가난하라는 법도 없고 꼭 쓸 돈이라고 한다면 그 금액의 많고 적고를 떠나서 못 내놓을 바도 아니었다. 밥을 굶는다는 데에 그냥 가자는 것도 아니었다. 돈을 따지자는 것이 아니라 무슨 사업을 하는 것도 아니고 통일문제를 얘기하는데 왜 돈을 앞세우느냐는 것이었다.

"통일도 큰 사업이디요. 그게 보통 사업입네까?"

결국 따지는 사람만 치사하고 옹졸한 쪽이 되었다. 그래서 회원들이 겨울 내의를 전한다든지 성선생의 아이디어이지만 가는 사람들이 쌀을 한 가마니씩 가지고 가서 준다든지 하는 것은 무색하게 되고 말았다.

그런데 아리랑축전을 한다고 들어오라고 연락이 왔다. 아리랑 공연도 보고 세미나도 하고 일석이조가 아니냐는 것이다. 그랬다. 님도 보고 뽕도 따고 좋았다. 아리랑! 우리 민족의 노래기 이닌가. 우리 민족의 열이 담겨 있고 힌이 서려 있는 아리랑이 아닌가. 또 그런데 이번에는 남에서 안 된다고 하였다. 통일부에서 아리랑 축전 기간에는 안 된다는 것이었다. 절대로 무슨 일이 있어도 안 된다고 우기었다. 처음에는 초청 기관을 가지고 트집을 잡았었는데 이젠 방북 기간이 문제였다. 결론적으로 갈 수가 없다는 것이었다. 북에 약속한 것을 지키지 못하는 것도 곤란한 일이지만 남의 회원들에게 간다고 통보를 하고 일정을 잡아놓은 것을 파기하고 취소하는 것도 여간 실없는 일이 아니었다. 양쪽에 다 신용 타락이 되고 말았다.

"도대체 아리랑을 보는 것이 뭐가 어때서 그래요?"

그들이 통일부에 들어가 장관 면담을 해도 안 되고 해서 담당 사무관에게 물었다.

"아리랑이라고는 하지만 그게 다 이념선전물입니다. 그걸 모르시겠습니까?"

사무관은 오히려 그들에게 반문하는 것이었다.

"그러면 가서 안 보면 되는 것 아닙니까? 아리랑은 안 본다고 각서를 쓰고 가면 될까요?"

"각서요?"

사무관은 각서를 쓴다고 하자 주춤하다가 과장 국장을 만나고 와서는 역시 안 된다고 하였다.

"그쪽에서 회유를 당하면 각서를 쓴다고 해도 안 본다는 보장을 할 수가 없습니다."

그런 이야기였다. 얼마 전 종교인들이 갔을 때의 예를 드는 것이었다. 참 답답하기 짝이 없었다.

"우리가요 무슨 철없는 애들입니까? 시인이고 작가들입니다. 그리고 대부분 교직에 있는 분들입니다. 그런 것을 가르치는 위치에 있는 사람들입니다. 도대체 말이지요오…"

"조금만 참았다가 아리랑축전이 끝나고 가시면 되지 않습니까?"

사무관은 그의 말을 가로채었다.

땅파기였다. 그런데 도무지 그 아리랑 축전이 끝나지가 않았다. 자꾸 연장이 되었다. 끝났다고 보도가 되었는데도 확실히 끝난 것인지 확인이 안 되고 있다고 하였다.

그러다 아리랑축전이 정말 다 끝나고 이제 들어가도 좋다는 연락이 왔다. 이제 들어가면 되는 것이다. 그래서 같이 가는 것이 정말 괜찮겠느냐고 윤에게 확인하려는 것이었다. 다른 데보다도 북한이라 신경이 쓰였다.

"괜찮아요. 염려 마세요."

윤은 웃으면서 전과 똑 같은 소리를 하였다.

"결재를 맡아야지요?"

"인제 맡으면 돼요."

그녀는 언제나 느긋하였다. 갈지 못 갈지도 모르는 것을 가지고 미리 걱정하고 고민할 필요가 없었던 것이다.

"자 그러면 우리 자축을 합시다."

"그래요."

늘 가던 손두부집이었다. 뒤쪽 창밖으로 산 밑에 연한 비탈밭이 내려다보이고 큰 장독을 많이 늘어놓은 토속적인 분위기의 식당이다. 비지장 부두붙임에 더덕술을 시켰다. 더덕이 얼마나 들었는지 더덕냄새가 났다. 약주로 할까 막걸리로 할까 윤이 묻는다. 그냥 따르면 맑은 약주가 되고 흔들면 막걸리가 되었다. 그가 조금만 흔들어 투박한 오지 잔에 따르고 번쩍 들었다.

"조국과 민족을 위하여!"

"우리의… 발전을 위하여!"

그는 한 박자 멈칫하며 건배사를 말하였다.

우리의 사랑을 위하여라는 말을 바꾼 것이다. 그런 표현은 늘 절제하여 왔던 것이다. 언제나 그가 먼저 냉정하려 노력하였던 것이다.

"개나발이네요. 히히히히……"

윤은 거기에 반발이라도 하듯이 첫잔부터 걸고넘어지려 하였다. 한 물 간 것이지만 개인과 나라의 발전이라는 유행어가 그들 두 사람에게 딱 들어맞는 것 같기도 하였다.

또 한 잔씩 따랐다. 막걸리일망정 묵직하게 술이 남아 있고 잔에 가득 술이 따라져 있는 것을 볼 때 푸근하였다.

"자, 뭐가 됐든 또 부딪칩시다."

"그래요."

잔을 딱 소리가 나게 부딪었다. 그녀는 그의 요구를 하나도 거역하는 것이 없었다. 그래요, 맞아요, 히히히히… 그것이 그녀의 대답이었다.

막걸리를 하나 더 시켰다. 그녀는 반에 반 잔만 받고도 밀리어 그에게 잔을 밀어놓곤 하였지만 얼굴이 앵두처럼 되고 혀가 꼬부라진다.

"제가 쫓겨나면 책임지실래요?"

"그러면 안 되지."

"하느님이 우리 편에만 서 주실까요?"

윤이 자신의 잔을 비우고 그에게 술을 따라주며 다시 묻는다.

"하느님이 어디 있는가요?"

"하늘에 계시지요."

"하늘 어디에 있어요? 성층권에 있나요? 은하수에서 낚시질을 하고 있나요?"

"그렇게 자신 있어요?"

그는 윤을 물끄러미 바라보다가 술을 쭈욱 들이키고 그녀에게 한잔 가득 부었다.

"없어요."

"히히히히……"

그들은 아무런 대책이 없었다. 무방비였다.

그 다음날 그녀는 전화로 결재를 받았다고 연락을 주었다.

"어떻게 그렇게 쉽게 되었지요?"

"거짓말을 했어요."

"뭐라고 했는데요?"

"제가 주제발표를 한다고 했지요. 히히히히……"

"그래요?"

"그냥 그래 두는 거지요 뭐."

"그러면 안 되지요."

"안 될 것도 없어요. 그냥 그래 두면 돼요."

"그러면 안 되지. 그러지 말고 정말 발표를 하시면 되겠네."

"네? 제가요? 제가 어떻게요?"

"자료를 다 드릴께요."

"그래도 그렇지요."

"그렇게 하세요."

그녀가 안 된다는 것이었지만 자꾸 그렇게 하라고 했다. 우선 그 자신이 그렇게 미음떠었다. 이제 그가 거짓말을 헤야 했다. 임원들을 이해시키는 일이었다. 뭐라고 할까, 발표자를 교체하라고 해서 그렇게 하였다고 할까, 이왕이면 북에서 요구했다고 할까, 그의 무슨 사정을 댈 수도 있을 것이다.

이틀이 안 되어 다시 만났다. 그녀가 만나자고 하였다.

성불사에서였다. 이기영이 「고향」을 쓰던 곳이라고 알려져 있는 조그만 절이다. 부처는 없고 뒤로 난 창밖에 바위로 된 부처가 그림자처럼 서 있었다.

"제가 너무 떼를 쓰는 것 같애요."

"같은 것이 아니라…"

"그렇지요?"

빙그레 웃는 그의 입술에 윤의 입술이 와 닿았다. 그가 끌어안자 금방 윤은 그의 목덜미를 휘감았다.

돌부처가 눈을 감는다.

내려오는 길에 또 막걸리를 한잔 했다. 좁쌀로 빚은 것이라고 했다. 술상 위에 그가 준비했던 자료와 엮어놓은 발표문을 내놓았다. 그것을 넘겨주는 것이 이날의 용무였던 것이다.

"이러면은 정말 안 되는데…"

"자, 조국과 민족을 위하여!"

"개나발을 위하여!".

이날도 한 병 가지고는 안 되었다. 두 병 세 병을 하고 맥주까지 걸쳤다. 그리고 어느 때보다 격렬한 정사를 하였다. 마구 기성을 질러대며 희열을 발산하고 태풍이 일과한 뒤 다시 그를 찰거머리처럼 끌어안으며 말한다.

"저 참 못 됐지요?"

"그래요."

"히히히히……"

웃고 있는 그녀의 입술에 이번에는 그가 또 불을 뿜어 넣었다.

"저는 참 행복해요."

"그래요?"

"정말이에요."

아직 숨을 거칠게 내쉬면서 말하였다.

"제가 오늘 왜 만나자고 했냐 하면 말이지요오 저어 발표 안 할래요."

"아아니, 그게 무슨 소리야. 왜 무슨 일이 있어요?"

"아니오. 그런 것은 아니고요. 아무래도 선생님이 하시는 것이 좋겠어요."

"왜 자신이 없어요? 뭐 자기 스타일대로 하면 돼요."

"그런 것은 아니고요 다 알겠는데요오 그러면은 다른 사람들 동료들의 오해를 받아요. 그러면 안 되지요. 저의 집 일은 제가 알아서 처리할께요. 아셨지요?"

"뭐 얘기가 또 그렇게 되나?"

"죄송해요."

"죄송할 게 아니고…"

윤이 그의 입 속에 뜨거운 혀를 넣으며 말을 막았다. 그리고 다시 목을 감고 매달려 불을 붙이었다.

그러나 그녀는 밤늦도록 붙들고 놔주지 않은 그의 손을 뿌리치고 먼저 일어나서 갔다. 너무 늦으면 이거고 저거고 안 된다는 것이었다. 그것을 그가 또 이해해야 했다. 맺고 끊는 그녀의 절도가 침으로 마음에 들었디. 언제니 그랬지만. 그보다 훨씬 강하고 그를 압도하였다. 그것이 그녀의 슬기이며 그들의 관계를 끌고 가는 힘이었다.

윤은 그녀의 희망대로 남북 통일문학세미나 '남북 시어의 접근'의 주제발표를 하는 대신 사회자가 되어 평양 인민문화궁전에서 마이크를 잡았고 그런 것이 TV 카메라에 담겨 남북에서 동시에 방송되었다. 팜플렛이나 현수막 앞에서의 증명사진은 신경 안 써도 되었다.

"됐지요?"

"네, 아주 원이 없어요. 히히히히……"

"허허허허……"

그랬다. 그런 면에서는 잘 되었다. 평양에 들어가 단군릉 삼성사 을밀대 부벽루를 둘러보고 저녁 대동강 가의 옥류관에서 냉면에 곁들인 장뇌삼 술을 얼마나 마셨던지 그들 모임의 대열에서 일탈하여 대동강변 부벽루에 산보하는… 두 사람으로 찍힌 것까지도 좋았는데 그날 두 사람이 부벽루 누각 위에서 참으로 역사적인(?) 정사를 하는 바람에 세미나의 가장 중요한 핵심이 제거되고 말았다. 거세(去勢)된 회의가 되고 말았다.

북의 회의 정리 방식대로 세미나가 끝나고 두 대표가 공동보도문을 같이 낭독하는 것이었는데 그 문안을 놓고 밤새도록 줄다리기를 하다가 결국 그쪽의 주장대로 휘말리고 말았다.

다른 것은 다 좋았다. 김일성 김정일 부자의 대형 사진 밑에서 발표하는 것도 좋고 력사적인 6.15남북공동선언의 정신에 입각하여 통일을 이룩하려는 7천만 겨레의 열망도 좋았다. 우리는 같은 단군의 자손이고 단군은 실제 인물이며 우리 민족끼리 통일을 지향하고 총칼을 비려서 호미와 낫을 만들고 일본의 우리 역사 왜곡을 규탄하는 것, 다 좋았다. 그런데 이 땅에 미제국주의자들을 몰아내고… 하는 대목은 도저히 수용할 수가 없었다. 그가 우파이고 좌파가 아니라는 것이 아니라 남에서 참가한 대표들의 동의를 도저히 받을 수가 없었다. 회의 직전까지도 타협이 안 되어 그가 북의 대표에게 큰 절을 네 번을 하였다. 그의 일탈을 문제 삼고 있었기 때문이었다. 성인에게나 하는 절이다. 단군릉에 가서 절을 네 번 하였던 것이다. 그가 미국 아리조나의 세도나 사막 가운데에 세운 단군상 앞에서 배운 대로 그리고 환인 환웅 단군 삼성을 모신 황해도 구월산 삼성사(三聖祠)에서 들은 대로 그 세 화상 앞에서 성인인에 대한 예를 갖추어 네 번 절을 한 얘기를 하였다. 그것이 주효하였다.

"단군한아버지 때문에 봐 드리는지 아시라요."

그렇게 하여 미제국주의자들을 외세라는 표현으로 바꾸었지만 그의 주제발표는 온통 죽을 쑤고 말았다. 원고대로만 읽어나갔으면 아무 문제가 없었을 일인데 청하지도 않은 부연을 한다는 것이 한 마디 삐끗하여 끝내 수습을 못하고 엉뚱한 소리만 하다가 결론도 원고에도 없는 말을 하였다.

"문학은 정치의 논리와 다릅니다. 시는 우리의 고정관념의 틀을 깨부수고 영혼의 소리를 하여야 합니다. 우리 민족이 전 세기에 저지른 역사의 수렁에서 벗어나고 민족의 갈등을 넘어서기 위해서는 서로의 눈을 바꾸고 귀를 바꾸고 마음을 바꾸어야 합니다. 우선 정권욕을 버려야 합니다. 통일욕도 버리고 형제의 마음으로 돌아가 끌어안고 울어야 합니다. 그것이 통일입니다. 겸허히게 시인의 마음으로 새로 시각하여야 할 것입니다."

김일성 김정일 사진 밑에서였다. 카메라를 들이대고 찍던 사람들이 멈칫하며 돌아서고 대회당은 급랭하였다.

결국 부벽루 사건을 다시 문제 삼고 출국까지 부레이크를 걸었지만 평양공항에서 고려항공을 타고 북경으로 겨우 빠져나올 수 있었다. 다음 회의도 불투명하였다. 아무래도 어렵게 된 것 같다.

북경에서 인천공항으로 들어오는 대한항공을 탔다. 참으로 편안하였다. 옆 자리에 윤이 앉았다.

"미안해요. 저 때문에…"

"북에서는 삼가야 하는 건데…"

참으로 엄청난 실수를 한 것이었다. 라기보다 그녀 때문에 엄청난 대가를 치른 것이었다. 십년공부 나무아미타불이었다.

"전화위복인지도 몰라요. 좋은 말씀 하셨잖아요? 아주 위대한 선언이었어요."

"그럴까요?"

정말 그런 것일까. 설사 그렇다 치더라도 두 사람의 문제는 무얼까. 살어름을 딛는 듯한 한 고비를 넘겼을 뿐이다. 임시봉합을 해놓았을 뿐이다. 그 모든 것이 이루어지는 그런 나라는 없을까. 시를 쓰네 문학을 합네 민족이니 통일이니 하고 있지만 그런 자신들의 갈등의 골은 점점 깊어만 가고 있었다. 그것은 삶의 무엇일까. 돌아가는 대로 설촌 선생 묘 앞에 가서 물어보리라.

윤은 언제나 그에게 희망을 주었다.

"제가 다 갚아 드릴께요."

"어떻게요?"
"히히히히……"
또 시작이었다.

신과의 대화
-멀리 멀리 갔었네 5-

신에 대한 갈등이 점점 심하여 갔다. 이제 그 혼자서는 도저히 빠져나올 수가 없이 골이 깊어져 있었다. 한 해 두해가 아니고 10년 20년도 넘었다. 따지고 보면 30년 40년도 넘는 갈등의 뿌리를 키우고 있었다.

신이 있느냐 없느냐, 죽은 뒤에 어떤 세계가 있느냐 없느냐 하는 이야기이다. 그것은 둘 다 같은 이야기라고 할 수 있는데 간단히 말하면 신이 없다는 얘기도 아니다. 있다는 얘기도 아니다. 좀 따져보자는 것이었다.

중간 결론부터 먼저 얘기하자면 인간은 신의 존재처럼 단순하지가 않다는 것이다. 복잡하고, 있느냐 없느냐, 천당이냐 지옥이냐, 그렇게 2분법적인 것이 아니라는 것이다.

그러니 어떻다는 것인지, 어쩌자는 것인지 작정은 없고 갈등을 겪고 있는 것이다. 언젠가부터 죽음이 보이기 시작하였다. 꿈에도 보이고 석양 무렵 낙조 때도 보이고 문득 문득 그 불안의 그림자가 보이는 것이었다. 정년, 은퇴 그리고 이것 저것 맡았던 일을 정리를 하면서 밤 조수가 밀려오듯이 우르르 몰려오는 것을 느끼었다. 삶의 해가 서산으로 성큼성큼 기울어져가고 있는 것 같았다.

죽음이란 삶의 끝이다. 개똥밭에 굴러도 이승이 낫다는 말이 있지만 그 삶이 끝나기 시작한다는 것이다. 얼마 전에 읽은 소설 「천국에서 만난 다섯 사람」(미치 앨봄 작)에 보면 죽음이란 또 다른 시작이라고 되어 있다. 실감은 나지 않았지만 죽음에 대한 해석이 마음에 들었다.

죽음에 대한 준비랄까 대처라고 할까 그 답을 대개 종교에서 찾고 있다. 기독교 천주교 불교 천도교… 종교가 수 없이 많다. 그 종파도 말할 수 없이 많다. 열 손가락으로도 못 헤아리고 백 손가락으로도 다 헤아릴 수가 없다. 그만큼 종교를 가진 사람이 많고 또 종교에 바라는 요구가 많다는 얘기가 되는 것이었다.

종교에 귀의할 수 있는 사람은 단순한 사람이다. 따라서 참으로 행복한 사람이다. 갈등이 없기 때문이다. 그런데 그는 그렇지가 못한 의식구조를 갖고 있었다. 뭐가 중뿔나서도 아니고 대단히 똑똑해서 그런 것도 아니었다. 겉멋이 들어서 그렇다고 오해하는 사람도 있다. 가까운 사람들이 그랬다. 그렇지가 않다. 오히려 그 반대이다. 바보이고 참으로 어리석었다. 번번이 손해를 보고 줄 것은 있는 대로 다 주고 욕은 욕대로 먹었다. 시간은 시간대로 뺏기고 애는 애대로 썼다.

최근 15, 6년 신주처럼 붙들고 있던 것을 정리하면서도 그랬다. 그 단체라고 할까 모임의 일에서 손을 떼면서 빚은 빚대로 지고 욕은 욕대로 먹었다. 아무 명분도 없는 일을 한 것이다. 거기에 그이 전정기를 따 쏟아 부었는데 독주른 차였느니 전횡을 하였느니 금전적으로 투명하지 못하다느니 별의 별 소리를 다 하는 것이었다. 토끼처럼 속을 꺼내어 보일 수도 없고 답답하기만 하였다.

"그래 도대체 내가 뭘 잘못했다는 거지요?"

그가 참다못하여 자신을 성토하는 후임자를 보고 따지었다. 운영은 같이 하였고 부채는 그가 다 책임진다는데 뭐가 또 있느냐는 것이었다.

"뭐를 잘 못했다기보다 클리어하지 않다는 것이지요. 아무 자료도 없고 기록이 없으니 이걸 어떻게 인정하라는 겁니까?"

후배는 얼굴을 맞대지 않고 돌리면서 대꾸하였다.

"그러면 진작 기록을 해 놨어야지, 왜 인제 와서 그래요."

"지금이라도 해야지요. 그냥 이렇게 지나갈 수는 없는 것 아닙니까?"

"해봐요, 어서 그럼."

"바로 그 얘깁니다."

일은 일대로 하고 욕은 욕대로 먹었다. 욕이라기보다 좋은 소리를 못 들었다. 좌우간 바보 천치의 짓거리였다.

그라는 사람은 모든 일에 어리석기 짝이 없었다. 그런데 이 문제, 신에 대한 문제만은 안 그랬다. 자기 자신의 죽음 아니 삶에 관해서는 한 치도 양보를 할 수가 없었다. 자기 자신에 대하여는 냉엄하고 철저할 필요가 있다고 생각하는 것이었다.

그는 종교의 위대함을 가끔 얘기하였다. 부정한 마리아를 성토하며 돌로 치겠다는 사람들에게, 죄가 없는 사람은 이 여인을 돌로 쳐라, 예수가 말하였다. 그러자 아무도 나서지 못하였다. 또 이런 얘기도 하였다. 은촛대를 훔쳐갔다가 경찰에게 끌려온 짠발짠에게 신부는 훔쳐간 것이 아니고 준 것이라고 말하였다. 그러면서 두고 간 은그릇까지 내어다 주었다.

그런 얘기를 할라치면 그는 목부터 메어 울음 섞인 말이 되었다. 그러면서도 신의 존재에 대하여 얘기할 때는 쌍지팡이를 들고 나왔다.

십자가에 못 박혀 죽으시고 장사한 지 사흘만에 다시 살아나셨다. 부활을 했다. 부활, 그것이 기독교의 최대의 사건이며 꽃이다. 영광이다. 죽음의 권세를 이기고 죽은 자 가운데 다시 살아나셔서 홀로 우뚝 서 계시다. 온통 그것을 찬양하고 있다. 그럴만한 일이다. 오로지 이 세상에서 그분밖에는 죽었다가 다시 살아난 사람이 없기 때문이다. 죽었다 깨어난 사람은 많이 있지만 금방 다시 죽었다. 수없이 많은 사람들이 지옥인지 저승의 문턱까지 갔다가 돌아온 예가 있다. 그런 실화를 기록한 책도 많이 있다. 그러나 얼마 안 있다 다시 죽고 말았다. 오래 오래 명을 다할 때까지 살다가 죽은 사람도 많다. 그러나 영원히 살고 있는 사람은 하나도 없다. 만일 그런 사람이 있다고 한다면 그는 인간이 아니다. 그는 인간이 아니고 뭐라고 할까 신일 것이다. 신이 있는 것인지는 모르지만.

신이 있는 것인지 없는 것인지, 그것을 따지는 자체가 의미가 있는 것인지 없는 것인지, 바보 같고 어리석은 짓인지, 천벌을 받을 짓인지, 아니면 굉장히 똑똑한 사람 반열에 들고 그리고 그런 얘기를 써서 베스트 셀러가 되고 공전의 히트를 칠 일인지 모르긴 하지만, 그러나 산워일케이 신이라는 그 분도 결국 장사한 지 3일만에 다시 살아났다가 그리고 얼마동안 갈릴리 호수 가에 그 모습을 드러냈다가 언젠가부터 종적을 감추었던 것이다. 그러니 그 분이 살아 있다는 건가 죽었다는 건가.

"살아계시지요. 그걸 말이라고 해요?"

"그러면 그 분은 지금 어디 계신가요?"

"하나님 우편에 앉아계시지요."

그의 고뇌에 찬 물음, 모처럼 터뜨린 발문에 대하여 너무도 쉬운 답변이었다. 늘 듣던 얘기이고 흔한 대답이었다.

"하나님이 어디 계신데요?"

그녀와 만나면 논쟁을 벌였다. 논쟁이랄 것까지는 없었고 그녀의 앞에서는 자꾸 엇나가고 있었던 것이다. ㅅ은 독실한 신자였다. 교회를 철저하게 나갔고 일요일은 물건을 사지도 않았다. 매일 새벽 기도를 나갔고 수시로 산기도회에 나갔으며 금요일 저녁은 철야기도를 한다고 했다.

"그렇게 늘 비양거리기만 하다가 천벌을 받아요."

그녀의 결론은 그런 것이었다. 위협이었고 절망적인 이야기였다. 그러면서 또 희망을 주기도 했다.

"언젠가는 하나님이 당신 앞에 얼굴을 들어내 보이실 거예요."

"예수님이 아니고요?"

"그분이 그분이에요."

그리고 그의 기도의 응답을 들어줄 날이 있을 거라고 하며 열심히 기도하라고 하였다.

그런데 그는 기도를 해 본 적이 없었다. 기도를 할 줄도 몰랐다. 늘 기도를 하는 시간, 성스러운 음악이 흐르는 분위기에서 눈을 감고 뻣쭉하게 서서 몇 마디 중얼거리다가 만다. 그 수없이 많은 기도 시간 그가 중얼거린 것은 무엇이었을까, 그것은 그의 잘못 그의 시행착오들을 뉘우치는 것이었을 것이다. 일기장에 잘 못한 일을 기록하듯이 반성문을 쓰듯이. 그것은 신과의 대화가 아니라 자신과의 대화였던 것이다. ㅅ에게 그렇게 얘기하면 버러럭 따지었다.

"그런 사람이 어떻게 교인이냐고, 그러면 교인이라고 할 수가 없지요."

"누가 교인이라고 그랬어요?"

"그러면 교인이 아니에요? 그런 거예요?"

"교인이고 아니고 간에…"

"아니지요. 교인이 아니면 얘기가 다르지요."

"실망하셨어요?"

"아니요, 뭐…

ㅅ의 눈빛은 연민의 정이 뚝뚝 듣고 있었다.

그와 같은 산골 출신이었다. 향토문학 세미나 때 만났다. 수필을 쓰고 있었다. 장르는 다르지만 모임이나 세미나에서도 만나고 볼일을 만들어 불러내기도 하였다. 단테의 「신곡」 티켓을 구해 와 같이 보기도 하였다. 수중 연극으로 만든 것으로 천국 지옥 연옥 3부작이었다. 만나면 술을 마시게 되었다. 그녀가 천국행을 권유하듯이 그는 술을 권하였다.

"그 주만 주가 아니에요. 이것도 주입니다. 자 주신(酒神)을 위하여!"

"천벌 받을 소리만 하고 있네요."

그러면서도 그녀는 그의 유혹에 딸려 왔다. 사탄의 꾀임에 빠지듯이. 그의 10분의 1도 안 마시지만 그보다 더 취하였

다. 그러나 술을 마시고 갈 대로 다 가면서도 그에게 천당의
권유를 멈추지 않았고 그는 또 어떤 누구보다도 그녀의 설
교를 실감으로 받아들였다. 그러면서도 그는 자꾸만 어긋네
방아를 찧었다.

"누가 벌을 주는데요?"

"하나님이 주시지 누가 주어요."

"그래 하나님이 지금 어디 계시냐고요? 하늘에 계신가요?"

"그럼요."

"하늘 어디쯤인가요? 거기 집이 있나요?"

"참 답답한 양반! 거길 모른단 말인가요?"

"모르니까 묻지요."

"천당이잖아요, 천당."

"천국이군요."

"그렇지요. 천국 천당에 가고 싶지 않아요?"

"가고 싶기야 하지요. 그러나…"

"그러니까 예수를 믿어야지요."

"지금 지옥이 만원이라 지옥에는 갈 수가 없고 천국에밖
에 갈 수가 없다던데요."

"그 말도 안 되는 소리 자꾸 할래요?"

그녀는 벌컥 화를 내었다.

그는 ㅅ에게 술을 권하며 씨익 열적게 웃었다. 그가 일부
러 엇나갈려고 하는 것이 아니었다. 솔직하게 말하고 있는
것이었다. 그녀의 눈치를 보며 다시 물었다.

"그러면 천당은 예수 믿는 사람들만 가는 곳인가요?"

"성경에 그렇게 씌어 있어요."

"나로 말미암지 않고서는 천당에 들어갈 수가 없나니라."

"잘 아시는구만."

"성경에 그렇게 씌어 있어요."

"성경 몇 번 읽었어요?"

"몇 번 읽었느냐고요?"

"나는 8독을 하였어요."

"성경을 베껴 쓰는 사람도 있지요. 감옥에서…"

"감옥에서뿐 아니지요. 성경을 네 번 다섯 번 붓글씨로 쓴 사람도 있는데요 뭘."

"영어단어를 욀려고 콘사이스를 씹어 먹은 사람도 있지요. 거 왜 「청춘극장」이라는 소설(김내성 작)에 콘사이스라는 별명을 가진 친구 있잖아요?"

"자꾸 그렇게 나도밤나무 식으로만 나가지 말고요…"

"허허허허……"

"이건 웃을 얘기가 아니에요. 그러다가 정말 지옥의 구렁텅이로 떨어져 헤어나오지 못한다고요. 꼭 당해봐야 알겠어요?"

ㅅ은 또 다시 그렇게 위협을 하였다.

"종교들은 하나같이 그렇게 협박을 한단 말이야. 인간의 나약한 속성을 이용하해서 말이야."

"협박이 아니고 사실이에요."

"그 사실은 증명할 수가 있어요? 증거가 있어요?"

"많지요. 얼마든지 있지요. 매일 눈으로 보면서도 그걸 깨닫지 못한단 말인가요? 입에 떠 넣어 주어야 먹겠어요? 참 한심하고 답답한 사람!"

"누가 답답한지 모르겠어요."

ㅅ이 얘기를 못 알아듣는 것이 아니었다. 그도 주변에서

픽 픽 쓰러지는 사람들을 보고 느끼는 것이 많았다. 무슨 암이다 무슨 암이다 왜 그렇게 암이 많은지, 암으로 쓰러지기도 하고 교통사고다 무슨 사고다 또 사고가 아니고도 비명에 가는 사람이 많았다. 본인이 아니고 자식이나 아내가 중병에 걸리고 비명횡사를 하는 경우도 많았다. 꼭 병이나 죽음이 아니고도 불행의 수렁에 빠져 헤어나오지 못하는 사람을 많이 보았다. 위로를 하기도 하고 오히려 괴로울까봐 연락을 안 하기도 하고 하였다. 그런데 그런 것이 죄의 값이며 또 그것을 다스리는 분이 그분이냐는 것이다. 신의 섭리(攝理)라는 말이 있지만 그래 모든 길흉화복을 그분 하나님 예수님이 관장해서 섭리대로 다스리는 것이냐 하는 것이다. 거기에 그는 고개를 갸웃뚱해 보이는 것이다. 아니라는 것도 아니고 그렇다는 것도 아니고 모르겠다는 것이며 그것은 그 누구라 하더라도 마찬가지가 아니냐는 것이다.

"한강을 건너본 사람하고 안 건너본 사람하고 우기면 안 건너본 사람이 이긴다고 하더라고요."

"그거하고 같은 건가요?"

"같지요."

"한강하고 요단강하고 같애요?"

"뭐요?"

ㅅ은 이번에는 그의 말뜻을 못 알아차리고 화를 내었다. 그가 또 비양거리는 줄 알고 술잔을 탁 놓고 일어서서 가겠다고 하였다.

그가 손목을 잡고 앉혔다. 미안하다고 하였다. 그리고 막걸리를 새로 시켜서 술을 따르면서 톤을 바꿔서 말하였다.

"좌우간요오, 우리가 뭐 유신론자 무신론자 대표도 아니고

요오, 당신이 목사도 아니고 내가 무슨 철학자도 아니고오, 우리가 지금 어떤 종교논쟁을 하는 것도 아니지만 말이지요 오…"

"선무당이 사람 잡지요."

"예 예 맞아요. 그렇긴 한데 말이지요오, 좀 냉정히 한 발 뒤로 양보해서 생각해봐요. 이게 뭐 체면 따지고 권위 따지고 뭐 따지고 할 문제가 아니잖아요?"

"누가 체면을 따진다고 그래요."

"아, 그런가요? 그런데 말이지요, 이 세상에 죽었다가 살아난 사람이 있나요? 예수라는 사람 말고 말이지요. 어째 그 사람만 살아나고 무수히 예수를 믿고 따르고 교회에다 많은 헌금을 하고 봉사를 하고 하는데도 한 사람도 살아난 사람이 없는 겁니다."

"돈은 왜 따지는데요?"

"어떤 사람은 헌금을 천당 가는 티켓이라고도 하지 않아요?"

"어디서 그런 얘기만 주어 들어가지고 참!"

"목숨을 건 사람도 있지요. 어떻든 예수를 믿은 그 많은 사람들 중에서 한 사람 또는 몇 사람 아니지 1년에 한 명만 선발해도 2천명도 넘는 것 아닙니까? 한 나라에 한 명씩만 따져도 몇 백명은 될 것이 아닙니까? 그런데 어째서 한 사람도 다시 살아난 사람이 없느냐 이 말입니다. 부활은 오직 예수에게만 해당되고 다른 사람에게는 관계가 없는 말인가요?"

스은 대꾸 대신 참으로 여전히 답답하다는 시선만 보낸다.

"이집트에 가서 거대한 피라밋과 무덤 동굴들 수많은 미이라들을 보았는데 누구 한 사람 살아난 사람이 없었어요. 그런 것들을 대영박물관으로 꽁꾸르 광장으로 어디로 끌고 가기만 했지 한 사람도 살아난 사람은 없단 말입니다. 안 그래요?"

"안 그렇습니다요."

그녀는 큰 소리로 말하였다.

"얘길 해 봐요, 그럼."

"예수님이 오셔서 죽은 자 가운데서 살리신다고 하셨습니다요."

"그래 그분이 언제 오시는데요?"

"오신다고 돼 있어요."

"성경에 씌어 있지요."

"그렇지요."

"그런 징후들이 기록이 돼 있지요. 그런데 2천년이 지나도록 왜 안 오시는 겁니까? 뭘 더 기다리고 있는 건가요? 얼마나 큰 환란과 재앙을 기다리고 있나요?"

"그걸 다 알면서… 참 답답도 하시네요. 안 믿겠다면 말아야지요 뭐. 누가 도시락 싸가지고 다니면서 전도하지 않을 테니까, 나중에 후회하지나 말아요. 정말 후회할 날이 있을 거예요. 곧 닥친다고요."

"전도 방법이 틀렸네요."

"당신 같은 사람은 전도 못 하겠어요."

"한번은 충무로 역에서 에스컬레이터를 타고 내려오는데 꺼먼 모자에 꺼먼 양복을 입은 사람이 옆에서 '예수를 믿으세요. 말세가 가까웠습니다.'하고 외쳐대는 것이었어요. 에스컬레이터를 다시 타고 올라가며 외치려는 랍비와 같은 차림의 그 사나이를 보고 그렇게 할 일이 없느냐고 하였다가, 당신은 천벌을 받을 것이라는 저주를 받았어요. 안 듣기만 못하던데요."

"참 보통 악취미가 아니군요."

"그런 것이 문제가 아니고 말이지요, 도대체 내가 의지할 만한 근거를 찾지 못하고 헤매고 있는 거지요. 나도 답답해서 하는 말입니다."

사실이 그랬다. 비양거리고 이죽거릴려고 하는 것이 아니었다. 솔직한 그의 마음이고 표현이었던 것이다.

그 나름대로 답을 찾기 위해 많은 곳을 헤매었다. 예수가 부활했다는 무덤엘 갔었고 예수의 탄생지 교회를 가보았고 갈보리산 갈릴리 호숫가를 거닐며 생각을 해보기도 하고. 예수의 무덤은 높이 위치하고 있어 층층대를 돌아 올라가게 되었고 많은 사람들이 줄을 지어서 구경하려는 통에 제대로 볼 수가 없었다. 특히 한국 사람들이 많았는데 이스라엘 사람들이 한국말을 배워, '빨리 빨리' '빨리 빨리' 하는 바람에 밀려 올라갔다가 밀려 내려왔다.

중국 곡부의 공자 무덤에도 갔었고 옥황상제를 만나기 위해 태산에도 갔었다. 천가(天街)를 지나 수없는 계단을 올라간 태산 꼭대기에 옥황상제가 기다리고 있었다. 그는 그 앞에 넙죽 큰절을 하였다. 옆에서 자기들은 절도 하지 않으면서 황제에게는 3배를 한다고 하여 그는 1배를 더 하여 4배를 하였다. 그리고 옥황상제라는 분의 용안을 한참 올려다보다가 한 마디 물음을 던졌다.

"당신은 우리에게 무슨 역할을 하고 계십니까? 하늘을 다스리고 계시는 겁니까?"

그러자 옥황상제는 그저 천연덕스럽게 웃고만 있었다.

"하하하하……"

공자의 묘 앞에는 중국 전역의 신혼부부들이 여행을 와서 사진을 찍는 광경이 이채로왔다. 예수의 묘도 그랬지만 북적거리는 관광지였다. 그 틈새에서 공자의 초상을 떠올리며 죽음이란 무엇입니까, 물어보았다. 그러자 하나의 구절이 떠올랐다.

"삶도 모르면서 어찌 죽음을 알겠는가(未知生 焉知死)."

「논어」 선진(先進)에 나오는 말이다. 제자가 죽음에 대해 묻자 대답한 것이다.

문묘 앞을 나오자 벼루 붓 장수들이 몰려와 매달렸다. 하나 값에 둘을 줄 테니 사라고 하였다. 안 사겠다고 고개를 흔들자 이번에는 족자를 하나 덤으로 더 주겠다고 하였다. 펼쳐진 족자에는 이렇게 씌어 있었다.

朝聞道 夕死可矣(아침에 도를 듣고 깨달으면 저녁에 죽어도 좋다)

그것은 또 이인(里仁)에 있는 말이다. 벼루 장수가 나의 질문에 대답해주고 있었다. 그는 무거운 벼루 두개를 샀다. 용이 조각되어 있는 벼루였다. 그것을 배낭 속에 넣고 낑낑거리며 여행을 다녔다.

그는 서당에 조금 다닌 적이 있었다. 위선자는 천이 보지이복하고 위불선자는 천이 보지이화니라(爲善者 天報之以福 爲不善者 天報之以禍) 그렇게 시작하는 「명심보감」을 배우고 다시 「맹자」를 배우다 말았다. 그 때 초여름 하루 강변에서 책걸이를 하였는데 그동안 배운 것을 붓글씨로 평가하겠다고 하여 모두들 긴장을 하고 글씨를 써서 내었다. 술이 얼근한 훈장이 등수를 매겼다. 그가 가장 잘 썼다고 생각하였는데 제일 나이 어린 아이가 장원을 하였다. 서당을 차린 주인 집 아들이었다.

차분히 글씨를 배운다는 것이 잘 되지 않았다. 글씨를 배우듯이 서예를 배우듯이 도를 닦아야 될 일이었다. 그런데 그 도와 저쪽 도가 달랐다. 서학과 동학인가. 언젠가부터 그의 머리는 복잡하게 되고 혼돈과 갈등이 쌓이게 되었다.

그는 원래 칠성님에게 바쳐진 몸이었다. 왜 그랬던지 몰랐다. 다른 형들이나 동생들과는 달리 그는 신에게 받치게 되었던 것이다. 마을 위쪽 깨진 바위 위로 미끄럼틀처럼 올라가는 높은 지점에 그를 업고 가서 치성을 드렸다. 토실을 지나 속개 강변을 가기 전 벼랑 위였다. 어머니가 따로 있었다. 보은댁이었다. 내력은 잘 모르지만 그는 보은댁에 의해서 칠성님에게 받쳐졌고 그는 신의 아들이 된 것이었다.

그러다 전쟁 통에 그런 모든 뿌리들은 다 분해되었고 뿔뿔이 헤어졌다. 남해 바다 앞 진해로 갔었고 또 서해 바다 앞 인천으로 왔었고 서울로 왔었고 동에서 서로 서에서 북으로 남으로 아무 근본도 없이 떠돌아다녔다. 오로지 있는 것이 있다면 그가 배우던 낡은 「맹자」 책이 책꽂이 구석에 끼어 있었을 뿐이고 거리마다 골목마다 있는 교회의 종소리가 새벽을 깨우고 있었다. 그리고 어쩌다가 목사의 중매로 장로의 집으로 장가도 가게 되고 하다보니 교회도 나가게 되고 아이들도 유아세례를 받게 되고 그는 할 수 없이 교인이 되었던 것이다.

그는 약속을 하였다. 좋으면 나가겠다고. 그렇게 우선 교회에 나가는 것을 드디어 놓았던 것이다. 문턱을 아기 때문에 시를 쓰기 때문에 한 종교에만 기울어지면 안 된다는 것이 구실이었다. 아니 분명한 명분이었다. 그러나 결국 교회에는 나가게 되었지만 그냥 다녔을 뿐 한 발도 앞으로 나아가지를 못하였다. 무엇보다도 그는 기도를 할 수가 없었다. 기도를 하면 되는데 그것을 못할 것이 뭐가 있느냐고들 하였지만 그렇지가 않았다. 우선 기도의 틀이라고 할 수 있는 주기도문이나 사도신경부터 진도가 나가지 않았다. 아무래도 거기 써 있는 대로 믿어지지가 않았고 믿어지지 않는 것을 믿습니다 아멘 하고 거짓으로 또는 정직하지 않은 말을 할 수는 없었던 것이다. 무슨 핑계를 대고 구실을 붙이는 것이 아니었다. 솔직히 진정으로 말해서 그랬다. 어느 앞이라고 보태고 빼고 할 것인가. 그러니 남들이 뭐라고 하든지 간에 그 자신 최선을 다하고 있지만 기도부터 되지 않고 믿는다는 말을 할 수가 없었고 그래서 믿어지지 않고 있는 것이었다. 그러니 하나님 아니라 천당 아니라 그보다 더한 어떠한 무엇도 그를 움직일 수가 없었던 것이고 그는 더욱 답답하고 불안하고 괴롭고 고독하였던 것이다.

좌우간 그는 형식적으로 고개만 숙이고 손만 기도하는 자세를 취할 뿐 내용은 아무 것도 없었다. 식사를 할 때도 습관적으로 고개를 숙이고 누구에겐지도 모르게 감사합니다 할 때도 있고 일제 때 밥그릇 앞에서 이다다끼마스 하고 합장을 하듯이 농부나 곡신(穀神)에게 감사를 표할 때도 있지만 대개는 그냥 고개만 숙이는 것이었을 뿐 …일용할 양식을 주옵시고 …죄를 사하여 주시옵고 …시험에 들지 말게 하옵시고 …영광이 아버지께 영원히 있사옵나이다 하는 기도는 되지 않았다. 되지 않았기 때문에 하지 않은 것이었다.

그렇게 몇 십년 길들여져 옆에 아무도 없을 때도 고개를 꾸뻑하고 형식적인 기도를 하였다.

그의 신과의 통로는 거기서부터 막혀 있는 것이었다. 첫 대목부터가 딱 걸리었던 것이다. 천지를 만드신 하나님까지는 좋은데 그가 어떻게 아버지가 되며 예수 그리스토가 어떻게 하나님의 아들이 되는가. 도무지 그 촌수를 맞출 수가 없었다. 성령으로 잉태하사 동정녀 마리아에게 나신 것도 납득이 안 되지만 그대로 믿고 십자가에 못박혀 죽으신 것과 장사한 지 사흘만에 죽은 자 가운데서 다시 살아나신 것도 그대로 믿는다 하더라도 하늘에 오르시고 하나님 우편에 앉아 계시다가 산 자와 죽은 자를 심판하러 오시리라 한 것은 도무지 믿어지지가 않았다. 하나님 오른편에 앉아 있다는 것도 믿을 수 있는 근거가 전혀 없으며 심판을 하러 온다고 하였으면 왜 오지 않고 있는 것인가. 그러나 언젠가는 오시리라는 것을 기대하고 믿으라는 말인가. 그의 뇌장이나 심장으로는 도저히 믿어지지가 않는 것이었다. 기록대로라면 하나님은 그 외아들을 이땅으로 보냈다가 데리고 가서 옆에 앉혀놓고 있다는 애기밖에 되지 않았다. 그럴 때 하나님이라는 존재는 무엇이며 그 외아들 예수는 거기 앉아서 무엇을 하고 있단 말인가. 애기를 「다빈치 코드」 같은 애기까지 끌고 가지 않더라도 말이 안 되며 그러니 믿어지지 않는 것이 당연하였다. 그러니 거기에 있대어 그분이 죄를 사하여 주시는 것과 몸이 다시 사는 것과 영원히 사는 것을 믿는다는 애기를 어떻게 할 수 있는가 말이다.

믿어지지 않는 것을 믿는다고 할 수가 없었던 것이다. 그런데 또 그것을 통성으로 소리를 내서 기도를 하라는 것이었다. 하필이면 그 안 믿어지는 부분을 통성으로 믿사옵나이다라고 하라는 것이었다. 속으로가 아니고 밖으로 다른 사람이 다 듣도록 큰 소리로 기도를 하라는 것이었다. 그 기도를 통성으로 웅얼웅얼 따라서 하는 둥 마는 둥 할 때마다 그는 무척 괴로웠으며 그럴 때마다 설득력이 취약한 부분을-물론 그의 경우이지만-제일 앞에 내세워 놓고 예배 때마다 강제적으로 통성으로 반복하게 하는 것은 누구부터 시작을 하였는지 참으로 졸렬한 발상이라고 생각되었다.

그는 자신을 위해서보다 가족을 위해서 가정의 평화를 위해서 교회에 나갔다. 아내를 위하고 아이들을 위해 어울렸을 뿐이었다. 결과적으로 그렇게 된 것이었다. 어떤 때는 에덴동산과 같은 종교 공동체 울타리 안에 들어가 안주하려는 노력을 하였지만 그렇게 되질 않았다. 분명한 것은 거기서 빠져나오려 한 것이 아니고 들어가려고 노력하였는데 안 된 것이다. 참으로 불행한 일이었다. 그것을 스스로 자초했다고도 볼 수 있으나 그 행복을 위해서 자신을 속일 수가 없었던 것이다. 그것이 자신의 성격적인 결함에서 온 것은 아닌지 모르겠다. 융통성이 없고 너무나 꽉 막혀서 그런 것은 아닌지 모르겠다. 좌우간 모르겠다. 그러나 자신을 속이지 않고 솔직하게 처신을 하는 것이 하나님이 바라는 바이요 예수님이 바라는 바이요 신들 앞에 떳떳하고 당당하고 옳은 처사라고 생각되는 것만은 변함이 없었다.

칠성신에게 바쳐졌다가 퉁그러져 나온 그는 서낭당을 지날 때 그냥 지나지 않고 돌을 올려놓는 정도였고 그 이상도 아니고 이하도 아니었다. 그에게 신이라는 존재가 있었던 것도 아니고 없었던 것도 아니었다. 종교라고 하면 샤아머니즘에 가까웠고 교회를 나가면서도 종교 난을 쓸 때마다 선뜻 기독교라고 쓰지 못하고 고개를 갸우뚱하며 얼마간 망설였다. 그에게 확고한 종교 관념이 없었으며 신이란 존재가 그를 지배하지 못하였다. 그래서 그런지 모르지만 그는 거짓말이라고 할까 위선적인 언행을 하게 되었는데 차츰 그것을 정당화시키기에 안간힘을 썼다. 그의 고질병이었다. 늘 2중 장부를 만들었고 일의 앞뒤가 맞지 않았다. 집에서도 그랬고 직장에서도 그랬고 어떤 모임에서도 그랬다. 그런 뿌리가 언제부터였을까.

아주 어릴 때였다. 대개 대변을 아침에 한 번 보아야 하는 것인데 그렇지를 못하고 시도 때도 없이 주책을 부리었다. 특히 밤중에는 통시(변소)에 가는 것이 죽기보다 무서웠는데 그 처방으로 닭에게 절을 하라고 하였다. 그 날도 밤중에 대변이 마려워 마당 건너 통시엘 갔다가 닭우리에 가서 절을 하는데 닭이 깨어 날아다니며 꼬꼬댁거리는 바람에 모두들 자다가 일어나 밖으로 나왔다. 엉겁결에 그는 사실대로 얘기하질 않고 누가 닭을 훔쳐갈려고 한다고 하여 온통 소란을 피웠던 것이다. 그것이 최초의 기억 같았다.

한 번은 형과 같이 배급을 타기 위해서인가 면사무소 창고엘 같이 갔다가 물건 쌓아놓은 뒤로 가서 일부러 나오지 않았고 그래가지고 어떻게 나왔던지 모르지만 설탕을 혼자 얼마를 먹었던지 밤새도록 속이 볶이어 죽다 살았다. 또 한번은 초등학교를 졸업하고 진해로 피난을 가서였는데 어느 날 그는 가출을 하였다. 왜 그랬던지 몰랐다. 아버지가 경영하던 정미소 판 돈을 벽장 안에 넣어놓고 있었는데 모두들 집을 빈 사이를 이용해 그 돈을 몽땅 가지고 집을 나아 부산 가는 버스를 탄 것이다. 그 돈의 액수는 확실히 기억이 안 되지만 어린 그가 혼자 지니기에는 너무 큰 돈이었다. 정미기 정맥기 제분기 제재기가 한 데 달린 정미소를 판 돈이었다. 9.28 수복 후 고향으로 돌아가지 않고 피난지에 눌러살기 위해 정미소를 판 것이고 그것은 그의 가솔의 생계가 달린 자금이었던 것이다. 그런 돈 보따리를 안고 생전 가보지도 않은 대도시에 입성하여 정처 없이 서성거리는 것이 말할 수 없이 불안하고 괴로웠다. 집에서 그를 찾고 없어진 돈을 찾고 그리고 허탈해 있는 부모들 동생들 생각을 하면 더욱 괴로웠다. 형 둘은 군에 가 있었다. 그는 어두워 오는 부산 거리에서 여관 같은 데를 찾아가기보다 조그만 음식점으로 들어갔다. 간판이 '털털이'든가 짜장면을 파는 집이었다. 남자 혼자 음식도 만들고 팔기도 하고 있었는데 그는 생전 처음 먹어보는 짜장면을 시켰지만 모래를 씹는 듯 먹을 수가 없었다. 밤이 늦어서 일을 마친 주인 아저씨와 이야기를 하였다. 사실 내가 돈을 얼마 갖고 있는데 그것을 맡아줄 수 있겠느냐 그리고 여기서 무엇이 되었든 일을 할 수 있겠느냐고 물었다. 그렇게 해달라고 간청하고 있었던 것이다. 아저씨는 마음이 좋아서인지 또는 그가 가진 돈 때문인지는 몰라도 그렇게 하라고 하였다. 돈은 헤아려서 보관을 하였다. 그리고 작은 식당의 탁자를 몰아놓고 그 위에서 아저씨와 잠을 잤다. 그런데 그는 잠이 오지 않았다. 이리 뒤채고 저리 뒤채고 하다가 날이 채 밝기도 전에 그는 집으로 돌아가기로 결심을 하고 주인 아저씨가 일어나는 대로 그렇게 말하였다. 아저씨는 잘 생각했다고 하며 돈을 헤아려서 확인하고 돌려주었다. 참으로 고마운 사람이었다.

돌아갈 때는 배를 탔다. 그렇게 마음이 편안할 수가 없었다. 진해 속천 부두에 내려서 걸어 나오는데 거기서 어머니를 만났다. 어머니는 기차 정거장과 버스 정류장 그리고 배터를 순회하며 탕자가 돌아오기를 기다리고 있었던 것이다. 그는 어머니를 안고 울었다. 그러며 뭐라고 둘러대었던 것이다. 누구 꾀임에 빠져서 끌려 갔다가 오는 길이라고 하였던가 뭐라고 했던가. 사실대로 얘기하지 않은 것이었다.

계속 그렇게 거짓말을 하였다. 나중에는 그것을 소설이라고 하였다. 사실이 아니라 진실을 얘기하는 것이라고 하였다. 그것이 유용할 때도 있었다. 예를 들어 의사가 중환자에게 가령 암 말기 환자에게, 당신은 1 개월 후에 죽는다고 사실대로 얘기하지 않지 않느냐, 환자에게는 괜찮다 별 일 아니다라고 거짓으로 말하고 가족이나 친구에게 사실을 이야기하는 것, 그것은 사실을 왜곡하는 것이 아니라 진실을 말하는 것이며 소설을 쓰는 것이라고 하였다. 그러나 그것은 그의 말이고 다른 사람의 생각은 달랐다. 그의 아내만 해도 그의 소설을 인정하지 않고 불순하게 받아들였다.

소설이 됐든 거짓말이 됐든 그런 것이 성소에서 고해성사를 하고 신과 교통을 하며 기도를 한다고 했을 때는 전혀 다를 것이다. 진과 가가 엄격하게 구분되는 것이고 순수와 불순이 철저하게 가려지게 되는 것이다. 아내가 얘기하는 것도 그런 것이다. 금전관계나 다른 관계도 그렇지만 거짓을 제일 시인하기 어려운 것이 남녀관계일 것이다. 외도라고 할까 연애라고 할까, 그런 것은 한 번도 인정한 적이 없다. 아주 가까운 친구들 앞에서도 시인한 적이 없다.

"나는 평균적인 남자야. 새끈도 아니고 샌님도 아니고, 바람둥이도 못 되고 모범 가장도 못 되고…"

그는 이렇게 얘기한다.

"그러니까 연애를 하긴 하는데 꼬리를 안 밟힐 정도로 적당히 한다 그 말인가?"

"애해 참, 중학생들인가?"

"그렇게 얼버무리지 말고 솔직히 얘기해봐."

"솔직히 말해서…"

"진작 그럴 일이지."

"내가 뭐 살림을 차렸어어? 애를 낳아가지고 들어왔어어?"

그러나 그것은 친구들에게 하는 얘기이고 아내에게는 얘기법이 달랐다. 한 치 한 점도 인정을 해서는 안 된다. 그래서는 그의 존립이 불가능하다. 그러나 꼬투리를 잡히고 꼬리를 잡힐 때가 있었다. 한 번은 술이 잔뜩 취하여 들어와 가지고 그 자리에 쓰러져 자는 데였다. 이불을 깔아주던 아내가 그를 돌아뉘다가 바짓가랑이와 허리춤에서 쏟아져 나오는 휴지를 모아놓고 그를 사정없이 흔들어 깨웠다. 사생결단을 하려는 투였다. 참으로 난감하였다. 그러나 또 구실이 없는 것은 아니었다. 어떤 경우라도 이유가 있을 수 있다. 처녀가 아이를 낳아도 할 말이 있다.

"술이 취해서 차 안에서 자다가 오는 길이야."

"자다가 오는 것은 좋은데, 이건 도대체 뭐냐고요?"

"자위행위를 했나봐."

"했나봐요? 그래 멀쩡하게 왜 자위행위를 하는데요?"

"그것은 내 책임이 아니야."

"그러면 도대체 그게 누구 책임인가요? 내 책임인가요?"

"당신 책임이지."

"아니 뭐가 어째요? 내 책임이라고요?"

"생각해봐. 따지지만 말고 그 잘 돌아가는 머리를 좀 굴려 봐."

"뭐야?"

적반하장도 유분수지 정말 너무도 어처구니가 없는 아내는 그를 아예 인간 취급을 하지 않았다.

그러나 그보다 더 한 일도 시간이 가면 다 잊어버리고 말았다. 잊어버리지 않아도 별 수가 없었다.

가끔 돈을 가지고 아귀가 안 맞는다고 따질 때 얘기하였다.

"내가 누구 살림 차려준 적도 없고…"

"누가 알아요."

"누가 알긴, 그럼 그것을 못 믿는단 말인가?"

"못 믿지. 내가 당신 말을 어떻게 믿어요."

"못 믿으면 가만히 있을 당신이 아니지. 그러면 나를 그냥 뒀겠어?"

그것도 사실이었다.

만일 그가 진정으로 하나님을 믿고 두렵고 겁나는 구석이 있었다고 한다면 그런 거짓말은 하지 않았을 것이다. 못하였을 것이다. 간음하지 말라, 도적질 하지 말라, 거짓 증거하지 말라… 그런 계명들을 어기고 또 어기고 하지는 못하였을 것이다.

그는 그것을 인정하면서도 얘기하였다.

"하나님은 죄를 아무리 져도 용서만 빌면 다 받아 주시지 않아요? 그런 걸로 알고 있는데…"

밤이 늦은 시간 술에 긴뜩 취힌 人에게 디시 술을 권히며 물었다.

"그렇다고 자꾸 죄를 지나요?"

"물론 그래서는 안 되지."

"그러면 안 되지요."

그러나 말은 그렇게 하면서도 행동은 그렇게 하지를 못하였다. 그를 떠밀면 떠밀수록 점점 더 밀착이 되었다.

"당신은 왜 나에게 병주고 약주고 하는 거예요."

하반신이 다 젖은 그녀는 이미 아무 힘도 없이 그를 떠밀고 있었다.

"약주고 병주고가 아닌가?"

"그게 그거지 뭐야."

"그런가? 어떻게 됐든 잘 못했다고 용서를 빌어요. 그러면 되잖아아? 열 번이고 천 번이고 용서를 빌면 되는 것 아냐?"

"나는 그런다 치고, 자기는 어쩔 건데?"

"어차피 지옥은 만원이야."

"정말 이러다 우리 죄 받지!"

자꾸 반복이 되었다. 죄를 추가하였다. 그러나 그녀는 아닌게아니라 기도를 통해 하나님께 용서를 빌었지만 그에게는 그런 것도 없었다. 다만 ㅅ의 말대로 정말 이러다 죄를 받지, 벌을 단단히 받지 하는 죄의식을 느끼곤 하였지만 겉잡을 수 없는 무방비의 욕정을 억누를 수가 없었다. 자의라기보다 타의에 의한 작죄라고 할 수도 있으며 서로가 공모자인 것이었다.

누가 성불구이고 성도착자라서 그런 것은 아닐 거라고 그는 생각하였다. 그저 일반적이고 평균적이라고 생각하였다.

그 일반이다 평균이다 하는 기준이나 수치에 대하여 동의를 않는 경우도 있을 것이다. 평균이기 때문에 그 이하가 있고 그 이상이 있는 것이고 이것에 대한 어떤 통계가 있는 것도 없다. 킨제이보고서와 같은. 말이 되는지 모르겠다.

그런데 그런데 정말 거짓말처럼 그에게 벌이 가해졌다. 천벌이었다. 일생일대의 큰 재앙이었다. 벼락이 그의 팔에 떨어진 것이다. 하루 새벽 갑자기 그의 오른 팔이 마비가 된 것이었다.

절망이었다. 금쪽 같은 정작을 잃은 것이었다. 모양이 문제가 아니고 체면이 문제가 아니고 한 줄도 무엇을 쓸 수가 없는 것이었다. 절망이었다. 그를 절망의 구렁텅이로 몰아넣은 것이었다. 그의 목을 친 것이나 다름 없었다. 숨을 못 쉬는 것이 차라리 나았다. 지옥이었다. 너무나 괴롭고 허탈하여 견딜 수가 없었다. 차라리 심장을 빼어 가는 것이 나을 것 같았다. 그러면 숨이나 멎지 이건 죽지도 못하고 살지도 못하고 그야말로 생지옥이었다.

몇 날 며칠 식음을 전폐하고 두문불출하며 머리를 싸매고 생각하였다.

'죄 값이다. 내 죄 값이다. 그 벌을 받는 것이다. 그래 그거다. 천벌을 받은 것이다. 인과응보 말이다.'

그는 늘 그렇게 불교적 사고를 갖고 있었다. 혼미의 수렁으로 빠져들 때마다 그 자신 그것을 느끼었다.

'이러면 안 되는데…이러면 죄받는데… 벌받는데…'

그것을 먼저 알고 느끼었다. 그러면서도 죄 아니라 벌 아니라 그보다 몇 백배 더 무서운 무엇이 있다 하더라도 막무가내로 수렁 속으로 대가리를 들이밀고 쑤셔박았던 것이다.

그러니 그에게 덮씌워진 중벌은 너무나 당연한 결과였던지 모른다. 예고된 재앙이었다. 그는 혼자 술에 취해 울기만 하다가 그렇게 체념을 하였다. 아니 그렇게 자위를 하였다. 다른 도리가 없기도 했다. 죽으라면 죽는 것이지 별 수가 있는가.

ㅅ은 그의 불행에 대하여 무언의 위로를 하였다. 그저 술만 따르고 마시기만 했다. 서로 속을 다 보인 처지니 그의 괴로움을 다 알아차리고 있었던 것이다. 술을 같이 마시고 교회도 빠지면서 찜질방 불가마 속에서 같이 밤을 새우기도 하고, 연옥을 체험하는 것이었다.

"무슨 말을 좀 해봐요."

"시간이 가면 잊혀질 거야. 술이나 마셔."

"그럴까요?"

"그럼."

어투가 서로 바뀌었다.

ㅅ은 반말을 하였다. 그러며 거 보라느니, 내가 뭐라고 그랬냐느니, 죄가 어떻고 벌이 어떻고, 그런 말은 한 마디 반 마디도 하지 않았다. 그것이 참으로 고마웠다. 그러나 전도는 계속하였다.

"교회 빠지지 말고 나가아. 기도도 하고. 기도를 안 하는 교인이 교인이냐?"

"누가 교인이라고 그랬어요?"

"그딴 소리 자꾸 하지 말고 교회에 잘 나가라고. 하나님께 의지하고 예수님께 매달리라고. 그분밖에 해결할 사람이 없어요. 열심히 기도해봐. 그러면…"

"그러면 죽은 것이 살아날까요?"

"그럼. 응답이 있을 거야."

ㅅ은 그를 그렇게 나무라고 있었던 것이다.

'정말 그럴까?'

그는 아직 그것을 믿지는 않았다. 금방 믿어지지 않았다. 멍청해지기만 하였다. 그런데 또 몇 날 며칠을 바보처럼 울기만 하고 술만 퍼마시다가 체념을 멈추었다.

정말 그런 무슨 법칙이 있다는 것인가. 정확하게 공평하게 관리하는 시스템이 있단 말인가. 그것이 신의 섭리란 말인가. 정말 신이 있어서 그가 주체가 되어 이땅의 모든 인간들의 길흉화복을 관장하고 조종하고 있단 말인가. 그가 어느 하늘의 신인가. 하나님인가. 하느님인가. 옥황상제인가. 그가 천상에서 지상의 중생들을 제도하고 있단 말인가. 낱낱이 세밀하게 정밀하게… 좌우간 무소부재의 신이 있어서 깜깜한 한밤중에 저질은 죄일지라도 한 내끼도 빠뜨리지 않고 다 체크한단 말인가. 도대체 그 사무실이 어디인가. 혼자인가. 치부책이라도 있단 말인가… 하는 등등의 의문들이 죽순처럼 솟아오르는 것이었다. 갑자기 달라진 것은 아니고 원점으로 돌아온 것이었다. 그의 본 모습이었다.

그러면 왜 그에게만 철퇴를 가할 일이지 오로지 그 피해자라고 할 수 있는 아내에게나 아이들에게 벌을 가하고 그의 형제들 피붙이들에게 실망을 안겨주고 고통을 지워주는가 말이다. 그리고 그의 부모에게 조상에게 불효가 되게 하느냐 말이다. 뒤에 생각한 일이지만 십계명에, 나 여호와 너의 하나님은 질투하는 하나님인즉 나를 미워하는 자의 죄를 갚되 아비로부터 아들에게로 삼 사 대까지 이르게 하거니와 나를 사랑하고 내 계명을 지키는 자에게는 천 대까지 은혜를 베푸느니라, 이렇게 되어 있는데 그런 것인가. 나의 죄를 아버지와 어머니, 아내, 아들 손자에게 갚게 한단 말인가. 그들이 정말 무슨 죄가 있다고 말이다. 참으로 어처구니가 없었다. 과거 어느 땐가 친가 외가 처가 3족을 멸하고 9족을 멸하기도 하는 형벌이 있었는데 그런 것인가. 그런 제도이며 섭리인가. 빌어먹을! 지저스 크라이스트!'

지저스 크라이스트 예수 그리스도, 그 이름이 어떻게 욕이 되고 저주가 되는지 몰랐다. 정말 욕이 튀어나오고 저주의 거품이 버글거렸다.

'흥분하지 말라. 화내지 말라. 맞서지 말라.'

그는 스스로에게 3계명을 내리었다.

'그러면 지는 것이다. 냉정하게 차분하게 그 위선의 신에게 따지자. 따질 것도 없이 그 속으로 들어가자.'

그런 것이 아닌지도 모른다. 그렇게 질투하는 하나님은 하나님도 아니고 신의 자격도 없는 것이고 그런 존재는 있지도 않으며 다 우리가 만든 것이다. 그렇게 생각되었다. 지옥도 우리가 만들고 천당도 우리가 만든 것이다. 단테가 만든 것이 있고 밀턴이 만든 것이 있고 또 누가 만든 것이 있나. 그랬다. 그런 것 같았다. 그것은 물론 그의 얘기다. 그가 만든 것이다. 확실한 것은 아니다. 확실한 것은 아직 모른다. 그러나 그것을 확실하게 얘기할 사람은 아무도 없다. 목사도 아니고 신부도 아니고 중도 아니다. 그들이 어떻게 그것을 증명할 수 있단 말인가. 그것이 합리적인 것이 아니고 비합리적인 것이라 하더라도 말이다. 그는 성경 불경 대목만 가지고는 믿어지지 않았다.

「신과 나눈 대화」를 다시 읽어보았다. 닐 도날드 월쉬가

지은 책이다. 소설 같은 얘기이다. 신과 만나 나눈 대화들이었다.

왜 내 인생은 순탄하게 굴러가지 않는 겁니까? 어째서 나는 다른 사람들과 행복하고 즐거운 관계를 가질 수가 없는 겁니까? 대체 내가 무슨 짓을 했길래 늘 이렇게 고통스런 삶을 살아야 한단 말입니까?

신에게 항의하듯이 물었다.

자네는 최선을 다 했다고 생각하는가?

물론이지요.

지난 번 그날도인가?

신은 이야기를 다 들어주면서 따질 것은 따지었다.

그날은 사정이 있었습니다.

그랬던가.

삶이 무척 두렵습니다. 무척 혼란스럽고요. 매사가 좀 더 확실했으면 좋겠습니다.

그렇게 얘기하기도 했다.

결과에 집착하지만 않는다면 삶에서 두려운 것이란 없다.

신이 대답했다.

아무것도 원하지 않는다면 …

그렇다. 선택하라. 하지만 원하지는 마라.

그런 식의 얘기들이었다. 그렇게 3년간 신과 나눈 대화를 받아 쓴 것을 3권의 책으로 내어 베스트셀러가 되었다. 앞의 어디에선가도 얘기를 한 것 같은데, 그 작가를 만나기 위해 미국 아리조나 주 세도나로 갔었다. 가서 만나지는 못하였다. 음력 보름날 저녁 '창조주와의 대화'라는 세미나를 주재하고 있었는데 보름이 될 때까지 기다릴 수가 없었다. 세미나를 공동 주재하고 있는 일지 선사를 만나 얘기를 했었다.

"창조주가 누구입니까?"

"이 우주를 다스리는 분이지요."

"그 분이 어디 계시지요? 하늘에 계신가요?

"하하하하……"

"왜 웃으시지요?"

그도 웃으면서 다시 물었다.

"한 마디로 답을 듣고자 하시는가요?"

"하루 밤이면 될까요?"

"무척 급하시군요. 바쁘지 않으면 이리로 좀 오세요. 여기 레드 락-붉은 바위라는 뜻이다-에는 기(氣)가 많이 나오는 곳입니다. 기도 좀 충전을 하시고, 우리가 영원을 얘기하는 데 보름도 못 기다리겠습니까."

그는 대꾸를 못 하였다. 시간을 내서 다시 오겠다고만 하였지만 그러지를 못하였다. 거기엘 갔더라면 그리고 창조주와의 대화 세미나에 참여하였더라면 하는 아쉬움이 있었다. 그랬더라면 창조주를 만났을지도 모른다는 생각이 들었다.

그에게 당한 시련과 고통은 도저히 감당할 수가 없었다. 너무나 괴롭고 너무나 허망하고 정말 삶을 지탱할 수도 없을 것 같았다. 생명 줄이 끊긴 것 같았다. 죽는 사람 심정도 알 것 같았다. 죽으면 뭐가 있고 없고 그런 것도 생각할 상황이 못 되었다. 누구밖에 없다 어디에 매달려야 한다 기도를 해야 한다 하는 얘기를 들으면 그리고 그렇게 시도해 볼려고 하면 길이 열리는가 싶다가도 더욱 막히고 허탈해졌다. 날로 심하여갔다. 갈등이 심하고 골이 깊은 것이 아니라 절망이었다.

얼마를 그렇게 절망의 늪 속에서 허우적거리다가 널부러져 잤다. 밤낮 없이 며칠을 잤다. 마치 긴 터널을 들어가고 있는 것 같았다. 어둠 속에서 한 노인이 얼굴을 내보이었다. 지폐나 우표에 그려진 인물처럼 친숙한 얼굴이었다. 산신령처럼 희고 긴 수염을 늘어뜨리고 있었다.

"참 오랜만이군 그래."

노인이 말한다. 그가 그 얼굴의 기억을 더듬고 있는데였다. 아무래도 알아지지가 않는 인물이었다.

"저를 아세요?"

그가 물어보았다.

"그럼 잘 아다마다. 내가 자네를 맡았었지."

"그러면 당신이 누구시지요?"

"내가 누구인고 하니…"

"아, 당신은…"

"생각이 나는가?"

"아, 네에."

칠성신(七星神)이었다. 칠원성군(七元星君) 중에서 거문성군(巨文星君)이라고 했다.

"으음, 어험."

"그러시군요. 몰라뵈어서 죄송합니다. 정말 뜻밖이군요. 그럼 절 좀 구해주실 수 있을까요?"

"하하하하……"

신은 대답 대신 선사처럼 웃고 있었다.

"안 될까요? 어려우신가요?"

같이 따라 웃어지지도 않았다. 역시 그가 너무 성급하게 구는 깃일까.

"누구나 자기 자신이 자기를 구하지."

어디서 듣던 얘기였다. 하늘은 스스로 돕는 자를 돕는다.

"그거야 뭐 속담이 아닌가요?"

"그렇지."

신은 그런 존재인가. 그는 칠성신을 물끄러미 바라보았다. 그가 부인하는 신에 비해 참으로 따뜻하고 친숙하였다. 두렵지가 않고 무섭지가 않았다. 정말 신인가. 신을 만난 것인가. 그럼 그는 신과 대화를 하고 있는 것인가. 꿈을 꾸는 것 같기도 하고 실감이 안 났다. 허벅지를 꼬집어보았다. 꿈은 아니었다.

그런데 도무지 믿어지지가 않았다. 그의 천성은 어쩔 수가 없었다. 그것도 못 믿는 것이었다.

"허허허허……"

이번에는 그가 웃었다. 정말 우스웠다. 한참 너털거리며 웃고 나자 터널 속을 빠져나온 듯 어둠이 가시었다. 숲의 향기가 났다.

"어디로 가는가?"

이번에는 신이 그에게 물었다.

"지금요?"

"그리고 어디서 왔는가?."

"네?"

"어디서 온 줄도 모르고 어디로 가는 줄도 모르는 건가?"

"네."

"그러면 안 되지."

"그러면 어떻게 해야 되는 거지요?"

"나이가 몇인가?"

"나이요?"

"그동안 뭘 했나?"

"뭘 했느냐고요?"

계속 그는 더듬거리기만 하였다.

"근원을 생각하고 돌아갈 곳을 생각해야지."

"그럼 그것을 제가 정하는 건가요?"

"참 답답한 사람이로고!"

"예? 예에. 그건 그렇고 말입니다. 왜 제게 이런 시련이
닥친 거지요? 제가 뭘 잘 못했는가요?"

"자네 자신에게 물어보게."

"그러면 죄를 지으면 벌을 받는 건가요? 저는 제 죄의 벌
을 받고 있는 겁니까?"

"스스로 답을 찾아보게."

"그래요? 그럼 당신은 도대체 뭘 하는 존재입니까?"

그는 슬며시 화가 났다. 놀림을 받고 있는 것 같은 느낌이
들어서였다. 그런데 그런 것은 아니었다.

"밤나무로 신주를 깎아 젯상에 세워놓으면 그게 밤나무
토막인가 신인가? 신주를 개 물려 보내는 사람도 있지만 신
주단지에 조심스럽게 모셔놓기도 하지. 내가 필요 없다고 생
각하면 자네는 나를 부정하면 되는 거야. 나와 얘기를 할 필
요도 없지."

"그러면…"

"그러면 자네 자신이 다 해결을 해야지."

"제가요?"

"그렇게 할 수 있겠나?"

"제기요?"

"뭘 그렇게 더듬거려?"

"창조주는 어디 계신가요?"

"무소부재이시지. 너무 성급하게 생각하지 말고 가슴을 활짝 펴고 자신 있게 스스로를 추슬러 보게."

"신이란 있다고 하면 있는 것이고 없다고 하면 없는 것입니까?"

"자네는 있다고 하면 있고 없다고 하면 없는 건가?"

"저야 그렇지 않지요."

"그런가?"

"안 그런가요?"

"하하하하……"

신은 수염을 쓰다듬으며 웃었다.

얼마를 그렇게 웃다가 마치 해가 구름 속으로 들어가듯이 없어진다. 그리고 비가 오려는 듯이 어두워지고 더워진다.

그의 신과의 대화는 마치 무지개가 떴다 지던 것과 같았다.

그것이 신인지 아닌지 헛것을 본 것인지 어떤 영성(靈性)의 출현인지 알 수가 없지만 좌우간 그의 접신(接神)이라고 할까 신의 영접(迎接)으로 해서 달라진 것은 없었다. 그 혼자 스스로 연출하고 연기를 한 것이 아닌가 싶기도 했다.

다시 고독이 밀려왔다.

언제 세도나에 한 번 가리라. 다 빠져나간 기도 좀 집어넣고. ㅅ과 같이 가도 좋으리라. 거기 사막의 밤 보름달 아래 창조주와의 대화 세미나에서 창조주 신을 만날지도 모른다. 창조주는 그의 고독과 불안을 해소해 줄지도 모른다. 그런 것이 문제가 아니라 잃어버린 길을 찾아야 할 것 같았다. 잃어버린 것이 아니라 모르고 있었던 것이다.

그러니 뭔가. 결국 원점으로 돌아온 것이다. 중간 결론을 수정하였다. 신은 우리가 만드는 것이다. 서낭당을 만들 듯이, 신주를 깎아 신주단지에 모시듯이 사람이 만든다. 조금 발전한 것인가 퇴보한 것인가 모르겠다.

옛날 그의 마을 앞에 다른 마을에서 방아를 몰래 뽑아다 거꾸로 세워놓았다. 어느 집의 보리를 찧던 디딜방아는 보쌈을 당하듯이 징발이 되어 마을 수호신으로 둔갑을 한 것이다. 마을 사람들이 만든 신이다. 방아 가랑이 끝에는 또 과부의 속옷-그것도 몰래 훔쳐온 것이던가-가랭이를 끼어놓는다. 이름 모르는 과부의 부끄러운 속옷은 하늘에 펄럭이며 수호신을 감싸고 있는 것이었다.

그런 결론에도 불구하고 그는 여전히 허탈하고 불안하였다. 전일보다 더하였다. 그런 것이 아니고 정말 무엇이 있을지도 모른다. 그런데 게처럼 단단한 껍질에 싸여있는 그의 의식은 다른 주장은 아무 것도 받아들이지를 않는다. 아집만 커지고 그와 비례하여 불안이 커지고 더욱 고독해지고 그 음습한 늪 속에서 죽음의 그림자를 밟고 있는 것이다.

죽음은 하나의 비구름 같은 것일 수도 있고 삶은 무지개 같은 것일 수도 있다. 뭐가 됐든 그 무엇이 됐든 그 뒤에 무엇이 있느냐 없느냐, 그런 의문의 자리에 머물게 된다. 그것은 다시 신의 문제로 연결된다. 신이 있느냐 없느냐.

신이 있고 없고 사후에 천당이 있고 지옥이 있고 하는 것은 확인할 도리가 없고 증명할 도리가 없다. 그와 같이 합리적이며 가시적인 답을 구하는 사람에게는 늙어죽도록 헤매이도 찾지 못힐지 모른다. 살아서는 죽어서 어떻게 되는가 어디로 가는지 도저히 알 수가 없고 죽어서는 그것을 대처하기에는 이미 늦는 것이다. 그 때 가서 죽으라면 죽는 것이고 살라면 사는 것이고 어디로 가라면 그리로 가야 하는 것이다. 신이 말이다. 신이 있어 그의 섭리대로 운용하는 것이다. 신이 하나님이요 하나님의 아들이 예수이며 성부와 성자와 성신은 삼위일체이며 그래서 예수를 믿고 하나님을 믿는다. 거기에 매달리고 의지하고 오로지 거기서 길을 찾는다.

그래서 신을 믿는 것이다.

ㅅ의 얘기다.

"그렇게 백 번 천 번 얘기해도 못 알아들어요?"

"아, 예에. 못 알아듣는 것은 아니고…"

"그럼 안 알아듣는 건가요?"

"안 믿어지는 거지요."

"참 답답한 양반!"

모두들 그를 답답하다고 했다. 사람들도 그러고 신도 그랬다. 그 자신은 더 말할 수 없이 답답했다. 그가 뭐 중뿔나게 잘 나서도 아니고 똑똑해서도 아니고 때려죽여도 안 믿어지는 것을 어쩌는 도리가 없었다.

"그래도 믿어봐요. 열심히 기도하고 매달려 봐요. 응답이 있을 거예요."

ㅅ은 간곡하게 다시 권한다. 하느님 아니 하나님보다도 그녀가 더 고맙다.

산골 그의 고향으로 내려와서 얼마동안 지났다. 집 앞에 교회가 있었다. 시골은 아직도 교회당 첨탑에서 종을 쳤다. 특히 새벽 미명에 울리는 종소리는 곤한 마을을 깨우고 아침을 열었다.

그는 교회보다도 옛날 칠성어머니 보은댁이 그를 업고 가서 치성을 드리던 바위 위로 가 보았다. 거기가 성소라는 흔적은 전혀 없고 보라빛 도라지꽃이 둘러 피어 그를 반기었다. 보라색은 그가 가장 좋아하는 빛깔이었다. 거기 높은 바위 위에 앉아서 두 어머니를 생각했다. 그의 어머니 묘가 거기서 가까웠다. 산 너머 골짜기에 아버지와 함께 모셔져 있었다. 보은댁은 전쟁통에 마을을 떠난 후 소식을 몰랐다. 마을 가운데 그 할머니 아니 어머니가 살던 골목에 들어가 보았지만 종적을 알 수가 없었다.

"어머이!"

목이 메었다. 눈물이 줄줄 흘러내렸다.

"어머어이!"

산 너머 물 건너에서 메아리가 시차를 두고 울려왔다.

그의 근원 가까이 온 듯한 느낌이었다. 그는 앉은 자리에서 일어서서 두 팔을 벌리고 하늘을 우러러보았다. 그러자 칠성신 칠원성군이 그에게로 다가왔다. 성큼 성큼 허공을 걸어 내려왔다. 그 뒤로 또 한 분이 수염을 더 길게 늘이고 천천히 걸어 내려왔다. 창조주였다.

"창조주님을 모시고 왔네."

전에 만났던 칠성신이 말했다.

"아! 그러십니까?"

그는 너무나 감격하여 심장이 멎을 것 같았다. 맨 앞으로 나와 서는 창조주에게 큰 절을 두 번 세 번 하였다.

"여기서 뵙다니! 천만 뜻밖입니다."

"그런가?"

창조주는 인자한 표정을 지으며 고개를 끄덕끄덕하였다.

"세도나에 가서 뵈려고 하였는데 정말 감격스럽습니다."

"나는 무소부재로 동서남북 어디에나 있지. 산당에도 있고 통싯간에도 있고…"

"아, 옛날 밤에 통시에 가기를 무서워하던 그 때도 거기에 계셨던가요?"

"그랬겠지. 지금 그것이 궁금한 건가?"

"아니지요."

"그러면…"

"제가 죽으면 어디로 가게 됩니까?"

"그건 삶을 다 끝낸 다음에 정해야지. 지금 죽는 것은 아니잖은가?"

"아닙니다. 아닙니다."

"언젠가 죽는 것은 알고 있겠지?"

"그거야 물론 잘 알지요."

"그러면 됐네."

"그런데 제게 왜 이렇게 큰 시련을 주시는 거지요? 제가 진 죄를 벌하시는 겁니까?"

"그런 얘기는 지난번에 하지 않았는가?"

전에 만났던 칠성신이 제지하였다.

"그랬었지요. 알겠습니다. 그러면 다른 신 하나님은 관할이 다른가요? 서로 다른 신입니까?"

"그렇지 않네."

창조주는 간단하게 말하였다. 질문이 잘 못 되었는지, 표현이 이상한지 잘 모르지만 그는 그것을 더 물을 수가 없었다.

"그러면 저는 어느 신에게 의지해야 되는가요?"

"자네는 그것을 원하는가?"

"그건 아닙니다."

"그러면 자네 마음대로 하길 원하는가?"

"그것도 아닙니다."

"그러면 뭘 원하는가?"

"그걸 잘 모르겠습니다."

"빨리 정하게."

"기다려 주시겠습니까?"

"너무 늦지 말아야지."

"잘 알겠습니다. 그렇게 하겠습니다."

그는 고개를 수없이 조아리며 말하였다.

그러자 조물주는 다시 고개를 끄덕끄덕하였다.

그는 참으로 고맙고 다행스럽게 생각되었다. 마치 생명을 연장 받은 듯이 마음이 편안하였다. 통증도 좀 가시었다.

묻고 싶은 것이 참으로 많았는데 갑자기 떠오르지가 않았다. 신들 앞에 주눅이 잔뜩 들어서인가. 보은댁의 안부를 묻고 싶었는데 어느새 신들은 멀어져갔다.

그는 바위에서 내려와 마을로 가지 않고 다시 산으로 올라갔다. 길도 아닌 곳으로 산등성이를 넘어 아버지 어머니의 묘 앞에 이르렀다. 거기에 꿇어 엎드리었다.

"큰 죄를 졌습니다. 불효막급입니다."

제물 대신 눈물을 흘리며 사죄를 하였다.

"너그러이 용서하여 주시기 바랍니다. 백배 천배 노력을 더 하여 더 큰 불효가 되지 않도록 하겠습니다."

해가 질 때까지 묘역을 서성거리며 사죄를 하였다. 그 위에 있는 할아버지 할머니 묘에 가시도 꿇어 엎드려 사죄를 하였다.

어두운 산길을 터덜터덜 걸어 내려오며 신과의 대화들을 생각해보았다. 꿈을 꾼 것도 아니고 낮도깨비에 홀린 것도 아니었다. 그 혼자 찧고 까분 것도 아니었다. 분명 무슨 계시가 있었던 것 같고 마음 속 깊이 잠재했던 교감들을 주고 받은 것 같았다.

그런데 그로 해서 진전된 것은 역시 아무 것도 없었다. 다만 그의 생각이나 아집으로만이 아니고 영성을 추가한 결론을 내려본 것이었다. 영성이 아니고 상상이래도 좋다. 그렇게 상황을 확인하고 인식한 것이다. 신은 필요하다는 것이다. 그것이 필요한 선민들에게는 말이다. 다시 수정한 중간 결론이다.

사후에 어떤 세계가 있는지 없는지 신이란 존재가 있는지 없는지 알 수 없고 죽고 나면 그것으로 끝날지 천당으로 가고 극락으로 갈지 지옥으로 떨어지고 연옥으로 떨어질지 전혀 알 수가 없기 때문에 신에게 의지함으로써 마음의 평안을 얻는다. 이들에게 신은 절대적인 존재이며 절대적인 가치가 된다. 신을 부정하고 사후 세계를 인정하지 않는 것은 그것을 합리적으로 증명할 수 있는 아무 것도 없기 때문이다. 그래서 그것을 믿지 않고 믿지 못한다. 아직은, 아직은 이라는 말이 어떨지 모르지만, 세상에는 이들이 열 배나 더 많고 선민의식을 가지고 있는 교인들은 이들을 세상사람들이라고 말한다.

인간은 신이 될 수는 없다. 인간은 아무래도 불완전하고 완벽하지가 못하고 어딘가 허점이 있다. 그것은 오히려 인간적인 매력이다. 그렇지 않으면 인간이 아니고 신이다. 말이 되는지 모르겠다. 그의 경우 원칙이 없고 줏대도 없고 참을 성도 없고 그래서 신이 될레 동물이 되고 벌레가 될레 하면 그는 서슴없이 후자를 택할 것이다. 성스럽기보다 인간답게 촌스럽게 살고 싶은 것이다.

결론을 다 내릴 수는 없다. 아직 다 살지 않았으므로. 그래서 다 알지도 못하고 자신도 없다. 좌우간 결론을 내리면 내릴 수록 허전하고 불안하고 고독하였다. 잠이 오지 않았다. 이리 뒤채고 저리 뒤채고 하는데 종이 울리었다. 교회의 종소리였다.

땅땅 울리는 종소리를 들으며 중간 결론들을 되새겨보았다. 마음에 들지 않았다. 계속 수정하고 추가해야 될 것 같았다. 밤과 새벽을 가르는 종소리는 심히 불안하고 고통스럽던 심신을 조금 누그러뜨리는 것이었다. 눈을 붙이었다.

종소리가 오늘따라 느리고 길었다.

나무와 돌
-멀리 멀리 갔었네 6-

　왜 이러는 것일까. 무엇을 위해서 누구를 위해서 도대체 어디를 가는 것일까. 스스로도 알 수가 없었다. 자신이 모르는데 다른 사람이 알 리가 있는가. 지금 나이가 몇인가. 계속 허둥대고 있다. 흔들리며 비틀거리며 그러나 앞을 향해 가고 있었다.

　곡예의 연속이었다. 장춘에서 내려 상해 표를 끊고 전화를 걸고 하느라고 비행기를 놓칠 뻔한 것까지는 좋았는데 기내의 모든 사람들을 붙들어 놓고 기다리게 하였던 것이다. 멀쩡한 그 장본인을 이상한 눈으로 바라보는 것이었다. 왜 이렇게 허둥거리는지. 그리고 도대체 여기를 왜 기를 쓰고 왔으며 또 이동을 해야 하는지, 백산 태산 계림 곡부 들을 다 들러 흑까지 가 놓고 뭐가 있어 이곳에 다시 오지 않으면 안 되었던가. 뭐 목적이야 다 있다. 그러나 그것이 설득력을 가질 수가 있는가 말이다...

　그에게 지금 천하 명승지나 절경이 중요한 것이 아니었다.

중요하지 않다는 것이 아니고 그런 것이야 아무 때고 시간 여유가 있고 형편이 될 때에 찾으면 되는 것이고 보면 되는 것이다. 지금 그런 게 급한 것이고 당면한 일이냐는 것이다. 그런데 그것은 생각이고 행동은 그렇지가 않았다. 생각과 행동이 겉돌았다. 황산(黃山)에서 하룻밤을 자기 위해 몇 천리 몇 만 리를 달려온 것이다. 명산을 구경하기 위해서인지 또는 무슨 민족사를 찾고 무슨 목적을 달성하기 위해서인지 도무지 알 수가 없었다. 여러 약속을 다 캔슬하고 무엇보다 목을 메고 있는 곳의 회의-2학기 개강 세미나-도 빠지고 낯선 천지를 헤매고 있는 것이다. 북에 가서 취재를 하겠다고 하는 것인데 그래가지고 또 뭘 하자는 것인지 알 수가 없었다. 허명무실한 것인지 그야말로 절대적인 것인지, 그 확실한 이유와 명분을 찾아야 하는 것이었다.

어떻든 그런 행각을 주저하고 있는 것이 아니고 밀어부치고 있는 것이었다. 그녀에게 부탁해 놓고 있었던 것이다. 제자라면 제자이고 후배라면 후배이다. 여러 가지로 능력이 있었다. 실력도 있었다. 성의 한 변을 따서 나무라고 하자. 목녀(木女)라고 하자. 늘 한 번 초대를 하겠다고 하였었는데 칭화대에 나가기 시작한 그녀가 약속을 지킨 것이고 선뜻 그것을 받아들인 것이었다. 기밀한 부탁을 해놓은 터에 전화로보다는 만나서 이야기를 하는 것이 좋을 것 같았다. 그러나 너무 먼 거리가 아닌가, 적절한 행보인가, 판단이 안 섰다. 좌우간 천하제일 명산에 올라 그 쾌감과 감동 속에 많은 것을 깨닫고 그런 가운데에 생의 전기를 이룰 수 있기를 기대하였다. 구름 위를 날고 있었다. 우리는 너무 현실에만 머무르고 있는 것은 아닌가. 현상이 없다. 그렇게 지위하면서 비행기에서 내렸다.

무엇이 어떻게 되었든 황산은 너무나 감탄스러웠다. 벌어진 입이 다물어지지 않았다. 감동의 덩어리였다. 아, 참 너무나 아름다운 산세에 취한 나머지 산 어귀에서부터 마구 소리를 질러대었다. 모두들 정신없이 사진을 찍어 대고 있었다. 서로 끌어안고 환호를 하기도 하였다. 등산은 아침에 하기로들 되어 있었으므로 해가 다 기울 때까지 산문에 기대어 넋을 잃고 바라보았다.

목녀와 같은 호텔에 들었다. 우려하던 것이 현실로 돌아왔다. 환상을 깨어야 했다.

"이러면 안 되지 않아요?"

"안 되지요?"

"불안해지기 시작하네요. 하하하하……"

"호호호호…… 왜 선생님이 불안하시지요?"

"글쎄 말이에요. 그런데 외박증은 끊어 왔어요?"

"네. 그럼요. 일찍도 물어 보시네요. 외박증 없이 안 들어갔다가는 다시 들어갈 수가 없지요."

"쾌히?"

"네?"

두 사람의 눈이 마주쳤다.

"호호호호…… 상상을 해 보시지요."

"하하하하……그런 것 같지 않아서요."

"왜 그렇게 생각하세요?"

"어감이 그랬어요."

공항에서 잠깐 만났을 때의 얘기였다.

"그럴 리가 없었을 텐데요."

"예. 그렇지는 않았어요. 그런데 그렇게 생각이 되었어요."

"불순하네요."

"맞아요."

"호호호호…… 저는 그이도 그렇고 선생님을 믿어요."

"그래요?"

"호호호호……"

그녀는 계속 웃으며 방 2개를 달라고 한다. 옆에 나란히 붙은 방으로 정하였다.

그렇게 1막은 끝나고 저녁 식사를 하러 나갔다. 호텔에서 멀지 않은 곳이었다. 그녀가 중국어로 한참 동안 이것저것 요리를 주문하였다. 값이 얼마인지 많은 요리가 회전식탁 가득 나왔다. 소고기 돼지고기 닭고기 생선 들이 다 올라왔다. 작은 민물고기를 튀긴 것도 있고 여러 가지 향내를 풍기는 채소가 들어간 요리 접시가 상을 꽉 채운 위에 자꾸 갖다 놓았다. 땅콩 호도 등 견과류가 들어간 것도 있었다. 술은 그가 선택을 하라고 하였다. 맥주와 노송 아래 신선이 누워 있는 그림이 붙은 고량주를 시켰다. 술이 약한 그녀에게는 맥주를 따랐다. 그도 첫 잔은 시원한 맥주로 하였다. 잔을 부딪었다.

"조국과……"

"민족을 위하여!"

그와 가끔 술을 마신 목녀는 그의 생각을 잘 알고 있었다.

"그래요. 고마워요."

그러나 그녀는 술을 마시지 않고 들고 있다.

"그뿐이에요?"

"아니 그것 이상 또 뭐가 있나?"

"그래요. 맞아요."

그녀가 웃으면서 술을 한 모금 마시는 것이었다. 비꼬는 듯한 웃음 같았다.

그는 다시 작은 잔에 따른 고량주 잔을 들고 그녀의 잔에 부딪었다.

"우리의 만남을 위하여!"

"예 그게 빠졌어요. 호호호호……"

술이 대단히 독하였다. 그러나 참으로 향기로웠다. 두 번 걸러서 만든 술이라고 하였다. 두 잔을 마시자 얼근해졌다. 그녀가 자꾸 첨작을 하였다.

"그동안 술을 한 번도 제대로 사 드리지 못하였는데 오늘 제가 한번 쏠게요."

"하하하하…… 그래도 될까요?"

"안 될 게 뭐가 있어요?"

"정말 그런가?"

"아니 그럼요. 아무 염려 마시고 실컷 맘껏 드세요."

다시 첨작을 한다.

그녀의 말처럼 이 시간 아무 것도 거리낄 것이 없었다. 누가 간섭을 하는 것도 아니고 무슨 바쁜 일이 있는 것도 아니고, 그런 것은 저 바다 건너에 있었다. 모든 것을 잊고 술을 마시고 내일 등산을 위하여 푹 자면 되는 것이다. 아침 일찍 새벽부터 서둘러 출발해야 한다는 부담이 있기는 하지만 하루 밤 안 자도 안 될 것은 없었다. 뭘 쓸 때는 밤을 꼴딱 새웠다. 아무리 작은 것이라도 끝을 내려면 밤을 새우고 몸살을 하였다. 밤을 새우는 데는 이골이 나 있었다. 그러나 밤을 새워 술을 마실 것까지야 있겠는가. 그것도 하고 싶은 대로 하면 되는 것이다. 마음껏 실컷 들라고 하였지만 정말 얼마나 코가 비틀어지게 술을 마실 것인지, 적당히 마시고 절도를 지킬 것인지 어쩔 것인지, 그들이 정하기에 달린 것이다. 그의 마음에 달린 것이다. 아니 그녀의 마음에 달린 것이다.

그러나 그런 것도 미리 정할 필요가 없다. 되는 대로 되어 가는 대로 따르면 될 것이었다. 그런 것을 미리 정하고 계획하는 것은 어쩌면 순수하지 못한 것이다. 다시 말하여 불순한 것이다. 어떻든 참으로 흐뭇한 자리였다. 술이야 먹어 봐야 얼마나 먹겠는가. 돈이 들면 얼마나 들겠는가. 다른 것은 몰라도 참 술은 원이 없었다. 안 먹어본 술이 없었다.

한 번은 뉴욕에서 파티에 갔을 때였다. 국제PEN세계대회에 참석했다가 끝날 무렵 여러 나라의 초대장 중에 마음에 드는 한 군데를 택한 것인데 다른 곳보다 유엔센터라고 하는 장소가 마음에 들어 그리로 갔었다. 거기서 뉴욕의 야경을 보고 싶기도 했다. 거기 얼굴이 익은 여러 나라의 작가들이 많이 참석을 하였다. 노벨문학상 수상자도 있었다. 파티는 술부터 시작하였다. 그런데 그 술의 종류가 참으로 다양하였다. 보도 듣도 못한 것이 너무나 많았다. 그래 그는 무슨 생각에서인지 옆에 있는 방 교수에게 물어 보았다. 가장 좋은 술이 어떤 것이냐고. 소설을 많이 번역하였고 가끔 술집에서 부딪치는 불문학자였다. 그러자 그 친구는 자기 것과 같이 그의 술을 시켜 주는 것이었다. 제일 좋아하는 술이라고 하였다. 그 이름이 길고 생소하여 그는 수첩에 적어 달라고 하였다. 콜라를 넣어 칵테일을 한 것인데 그에게는 별로 신통히지지 않았다. 대략 값을 묻자 흔스럽게 뭐 그런 걸 따지느냐고 하여 멋쩍었다. 그날 파티는 기대 이하였다. 좌우간 양주도 그렇고 중국 술도 웬만한 것은 다 먹어 보았다. 그러나 그의 주량이 그렇게 대단한 것은 아니었다.

"왜 자꾸 첨작을 해요?"

"술이 안 받으세요?"

"무슨 소리를 하는 거여."

그는 자기의 잔을 주욱 들이키고 그녀에게 잔을 권하였다.

"첨작은 제사 지낼 때나 하는 거여."

"아, 예."

그녀는 웃으며 술을 조금 받아 마시고 그에게 반배를 한다.

서울에서도 몇 번 술을 같이 하며 주법을 얘기한 적이 있었다.

"여기 주법은 그래요."

"그래?"

"예."

그녀는 다시 첨작을 하며 대답하였다.

"하하하하…… 그래?"

그런 것은 아무래도 좋았다.

"술맛이 어떠세요? 다른 것으로 해 보실까요?"

"아니야. 좋아요."

"안주는요?"

"다 좋아요."

"한국식으로 할까요?"

"아니요. 그냥 좋은 대로 해요."

"예, 알았어요. 선생님."

"아! 하하하하…… 정말 마음 놓고 마셔 볼까?"

"그러시라니까요. 호호호호……"

"하하하하…… 감당하기 어려울 텐데……"

"정말 염려 마세요. 돈이 떨어지면 선생님이 내시면 되지요 뭐. 그러나 그러면 안 되지요."

"헤헤헤헤…… 돈도 돈이지만……"

"뭐가 됐든 염려 마세요. 히히히히……"

그녀는 그의 괴상한 웃음까지 받아넘기며 또 첨작을 한다.

참으로 넉넉하고 흐뭇한 저녁이었다. 그야말로 아무 걸리적거리는 것도 없고 거리낄 것도 없이 소탈하고 평안한 자리였다.

술을 한 병 더 시키었다. 그만하면 술은 충분하였다. 벌써부터 속이 찌르르하였다. 그가 술을 좋아하긴 하였지만 그렇게 대주가는 아니었다. 들어가긴 얼마든지 들어갔다. 아침에 일어나는 것이 문제였다. 술을 먹고 추태를 부린 적도 많이 있는데 언젠가부터 자제력이 생기었다. 제동을 걸면 걸리었다. 절도를 지켜야 된다고 생각하면 지킬 수가 있었다. 최근의 경우 그랬다. 늙는 것인지.

그런데 좌우간 근래에 이렇게 마음에 드는 자리는 없었다. 둘 다 멀리 뚝 떨어져 나와 무엇 하나 신경 쓸 것이 없었다. 그녀의 경우 그와 같이 하는 이 밤이 불안할지 몰랐다. 푸둥 공항까지 배웅을 나와 주었던 그녀의 허스가 떠올랐다. 참으로 우연한 일치였지만 그녀의 캡이 달린 모자의 모양과 색깔이 그의 것과 같은 것이었다. 다른 사람은 어땠는지 모르지만 그에게는 좀 이상하게 느껴졌던 것이다. 자격지심인가. 싱히이 미디 위를 니르머 그기 그 얘기를 끼내지 묵녀는 미구 깔깔거리고 웃으며 그의 기우를 다 날려버리는 것이었다. 너무도 웃음소리가 커서 옆 사람까지 다 돌아다 볼 정도였다.

"그렇게 좁은 사람 아니에요. 좌우간 맴돌던 쳇바퀴를 벗어나니 참으로 홀가분하고 좋네요. 세상이 내 것 같애요."

그녀는 계속 웃고 있었다. 그도 따라 웃었다.

그가 또 한 잔을 그녀에게 건네었다. 이번에는 가득 따랐다. 그녀가 웃으면서 그를 바라본다. 안주가 추가로 자꾸 나왔다. 국물이 있는 탕채가 나오고 꽃빵과 만두가 나왔다.

그녀는 한 입 크기의 작은 만두를 그의 초장에 얹어 주며 말한다.

"디엔씬(點心)이에요. 우리 점심이라는 말이 여기서 간 것인지 모르겠어요."

"딤섬이라고 하지 않아요?"

그가 만두를 안주로 들며 말하였다.

"그건 광동식 발음이고요."

"괜히 아는 척을 하였네."

"호호호호…… 선생님이 뭐 만물박사인가요? 전공이 따로 있잖아요."

그녀도 전공이 같은 국문학이다. 그런데 잔뜩 중국 잡학을 늘어놓는다.

디엔씬은 200여 종류가 있지만 바오(包) 지아오(餃) 마이(賣) 3종류가 대표적이며 펀(粉)은 얇은 쌀가루 전병에 갖은 소를 넣어 돌돌 말아 부친 것이다. 속에 상어지느러미 새우 쇠고기 돼지고기 시금치 부추 등을 넣는데 고대 농경사회에서 농사일을 마치고 둘러 앉아 차와 담소로 하루의 피로를 풀 때 곁들여 먹게 된 것이 유래이다.

"저녁은 안 먹어도 되겠네요."

"왜요. 조금 드셔야지요. 볶은 밥이 나올 거예요. 선주후면 이잖아요."

"후면이면 면이 나와야지."

"그러네요. 면도 가져 오라고 그러지요 뭐."

혀가 꼬부라진다.

"그게 아니고 참, 이걸 어떻게 다 먹나? 하하하하……"

"호호호호…… 천천히 드세요."

목녀는 다시 술을 따르며 말한다.

"여기서 주는 대로 드시면 돼요."

술이 거나하게 올랐다.

그는 아주 흡족한 표정을 지으며 고개를 끄덕거렸다. 그러다 한 마디 던지었다.

"그래 어떻게 얘기가 잘 되고 있어요?"

그것이 무척 궁금하였던 것이다. 처음 만날 때부터 물어보고 싶었다. 사실은 그것으로 하여 마음이 편하지가 않았던 것이다.

"아니 뭐가 그리 급하세요?"

그녀는 대답 대신 술을 따른다. 뭘 그리 깝치느냐고 면박을 주는 것 같다.

이 좋은 음식에 안주에 참으로 너무도 근사한 술자리를 시작한 지 한 시간도 채 안 되었다.

"그런가?"

"그럼요."

그녀는 웃으며 또 첨잔을 한다.

"알았어요."

어투도 바꾸었다.

"시간이 좀 걸릴 거예요. 잘 될지는 모르겠어요."

그렇게 한 마디 의중을 비치기도 하였다.

그녀는 늘 말의 액면 이상을 보여 주었다. 그는 그것을 믿고 있었다.

"알았어요. 잘 되도록 해 봐요."

그리고 그 부탁이나 되는 듯이 그녀에게 술을 부었다.

그렇게 쉬운 문제는 아니었다. 초청장을 받아 달라는 것이었다. 등산도 등산이지만 그것 때문에 이까지 온 것이라고 할 수 있었다. 그의 힘으로는 아무리 노력을 해도 안 되었다. 연변을 갔던 것도 그 때문이었다. 거기 조선민족사학회 한 회장을 만나서도 그 부탁을 하였다. 역사학자로서 또 중국의 공산당 당직자로서 자주 북을 왕래하였고 요로의 인사들과 독대를 한다고 하였다. 그래서 대종교 대표들이 단군릉 -개건식 때-참배를 하게 하는 다리를 놓았던 것이다. 그들은 돌아와 감옥을 갔지만 민족사의 돌을 하나 놓았던 것이다. 한 회장을 만나서 부탁을 하고 그녀에게도 부탁한 것을 전화로 채근하는데 그리로 오라고 하는 것이었다. 일이 잘 안 되어 구경이라도 시켜 주겠다는 것인지 그 반대인지는 알 수가 없었다.

여러 해 전의 일이었다. 그 뒤 개천절 민족공동행사 때 그리고 몇 번 평양을 다녀오고 여러 인사를 만났다. 여전히 그 문제는 해결되지 않고 있지만. 그 때 참으로 많은 시간과 정열을 쏟아 부었던 것이다. 금전적인 것은 말할 것도 없고 금쪽 같은 시간이요 금덩이 같은 정열이었다.

참으로 세상은 넓고도 좁았다. 목녀가 그렇게 줄이 닿아 있을 줄이야 정말 상상도 할 수 없었다. 서울에서 같이 하숙을 하던 조선족 여성의 남편이 북에 있었던 것이다. 중국 대사관 직원이었다. 심야에 무슨 간첩 접선이라도 하듯이 교신을 하였다. 이메일이 가능하였던 것이다. 물론 그 친구에게만이었고 전화는 자기들 부부끼리도 되지 않았다. 좌우간 이 지구상에서 가장 멀고 갈 수 없는 곳이 딱 한 군데 있었다. 갈 수도 없고 올 수도 없고 편지 한 장 전화 한 통도 안 되었다. 이 세상에 돈 가지고 안 되는 것이 없고 인터넷으로 모든 나라의 울타리가 다 없어져 버렸는데 거기만은 철조망을 높이 치고 그것이 다 녹슬도록 문을 안으로 걸어 잠그고 열어 주지 않았다. 그런데 그 친구를 통해 메일과 파일을 보낼 수가 있었던 것이다. 말은 않았지만 중간 간부쯤 되는 것 같았다. 그 친구가 어떻게 할 수는 없었고 중간 역할을 할 수는 있었지만 생각대로 움직여 주질 않았다. 서울에서 목녀와 그 여성과 같이 만나 단단히 부탁을 하였던 것이다. 같은 전공 끼리 의기가 합쳐졌던 것이다.

그의 지도로 학위를 받은 목녀는 북의 자료를 여과 없이 사용하여 심사에 어려움이 있었다. 그것을 그가 다 커버하였다. 사상적으로 논리적으로 엄호해 주었다. 여러 가지 오해를 받았지만 소신을 가지고 밀었다. <이기영의 남 북 작품 비교연구>였다. 1934년에 쓴 「고향」과 북에 가서 다시 쓴 「땅」을 비교하여 북의 문학의 단계를 논한 것이었다. 사회주의적 사실주의 창작방법에 입각한 프롤레타리아문학에서 집체 창작 혁명적 문학으로의 전환 과정을 분석한 것으로 무엇보다 자료적 가치가 있었다. 그 친구를 통하여 어떤 학자도 접할 수 없었던 새로운 자료를 빼내올 수 있었던 것이다.

어떻든 그랬는데 그는 그쪽 자료를 빼내자는 것이 아니고 집어넣자는 것이었다. 가져오자는 것이 아니고 보내자는 것이었다. 그는 단군의 이야기 「뿌리 끝에서 만나리」에 이어 「신화인가 역사인가」를 쓰고 있었다. 단군의 실존을 역사 자료들을 엮어 입증하는 작업이었다. 픽션으로 쓴 「뿌리……」는 단군이라는 민족의 뿌리로 하여 서로 만나고 결국엔 하나가 되는 소망을 썼다. 남 북 단군 연구 학자들이 만나 서로 오가며 회의를 하고 발표를 하고 그 뿌리를 구심점으로 통일을 논의하는 테이블을 만든다는 얘기이다. 한동안 화제가 되었고 여러 군데서 상도 받았다. 책도 많이 팔리었다. 그러나 그런 이상을 현실로 옮기는 분위기를 만들지는 못하였다. 앉아서 상상을 하여 쓴 것이고 이쪽의 시각으로 쓴 것이었다. 남에서는 북의 단군릉 발굴과 단군 유골의 DNA 검사에 대하여 대체로 신뢰하지 않고 있으며 일제가 조작한 신화설에 매달려 있고, 단군을 실사로 기술하고 있는 북은 그런 주체성 없는 연구에 대하여 냉소하고 있었다.

하나의 현상 보고이며 진단인 것이었다. 이제 처방이 필요하였다. 가서 직접 보고 듣고 답을 찾아 제시하려는 것이었다. 단군릉 숭령전 삼성사 등을 답사하고 그 쪽 역사학자들의 얘기를 듣고 사진도 찍어 오고 직접 취재를 하여 설득력을 추가하려는 것이었다.

그래서 통일부의 북한 주민 접촉 승인을 받았고 방북을 하고자 하는 것이다. 북에 가기 위해서 초청장이 있어야 했다. 고위층이라야 되었다. 그녀에게 그것을 부탁한 것이었다.

그가 쓴 「뿌리……」와 취재 답사 계획 파일 등을 그 친구에게 메일로 보내었다. 그런데 그것을 잘 받았는지, 아니 어떻게 전달이 되었는지-요로에 말이다-그랬다면 반응이 어떤지, 소식을 주지 않고 있었던 것이다.

답답하였지만 그는 그것을 다시 물어볼 수는 없고 연변에서 있었던 얘기를 하였다.

"친서를 한 장 쓰라고 해서 써 주고 왔는데……"

"누구에게요?"

목녀가 다시 첨작을 하며 묻는 것이었다.

"한 회장 얘기를 했었지요."

"예. 그러셨지요. 그런데……"

"아 그런데 도무지 이상한 생각이 들고……"

그는 술을 주욱 들이키며 말하였다.

"그래서…… 핫 참!"

"누군데 그래요?"

"누군 누구에요."

도대체 무슨 얘기를 하는지 알 수가 없었다. 그러나 그녀는 곧 누구인가를 알아차리었다. 그리고 한 바탕 웃었다. 같이 웃었다.

"그래서요?"

그녀가 다시 물었다.

"그래서 선뜻 그러겠다고 하고 펜을 들었지만 문구가 떠오르지 않고 도무지 써지지가 않는 거예요. 호칭을 어떻게 해야 하나 경칭을 어떻게 써야 하나 고민을 하고 있자 한 회장은 내키지 않으면 쓰지 말라고 하는 거예요. 그래서……"

그는 그게 아니라고 하고 다시 썼다 지웠다 하며 몇 줄 썼다. 단군릉 개건은 참으로 장한 일이다. 단군릉으로 하여 우리 민족의 숙원인 통일이 앞당겨지기를 갈망한다. 나는 단군을 구심점으로 하여 남북이 서로 만나고 통일을 이루는 얘기를 썼다. 앞으로 그런 노력을 확대하고자 하며 단군릉을 참배하고 싶다. 그런 요지였다. 한 회장은 최경의를 표하라고 하였다. 남북을 북남으로 쓰라고도 하였다. 그리고 일러주는 대로 호칭도 쓰고 두 번 세 번 고쳐 쓰고 정서를 하였지만 마음에 들지 않았다. 우선 그의 마음에 들지 않았던 것이다. 한 회장은, 그럼 다음에 잘 써 가지고 한 번 더 오라고 하였다. 우편으로는 안 된다고 하였다. 그는 마음을 정하지 못하고 이리로 오는 시간에 쫓기어 그냥 주고 왔다.

"아무래도 마음에 걸려요. 그냥 가지고 올 걸 그랬지요?"

"글쎄요오."

그건 그녀도 답을 내릴 수가 없었다. 다만 그녀가 알아보고 있는 부분을 이야기할 수는 있는 것이었지만 그것은 여전히 오리무중이다. 그러니 그쪽의 기대를 저버릴 수도 없었다.

"좌우간 말이지요. 선생님, 오늘 밤 실컷 드시고 적회를 풀어요. 진작 제가 한 번 모셔야 되는데, 산다는 게 무언지 그게 잘 안 되었어요."

목녀는 그러며 다시 술을 따른다. 그리고 또 술을 시키었다.

"적회라?"

쌓인 회포라는 말이다. 뭐가 그렇게 쌓였는지는 몰라도 참으로 할 말이 많다고 했다. 그도 그랬다.

"생각이야 있지만 제가 언제 또 이런 데로 모시겠어요?"

"그게 무슨 소리여? 젊은 사람이."

"따지고 보면 뭐, 그렇게 많은 차이도 아니지요 뭐."

사실은 그랬다. 그녀는 만학이라고 할까, 작가로 데뷔를 하고 아이들도 다 키워 놓고 대학원을 다녔던 것이다. 그래서 학부에서 바로 올라온 젊은 학생들보다 몇 배 공부를 하였고 학위도 수료와 동시에 바로 통과가 되었던 것이다. 얘기만 하면 척척 알아서 대령을 하였으므로 가능하였던 것이다.

"그러니까 이제 막 가자는 거지요? 하하하하……"

"호호호호…… 선생님도 참! 그럴 리가 있겠습니까?"

"뭐 그것도 괜찮을 것 같은데…… 하하하하……"

"호호호호…… 그러면 안 되지요. 호호호호……"

또 술을 따른다. 그의 잔도 그녀에게 건네었다.

"참 선생님 고마워요. 다른 교수님들 반대를 다 막아 주시고 선생님 시간을 떼어서 강의도 하게 해 주시고 또 여기 대학에도 선생님이 추천서를 써 주시고…… 선생님은 저의 큰 은인이고……"

"그리고?"

"너무나 많은 것을 일깨워 주셨어요."

그녀는 이번에는 그런 뜻이 담긴 것인가, 잔을 주욱 들여마시고 반배를 한다.

"그랬던가? 글쎄, 뭐 그런 것이 있다면 그건 내가 준 것이 아니고 찾아간 거예요. 그런데 술 잘 하네!"

"아이구 아니에요. 저 많이 취했어요. 얼굴이 빨갛지요?"

"보기 좋은데 밀."

"아아이 선생님도 참! 호호호호……"

웃어 대자 그녀의 새빨간 얼굴이 홍당무가 된다. 혀도 다 꼬부라져 있었다. 그러나 하나도 흐트러지지는 않았다.

"어떻든 천천히 많이 드세요. 제가 대작을 잘 할게요. 아셨지요?"

"알긴 알았는데 이제 그만 해요. 너무 취하면 안 되지."

그는 두 잔을 가지고 조금씩 마시었다. 그러며 일부러 잔을 비우지 않았다. 정말 그 마저 취하면 안 될 것 같았다. 아니 그도 꽤 취하였다. 자꾸만 첨작을 하여 많이 마신 것이었다. 독주였다.

"선생님도 참! 선생님 아니랄까봐. 지금 초저녁인데 왜 자꾸 그러세요. 헉슬리의 「연애대위법」에 보면 말이지요. 밤에 술 먹는 시간을 학년별로 말하고 있지요. 지금은 아직 유치원 생이에요."

그녀의 기억은 정확하지 않았지만 무슨 말을 하고 있는지 알 수가 있었다. 계속 마시자는 것이었다.

"우리가 지금 연애를 하고 있는 건가?"

"얘기가 그렇게 되나요? 호호호호……"

그녀는 그러면서 술을 좀 바꿔 볼까 묻고 어디 2차를 가자고도 했다.

그는 이제 그만 하자고 하였지만 그건 안 된다고 하였다. 산책이나 하자고 했지만 그것도 안 된다고 하였다. 그래서 조금만 더 하기로 하였다. 배가 잔뜩 불러 고량주로 계속 했다.

그가 조금씩 마시자 이번에는 목녀가 먼저 마시고 잔을 준다.

"이제부터는 한국식으로 해요."

"그러면 안 될 텐데……"

"안 될 게 뭐가 있어요? 뭐가 겁날 게 있어요?"

"겁날 거야 없지."

"그러면 됐지 뭘 그러세요. 아무 염려 말고 맘껏 드시고 그리고 어디 가서 춤이나 추지요, 뭐. 괜찮지요, 선생님?"

"너무 취하면 춤을 출 수 없지."

"아 참 선생님도! 발동이 걸려야 춤을 추든가 뭘 하든가 하지요. 호호호호……"

"하하하하…… 난 아까부터 걸렸는데."

발동이 걸렸는지 모르지만 술은 많이 취하였다. 어떻든 말 끝마다 선생님 선생님 하는 목녀 앞에서 그가 자제력을 잃으면 안 된다고 생각하였다. 지금으로서는 그럴 자신이 있을 것 같았다. 그러나 그를 가만 두지 않았다.

"뭘 하세요? 선생님! 안경을 벗으셔야지요."

"허허… 참 내!"

그는 하는 수 없이 잔을 하나 비워서 궐녀(厥女)에게 술을 가득 따랐다. 조그만 사기잔이다.

"통일이 가능하다고 보시나요? 선생님의 통일론은 어떤 거예요?"

이번에는 방향을 180도로 바꾸어 말하는 것이었다.

"아니 갑자기 무슨 뚱딴지 같은 소리를 하는 거지."

"그게 아니지요. 선생님은 그것 때문에 지금 불철주야 노심초사하고 계시는 것 아니에요?"

그녀는 호기 있게 선생님과 대결을 한다. 새롭게 대작을 하는 것이다.

그는 물끄러미 그녀를 바라보았다. 참으로 마음에 든다. 오늘 이 술자리의 무엇보다도 솔깃하고 마음에 드는 언사였다.

"그건 그렇지!"

"마음을 툭 터놓고 말씀을 해 보세요. 왜 거기에 목을 매고 계신 건지. 제가 대꾸를 해 드릴 게요. 저도 아주 맹탕은 아닙니다."

그녀는 팔을 걷어부치며 말하는 것이었다. 술이 확 깨었다.

"맹탕이라니! 쪽보다 더 푸르지."

얼마 전 보내 준 「단향형(檀香刑)」을 읽고 감탄을 하며 그렇게 전한 적이 있었다. 그녀가 번역한 모옌의 소설이었다. 원색적인 사랑과 민족의 비극을 그리고 있었다. 그는 그러며 그의 민족 통일론을 늘어놓았다.

"우리 민족의 키 워드는 단군이야. 북에서는 인사를 '단군!'이라고 한다는데, 우리가 줄 건 주고, 받을 건 받아야지. 흥만 보지 말고. 이쪽에서는 꼭두각시놀음이라고 하고 그쪽에서는 개판이라고 하고 있으니 자꾸 멀어만 가는 거여. 뭐가 됐든 자꾸 만나고 얘기하고 술도 마시고 잠도 같이 자고…… 그런 것이 통일인 거여."

"뿌리 끝에서 우리 다시 만나리!"

"그래 말이여."

"그런데 뭐 제사 지내시는 거예요?"

"뭐여?"

그는 앞의 잔을 비우고 또 그녀에게 가득 따랐다.

"「술의 나라」 보셨어요?"

그것도 모옌의 소설이었다.

"봤지. 그런데 이제 번역만 하는 거여?"

"쓰고 있어요. 선생님!"

"젊을 때 많이 써야지. 그런데 말이야. 남북의 정상이 만나 합의한 소위 낮은 단계의 연방제라는 거, 너무 추상적이잖아? 어디까지가 낮고 어디까지가 높다는 거여. 말이 안 되잖아?"

그는 일어서서 두 손바닥을 엎어서 펴 들고 올렸다 내렸다 하며 마치 목녀에게 따지듯이 물었다.

"그래서요?"

그녀는 술을 주욱 들이키며 되물었다.

"그래서 말이여. 이건 어떨까? 북에서 한 발 물러서고 남에서 한 발 진보한 아나키즘의 논리로 통일을 하자는 거여. 울타리도 없는 자유사회인 거여. 지금 당장 통일이 돼도 이데올로기 극복을 못하면 도로 반납을 해야 돼. 사상의 레벨을 같이 하자는 거여. 어때?"

"소설은 되겠네요. 용도 폐기된 사상의 먼지를 털어 지금 다시 사용을 한다, 거꾸로 가는 시계네요."

혀가 다 꼬부라져 있었지만 말은 조리가 있었다. 그녀는 프롤레타리아 아나키즘의 문학을 주로 발표하였었다. 또 그에게 잔을 내밀고 따른다.

"참 오늘 너무 마음에 드네."

"너무 짜가 들어가면 안 되지요. 다 좋은데 말이지요. 그건 안 돼요. 그러다 다 잡혀 가요."

"잡혀 가면 어떤가? 나는 감옥에 가도 좋아. 목숨이 그렇게 이끼오기?"

이제야 발동이 걸린 것이다.

"그건 소설이에요. 현실은 그렇지가 않아요."

"소설은 현실을 뛰어넘는 거여."

"선생님은 넘지 못해요."

"뭐여?"

"안경이나 벗으세요."

"지금 안경이 문젠가?"

그는 식탁을 탁 쳤다.

통일론은 더 진전을 보지 못하였다. 현실을 뛰어넘지 못해서였다. 계속 그의 안경을 벗기느라고 목녀는 몸을 가눌 수가 없었다. 혀가 완전히 꼬부라져서 흐느적거리던 그녀는 코를 박고 엎드린 채 맥을 못 추었다.

그도 너무 취하여 비틀비틀 하였다. 그러나 그녀를 둘러업고 갈 수밖에 없었다. 그녀는 부축하고 걸을 수도 없었다. 계산도 그가 하여야 했다. 꽤 되었지만 그게 문제가 아니고, 실컷 맘껏 들라고 이것 저것 다 시켜 놓고, 참 우스웠다.

호텔에 가서도 궐녀는 여전했다. 인사불성이었다. 핸드백 속에서 전자 키를 꺼내어 두 방 중 하나를 열고 들어가 침대에 눕히었다.

옆방으로 온 그도 옷을 입은 채 곯아 떨어졌다. 춤이고 소설이고 다 뜬 구름 같은 얘기였다.

그느라고 아침에 일찍 일어나지 못하였다. 그래도 그녀가 먼저 일어나 노크를 하였다. 말끔히 머리까지 감아 빗고였다.

"어서 차비를 하세요. 늦었어요."

"그냥 자면 안 될까요?"

그가 일어나지 않고 말하자 그녀는 안 된다고 하였다. 아주 단호하였다. 빨리 일어나라고 하였다. 그래도 말을 안 듣자 그의 볼에 살짝 키스를 해 주며 달래는 것이었다. 이까지 와서 황산을 안 보고 가면 말이 되느냐고 하였다.

"어제 밤 춤 잘 추었어요."

그가 일어나며 어떡하나 볼려고 한 마디 하였다.

"오늘 저녁이 또 있잖아요."

엎드려 절 받기였다.

"호호호호…… 죄송해요."

그리고 한 마디 더 하였다.

"제가 잘 맞혔지요?"

무슨 이야기인가. 현실을 뛰어넘지 못한다는 것인지도 몰랐다. 그는 그것을 되물을 수가 없었다.

조금이라도 많은 비경을 보여주려는 듯이 그녀가 깝치는 대로 황산 입구에서 전용버스를 타고 케이블카 타는 곳까지 서둘러 갔다. 장사진을 치고 있었다. 그러나 거기에서 표를 사 가지고 기다리고 있는 친구가 있었다. 아르바이트 학생이었다. 같이 올라가기로 예약이 되었던 것이다. 케이블카를 타자 금방 절경 속으로 치달았다. 히야! 감탄이 절로 나왔다. 무아지경을 숨 막히게 달려 올라가 옥병루에 내렸다. 완전히 별천지였다. 황산을 보고 나면 그 어떤 곳도 눈에 차지 않는다고 했던가. 그 비경이 한 눈에 들어왔다. 옥으로 병풍을 둘러 친 누각-玉屛樓-전망대 풍광구에서 일단 눈으로 등산을 다 하였다. 옆에 천도봉(天都峰, 1810)이 있고 앞에는 연화봉(蓮花峰, 1864) 그 뒤로 광명정(光明頂, 1860)이 기다리고 있다. 72개 봉우리 중의 삼대 주봉이었다. 그는 산에 오르면 꼭대기 끝까지 가야 했다. 그것을 아는 목녀가 연화봉은 오를 수가 없다고 하였지만 그는 포기하지 않았다.

이름처럼 연꽃 모양의 봉우리였다. 중국 제일의 명산, 황산 제1봉이 다가왔다. 보기만 해도 신이 들렸다.

"고마워요. 이런 곳 구경을 하게 해 줘서."

그는 숨을 고르며 목녀에게 인사를 차렸다.

"어제는 죄송했어요."

"정말 멋있는 밤이었어요."

"호호호호……"

좁은 계단을 돌아 영객송(迎客松)의 마중을 받고 안개와 운무 그리고 오락가락하는 비와 운해(雲海)에 묻힌 연화봉을 향하였다. 기암(奇巖) 기송(奇松) 나무와 돌의 천국이었다. 돌이 없으면 소나무가 아니고 소나무가 없으면 기이하지가 않았다. 연화봉 허리를 끼고 돌아서 허공을 이어놓은 허공다리 보선교(步仙橋)로 가다가 만나는 천해(天海)에서의 운해는 봉우리들을 섬으로 만들며 신비의 파노라마를 펼쳐 놓는다. 신선이 노니는 하늘의 바다였다.

연화봉은 출입을 시키지 않아 아쉬운 대로 광명정으로 향하였다. 목녀는 연화정(蓮花亭)에 주저앉았다. 몇 번 와보기도 했지만 컨디션이 좋지 않았다. 그는 학생과 함께 빠른 행보로 단숨에 제2봉 정상까지 강행군을 하여 천군만마를 다 꿇어앉히었다. 그리고 심장 밑바닥까지 뒤집어 괴성을 질러대다가 내려왔다. 뭔가를 근원적으로 깨달은 것 같기도 하고 원점으로 되돌려 놓은 것 같기도 했다. 아니 백보-백보운제를 거쳤다-천보 내달은 것 같기도 했다. 그래 다시 시작하는 것이다. 또 땅을 파는 것이다.

전산(前山) 서해 쪽으로 올라 왔었는데 후산(後山) 동해 쪽으로 가서 새벽 일출을 보고 내려오는 것이 등산 코스였지만 저녁 늦게 돌아가는 비행기 예약이 되어 있었다. 만일의 경우를 생각해서 내일로도 예약을 하였지만. 그래 연화정에서 목녀와 만나 온 길을 되짚어 해가 떨어지기 전까지 하산을 하였다. 그런데 그녀는 배탈이 나서 술을 마실 수가 없었다. 디엔씬 타령도 할 수가 없었다. 어제 저녁 오버페이스를 하였다고 할까, 최선을 다 하였던 것이다. 그녀를 위하여 술 대신 자스민 차를 마시었다. 거듭거듭 죄송하다고 하였다. 그녀의 얼굴에도 그렇게 씌어 있었다.

"술도 좋지만 차도 좋네요."

"그래도 선생님은 하세요. 제가 조금 대작을 해 드릴게요."

"말만 들어도 취하는데요."

그러자 그녀는 한 가지 더 제안을 하는 것이었다. 온천이었다. 황산의 사절(四節)이 기암 기송 운해 온천이라고 하였다. 그 시간은 되었다.

"하나는 빼 놓지요 뭐. 그래야 아쉬움이 있지 않겠어요?"

"아쉬움이요? 참으로 고상하시네요. 호호호호……"

"하하하하…… 왜 그래요?"

"호호호호……"

그녀는 웃기만 했다.

비행기 안에서 그녀는 잊어버리기라도 했던 듯이 들려주는 것이었다. 얼마 전 그 조선족 여성 내외와 그녀의 내외가 같이 여기 황산에 왔었다고. 그녀가 초대한 것이었다. 온천에도 같이 갔었다고 하였다.

그는 너무나 고마워 눈물이 날 것 같은 것을 참고 말하였다.

"내 통일론이 어땠어요?"

"죽을 쒔지요 뭐. 호호호호……"

그녀는 계속 웃는 것이었다.

아들의 만남

아무래도 아들에 대한 선호도가 높은 것 같다. 아직까지는, 또 그와 같은 세대에서는 그랬다. 그런데 그것이 마음대로 되는 것이 아니다. 가지고 싶다고 가져 지는 것이 아니다. 삼신할머니가 점지하여야 하는 것이다.

그것은 딸도 마찬가지이다. 아들이든 딸이든 하나만 낳아 잘 기르는 사람도 있다. 아예 아이를 안 낳는 사람도 있다. 그런 사람들이 많이 있다. 그것이 사회 문제 국가적인 문제가 되고 있기도 하다. 세계 제일로 출산율이 낮다고 하던가. 그거야 어쨌거나, 그 반대의 경우이다.

한 점 혈육이 없어 아들이든 딸이든 아이를 갖기를 소원하나 별의 별 노력을 다 해도 안 되어 평생 한이 맺히는 경우도 있다. 그래서 한스럽게 불행하게 산다. 그런 경우도 많다. 돌부처의 코를 떼어다 갈아먹기도 하고 절에 가서 백 일 기도를 하여 참으로 신통한 영험으로 아이를 낳기도 한다. 부처가 아이를 점지해준다고 하지만 중의 아이를 낳는다는 말도 있다. 그런 얘기를 한 두 번 들은 것이 아닌 것으로 보면 꼭 맘쟁이들의 말만은 아닌 것인가 딸을 하나 둘 계속

낳다가 칠공주 팔공주를 두기도 한다. 아들을 갖기 위해서 그런 것이다. 아들을 갖기 위해서 재취 삼취를 하기도 한다. 구세대적인 얘기 옛날 얘기인지 모른다. 요즘은 전혀 그렇지 않은지 모르지만.

ㅁ은 어떤 경우인지는 모르나 열여섯 번째 사위였다. 그와 같은 마을에서 가까이 지내며 같이 등산도 가고 목욕탕 찜통 속에도 같이 들어가 서로의 밑천을 다 보이었는데 이 얘기 저 얘기 많이 하던 끝에 그 사실을 알게 되었다. 장인이 소유하고 있는 목욕탕과 집을 16분의 1 지분으로 나누어 주었다고. 거기에는 물론 제일 막내인 처남도 한 몫 들어있었다. 참 대단한 부대였다. 그가 알고 있기로 제일 많은 형제였다. 도무지 입이 벌어져서 다물어지지가 않았다. 아들 하나를 두기 위하여 자그마치 열다섯의 딸을 낳았던 것이다. 그런데 마을이 재개발될 때 그 지분 때문에 1가구 2주택이 되어 혜택을 받지 못하였다. ㅁ은 두 아들을 두었다.

ㅎ은 칠남매 중 외아들이었다. 누이가 위로 셋이고 밑으로 누이동생이 셋이었다. 눈에 넣어도 아프지 않은 아들이요, 불면 날아갈까 쥐면 꺼질까 애지중지하는 귀동아들이었다. ㅎ은 결혼을 하자마자 첫딸을 둘을 낳았다. 쌍둥이였다. 두 번째도 딸을 낳았다. 호랑이띠로 ㅎ의 어머니와 동갑인 그의 어머니 표현을 빌리면 달려들자마자 딸 쌍둥이를 낳고 또 딸을 낳았다고 하였다. 그리고 나서 아들을 차례로 둘을 낳았다. 그래서 삼녀이남 5남매를 둔 것이다. 다섯 친구 내외가 만나는 한우리 모임에서 제일 많은 자녀를 두었다. 누이가 여섯에 아들 하나였던 부모들에 비해 누이가 셋 아들 둘로 2분의 1 아니 4분의 1밖에 안 되는 비율이었지만 막내아

들은 젖도 늦게 떼었고 응석이 심하였다. 교직에 있는 다섯 커플이 자녀들과 가끔 만났었는데 모임 때마다 응석의 내용이 화제가 되었고 시를 쓰는 ㅎ은 「작은 것」 같은 시로 형상해 놓기도 했다.

ㄴ은 딸을 넷을 낳고 아들을 하나 낳았다. ㅁ과 같이 매일 등산을 같이 다니고 하산하여 소주를 마셔대고 하던 동료였는데 그 아들에게는 한동안 고추에 자꾸 병이 생기고 또 고환 한쪽이 크니 작으니 해서 여러 번 병원엘 다녔고 그런 따위의 아들 유세를 톡톡히 하였다. 그 늦둥이가 어느 사이 대학에 들어갔고 얼마 전엔 군대를 갔다 왔다고 했다.

ㅈ은 딸을 넷을 낳고 더 낳지를 않았다. 사실은 네 번째 딸은 터울이 10년도 더 졌다. 다시 한 번 시도를 해 본 것이리라. 그러나 거기서 욕심을 접은 것이었다. ㄴ과는 처숙질 간으로 가끔 등산을 같이 가는데 술을 마실 때마다 용기를 더 내보라고 웃으면서 권하였다. 그러면 조카사위는 또 그게 용기만 가지고 되는 일이냐고 웃으면서 오금을 박고 처삼촌은 지금 내 나이가 얼만데 그러냐고 정색을 하고 신경질을 내었다. 그가 술을 따랐다. 잔이 꽉 찼다.

"거 봐."

술을 또 시켰다. 마지막 잔이 꽉 차면 아들을 낳겠다고 한다. 그것은 많은 사람들이 아들을 소망하는 징표인 것이다. 우리나라만의 경우인가. 중국은 양귀비 이후 딸을 더 귀하게 여긴다고 들었는데 그것이 정말 사실인지 모르겠다.

그의 아버지는 오남매 중 외아들이었다. 위로 고모가 넷이 있었다. 그런데 아들 딸 오남매를 두었다. 그리고 그의 큰형은 아들 셋에 딸 하나 작은형은 아들 셋에 딸 둘을 두었다,

그는 남매를 두었다. 큰형의 장남, 그의 장조카는 아들 둘을 두었고 둘째는 딸 둘 셋째는 아들 둘 질녀는 딸 둘을 두었다. 작은형의 장남은 아들 둘을 두었다. 밑으로는 아직 장가 시집을 보내지 않았을 때 이야기였다.

"아니 그래 그렇게 조절을 못한단 말이냐?"

그가 웃으면서 말하였다. 설이나 추석에 모였을 때 웃자고 하는 얘기였다.

"하나씩 더 낳으란 말여. 그걸 왜 못해?"

모두들 웃었다. 질부들도 따라 웃었다.

그는 가족계획을 하여 딱 남매를 낳았는데 그의 아들은 딸 둘, 딸은 아들을 둘 두었다. 그러나 그의 아들 딸에게는 그런 농을 못하였다.

ㅂ은 아들이 하나 있었는데 부인과 별거를 하게 되어 떨어져 살았다. 그 뒤 다른 여자-후처-와 살면서도 그 아들에 대한 정은 뗄 수가 없었다. 손재주가 있는 ㅂ은 바가지에다 그의 시 「식이 데모하던 날」을 새겨서 눈에 제일 잘 띄는 곳에다 걸어놓고 올려다보며 술을 마셨다. 그 아들 결혼식 때 전 부인과 앞에 나란히 앉아 있었고 구상 시인은 주례사에서 '네가 앉은 그 자리가 꽃자리니라'하는 시를 인용하였다.

ㄱ은 딸을 하나 두었다. 열 아들 부럽지 않은 딸이었다. 간호사로 근무하며 대학원을 특수교육학과에 들어갔는데 남자 몇 몫을 한다고 자주 만나는 고교 동창 네 사람들에게뿐 아니라 주위의 귀염을 받았다. 칠순 잔치까지 압구정동 대로가의 큰 뷔페식당에서 떡 벌어지게 차려 주었다.

ㅊ은 아들 하나를 금지옥엽처럼 길렀다. 얼굴이 조금 거무

스레한 대로 참으로 튼실하고 늠름하게 자라 가정의 행복을 안겨주었다. 때가 되어 예쁜 규수와 결혼을 시켰는데 노모를 모시고 있는 ㅊ과 따로 살기를 원하여 살림을 내보냈다. 전부터 동생이 하는 중장비 사업도 같이 하도록 연결하여 택택한 밥벌이도 하게 해주었다. 그런 아들이 이혼을 하여 남매를 데리고 혼자 살고 있었다. 이런 얘기를 밝히는 것을 정말 어떻게 생각할지, 동창이나 아들이 이해해 줄지 모르지만, 그 아들이 있기 때문에 생활보호자의 요건이 안 되었고 그래서 월 60만원인가 얼마를 받을 수 있는 것을 받지 못하였다. 부인과 위장이혼을 하면 한 사람이 받을 수 있다고 주위에서 얘기하였지만 청간스런 이들은 그러기보다는 동사무소에서 주선하는 컴퓨터 강사 한문 강사로 한 달에 20만원인가를 받는데 그만하면 반찬값은 안 되지만 쌀값은 된다고 하였다. 왕년에 잘 나가는 건설회사의 자재부장을 하던 ㅊ은 정년을 하고 그 회사에서 짓는 아파트의 경비원으로 들어갔다. 참으로 주체성이 있고 용기가 있었다. 그런 ㅊ에 대하여 격려를 하고 체면을 세워주기 위하여 김포의 현장으로 가서 친구들이 술을 샀다. ㅊ의 입지전적인 얘기가 많지만 여기서는 다만 아들 얘기를 하려는 것이다.

ㅌ은 아들을 딱 하나 낳았다. 딸이나 아들을 하나 더 낳고 싶었지만 아내가 말을 듣지 않았다. 담아주면 쏟아내고 담아주면 쏟아내고 하다가 종내는 불임수술을 하였다. 그 아들을 위하여 초등학교 때부터 유학을 보내고 중 고 대를 외국에서 졸업시키었다.

ㅅ과 ㅇ은 아들 둘에 딸 하나를 두었다. 투 스트라이크 원 보올, 그 때는 가장 알맞은 구성비로 생각되었다. 남매를 둔

그에 비하여 훨씬 안정감이 있었던 것이다. ㅅ의 큰아들은 백기완씨를 주례로 모시고 결혼한 운동권이었다. 진해서 전 가족이 힘을 합쳐 예식장 식당 사업을 하였는데 무리하게 확장을 하다가 미장원을 하던 딸과 관광사업을 하던 작은아 들까지 살기가 힘들게 되었다. 아버지를 닮아 아들들도 사업 욕이 과하였다. 작은아들이 미국 필라델피아로 가서 자리를 잡고 있는 중인데 양복점을 경영하던 ㅅ은 거기서 후반기 삶을 시작하려고 날아갔다.

그의 아들은 미국에 그리고 딸은 이태리에 살고 있었다. 공부가 끝나면 돌아온다고 하였지만 아이들을 둘씩 셋씩 낳 아 거기 매달리고 있으니 언제 끝날지 알 수가 없었다.

고교 동창 중에는 그래도 ㅇ이 제일 나았다. 큰아들은 대 학 강사이고 지방도시이지만 시의 국악관현악단 지휘자이다. 둘째는 인쇄업을 하고 있고 딸은 시집을 가서 잘 살고 있다. 다른 동창의 경조사 때도 그랬지만 ㅇ의 혼사 때도 부부동 반으로 참석을 하였는데 번번이 잔치가 걸었다. 제일 여유가 있다고 할 수 있다. 중고교 교과서를 집필하고 또 그것을 출 판하여 목돈이 되었고 그것을 가지고 땅을 사서 집을 짓고 사는 것이 오늘의 여유를 만들었다. 그러나 남의 것은 손톱 만큼도 쳐다보지 않는다. ㅇ이 대학 학장을 할 때의 일이었 다. 퇴근을 할 때 학교 차로 태워다 주는데 집 앞인 사당동 까지만 타고 그 이상은 내려서 대중교통을 이용하였다. 동창 들이 모임을 대개 광화문에서 하였는데 거기까지는 전철을 타고 걸어 왔다. 그래서 한번은 늦었다.

"원 사람도 참!"

"여러 사람들이 기다리는 것은 생각 안 하나?"

친구들이 웃으면서 나무라자 ㅇ은 태연히 말하였다.

"공과 사를 구분해야지."

"허허허허 참!"

"뭐가 공인지 모르겠구만!"

2

ㅇ이 전화를 하여 깜짝 쑈를 하겠다고 하였다. 다 그렇게 연락하여 그날 저녁 6시까지 집으로 오라고 하였다.

그가 ㅊ에게 전화를 걸었다. 통화중이었다. 조금 후 다시 걸었다.

"웬 깜짝 쑈지?"

"그러게 말이야. 무슨 날인가?"

ㅊ은 방금 ㄱ에게 전화를 걸었는데 도무지 무슨 일인지 감이 잡히지 않는다고 하였다.

사실은 그가 얼마 전 깜짝 쑈를 한 적이 있었다. ㄱ ㅇ ㅊ 세 동창이 시골로 내려간 그를 찾아온다고 한 날 그가 진해에 있는 ㅅ에게 연락하여 오게 한 것이었다. 빚에 허덕이고 있는 ㅅ에게는 연락을 안 했던 것이다. 하행열차보다 상행열차가 1시간 늦게 도착되는 동안 그가 쑈의 내용을 스무고개 형식으로 풀어나갔었다. 동물성이냐 식물성이냐 광물성이냐, 동물성이다, 사람이냐 동물이냐, 사람이다, 우리가 아는 사람이냐, 물론 아주 친한 사람이다, 남자냐 여자냐, 남자다, 우리 동창이냐… 그는 그렇다고 말하는 대신 ㅅ이라고 말하였다. 스무고개가 끝나자 거짓말처럼 ㅅ이 들어왔다. 오랜만에 극적으로 흰 자리에 앉은 다섯 동창은 긴배 긴배를 외치며 낮술을 마셔대었다. 그 자리에서 ㅅ은 곧 미국에 가게 될 것 같다고 말하였다.

그와 ㄱ ㅊ 셋이 5시 30분에 사당동 전철역에서 만나자고 하였다. 만나서 얘기를 더 해서 거기에 맞는 선물을 사가자고 하였다. 모두들 약속 시간보다 일찍 왔다. 그가 항상 늦는데 이 날은 길에서 만나자고 하여 특별히 신경을 썼다. 만나자마자 저마다 상상을 한 것을 얘기해 보았다.

"큰아들이 교수가 된 것이 아닌가?"

ㅊ이 말하였다.

"그것은 아닐 거야."

그 사정을 잘 아는 그가 말하였다.

"칠순은 지났고 회수도 아니고 금혼인가?"

ㄱ은 손가락으로 계산을 해보며 고개를 갸웃거렸다.

"혹시 또 ㅅ이 오는 게 아닌가?"

그가 또 얘기하였다. ㅅ이 미국을 떠나기 전에 인사를 하러 올라온 것이 아닌가 싶기도 했던 것이다.

"글쎄에… 그것도 아닌 것 같은데…"

ㅊ이 ㅅ에 대한 사정을 누구보다도 잘 알고 있었다. 그러니 ㄱ의 의견이 맞는 것 같다는 쪽으로 기울어졌다. 무슨 날인 것 같았다.

아무리 머리를 짜내어봐야 더 이상 떠오르는 것이 없었다. 시간도 6시가 되어 왔다. 그래서 세 사람은 슬슬 걸으면서 얘기하였다. 선물도 정하지 못한 채였다. 그런데 금방 찾을 것 같던 ㅇ의 집을 찾을 수가 없었다. 얼마 동안에 주변이 많이 달라져 있었다.

그가 전화를 걸었다. 바로 앞에서 못 찾았다. 전화에다 대고 무슨 일이냐고 또 한 번 물어보았다. ㅇ은 와 보면 안다고 하였다. 부인을 내보내겠다고 지금 그 자리에 서 있으라고 하였다. 조금 후에 몇 발 앞의 대문에서 ㅇ의 부인이 나왔다. 그들은 어떻든 무엇을 사들고 가야 하였으므로 대체오늘이 무슨 날이냐고 물어보았다. 서로 잘 아는 처지였던것이다. 그런데 부인은 직접 물어보라고 하였다. 이리저리유도심문을 하자 입장 곤란하다고 하며 그 이상은 말을 하지 않는 것이었다. 그러면서 어디 가서 차를 한 잔 하고 30분 있다가 오라고 한다. 그럴 사정이 있다고 하였다. 이건또 무슨 황당무계한 경우인가. 점점 더 모르겠다. 세 사람이서로 쳐다보고 웃었다. 부인도 같이 웃었다.

궁금하고 이상한 대로 세 친구는 골목을 다시 빠져 나가다방을 찾다가 한 가게 앞에서 맥주를 한 병 사서 따라 마시며 다시 머리를 짜내어 보았다. 역시 ㄱ의 얘기가 맞는 것같고 무슨 잔치를 하는 것 같은데 준비가 덜 된 모양이라고하였다. 정말 깜짝 놀라게 하는 작전을 단단히 세운 모양이었다. 그들은 선물 대신 봉투를 하나씩 준비하였다.

시간이 되어 세 동창이 ㅇ의 집으로 갔다. 대문 앞에서 ㅇ을 만났다. 한 사람을 배웅하고 있는 것이었다. ㅇ의 집안조카라고 했다. 같은 고향인 ㄱ과 ㅊ은 얼굴을 알고 있어 인사를 하고 악수를 하였다. 이윽고, 여러 가지 쇼의 모양을상상하며 ㅇ의 집 현관으로 해서 거실로 들어갔다. 그런데아무 차린 것도 없고 다른 하객들이 와서 북적거리는 것도아니고 아무래도 잔치 분위기는 아니었다.

"무슨 일이야? 궁금해 죽겠네."

ㅊ이 실내를 두리번거리며 또 물어보았다. 다른 두 사람도

궁금해 죽겠다고 맞장구를 치며 소파에 앉았다. 차를 한 잔 하였다. 그런데 ㅇ은 여전히 그에 대한 궁금증은 풀어주지 않고 밖에 나가서 식사를 하고 들어오자고 하였다. 참으로 이상하였다. 아무 준비도 없는 초대였던 것이다. 그러나 쇼의 기대는 아직 남아 있었던 것이다. ㅇ이 하자는 대로 근처 식당으로 갔다. 집의 한 귀퉁이를 떼어 세 준 실비 식당이었다.

반주를 곁들여 저녁을 먹으면서 다시 스무고개를 하였다. 잔치는 아니고 그래서 무슨 생일이나 기념일은 아니라는 것이고 ㅅ이 온 것도 아니었다. 그럼 무엇인가. 범위가 많이 좁아졌지만 여전히 답은 나오지 않았다. 아까 떠올렸던 얘기들을 다 동원해 보았지만 주인공은 고개를 저었다.

"그냥 얘기해. 뜸은 그만 들이고."

ㅊ이 다시 그렇게 말하자 다른 사람들도 빨리 얘기하라고 하면서 ㅇ에게 술을 건네어 안경을 씌웠다.

"아니 그러면 재미가 없지. 지금 열 고개도 안 넘었는데 어서 물어보라고."

"하하 참 나, 대체 무슨 쑈를 하려고 이러지. 무슨 유언을 하려는 것은 아닌가?"

"아니야. 벌써 유언은 무슨. 이제 아홉 고개야."

ㅇ은 그런 것이 아니라고 하고 또 얘기해 보라는 것이었다.

"옛날 부인이 나타난 것인가, 그런 것도 아니지?"

"아니야. 열 고개."

"아들 얘기도 아니고… 하하하하 참 뭐 복권이 당첨된 것 아니야?"

ㅊ이 또 말하였다.

"복권은 무슨, 가까워지다가 멀어지는구만."

"가까워졌다고?"

ㄱ이 되물었다. 그러나 더 가까운 답을 내놓지 못하였다.

"좌우간 사람과 관계되는 거야?"

"어허 참 그건 아까 물어봤잖아?"

"그럼 돈과는 관계가 없고 사람과 관계가 된다 이거야?"

"그렇다니까. 왜 자꾸 후퇴를 해애?"

그리고 ㅇ은 밥 다 먹었으면 집으로 가자고 했다. 술은 집에 가서 더 하자고 했다.

쑈는 집에서 하는 것이었다. 여기서는 안 되느냐고 하자, 안 된다고 하였다. 도대체 무슨 얘기인지 무슨 쑈를 하려는지 도무지 알 수가 없었다.

ㅇ의 집으로 다시 갔다. 그 때도 조금 전이나 마찬가지로 아무 준비는 된 것이 없었다. 아이들도 다 나가고 부인만 기다리고 있었다. ㅇ은 부인에게 술상을 차리라고 하였다. 부인은 간단한 안주와 과일을 깎아 내놓았다. 술은 ㅇ이 찬장에서 고량주를 한 병 꺼내 와서 따 놓으며 45도짜리라고 하였다. 술을 한 잔씩 따르면서 스무고개를 계속 하자고 했다. 술이 정말 너무 독하여 목구멍이 홀떡 벗어지는 것 같았다. 모두들 억지로 웃으면서 그냥 얘기하라고 했다. 한 두 가지씩 더 물어보았지만 여전히 정답은 나오지 않았다. 힌트를 하나 달라고 하였다. 그러자 ㅇ은 아까 ㄱ이 비슷하게 맞혔다고 했다. 그리고 이것이 힌트라고 하면서 또 그 독한 술을 따랐다. ㄱ은 자신의 여러 물음 가운데 어느 것이 쑈의 답과 비슷하였던 것인지 알 누가 없었고 너구나 그 술과 언결을

할 수가 없었다.

"참 답답해 죽갔네. 어서 빨리 얘기하라우."

"그래도 맞혀야 재미가 있지 않아?"

"하 이거 정 죽갔구만!"

ㅊ도 ㄱ과 같이 고향 사투리가 튀어나왔다.

"쑈를 하긴 해요?"

그도 더 이상 생각나는 것이 없어 그냥 얘기를 하라고 하며 물었다.

"그럼 하지, 이렇게 비디오도 다 준비를 해 놨다고."

"그래? 비디오?"

"그게 무슨 쇼야?"

"보통 쑈가 아니야."

그러자 모두들 실망했다는 듯한 표정을 지었다.

ㅇ은 더 시간을 끌 필요가 없다고 생각하고 이야기를 시작하였다.

"아까 답이 나왔었다고, 그 때 얘기를 할까 하다가 가만히 있었지. 사실은 북한에 있는 아들을 만나고 왔어."

그러자 모두들 눈을 휘둥그렇게 뜨고 ㅇ을 바라보며 한 마디씩 했다.

"그래? 정말이야?"

"그럼 북한을 다녀왔단 말이야?"

"부인도 만났어?"

부인 얘기는 ㄱ이 하였다. 아까도 옛날 부인이 나타난 것이냐고 했었던 것이다.

"얘기를 들어보라고."

ㅇ은 하나 하나 대꾸하지 않고 원래 생각한 순서대로 얘

기를 하려는 것이었다.

"어제 밤에 돌아왔어. 중국 장춘에서 어제 오후에 떠났지. 장춘 공항에서 택시로 9시간 가는 곳이었는데 쉽게 말하자면 압록강 건너편 지점이야. 거기서 내 아들을 만난 거야."

다시 그래? 정말이야? 참 장하구만! 하고 묻다가 감탄을 하다가 어떻게 가게 되고 만나게 되었는지 또 물어대었다. 그러나 ㅇ은 역시, 얘기를 들어보라고 하며 차분히 정리된 얘기를 순서대로 하는 것이었다. 추리소설이나 영화를 뒤에서나 중간에서 먼저 보면 재미가 없는 것인데 그런 것도 있었지만 우선 얘기가 많기 때문에 빨리 하려는 것이었다.

1. 4후퇴 때 38선을 넘어온 것은 다 아는 일이고, 그 때 ㅇ은 노모와 신혼인 아내를 두고 온 것이다. 그 후로 어머니의 생사도 모르고 아내의 생사도 물론 알 도리가 없었다. 통일이 된다든지 남북이 오간다든지 하는 것은 상상도 못하던 60년대에 고향이 같은 지금의 아내와 결혼을 하였고 3남매를 낳아 다 성가를 시켰다. 어머니의 생사를 모른 채 생일날에 제사를 지내기 시작하여 그것도 몇 십 년이 되었다. 헤어져 살아서 그렇겠지만 교직에 있고 또 국문학 전공이어서 그런지 모르지만 부모에 대한 효심이 지극하였고 그것을 아이들에게 철저히 전수하려 하였다. 늘 벽에 부모의 제삿날을 써서 붙여 놓았던 것이다. 그것을 여기 늘 왕래하던 친구들도 잘 알고 있었다. 그런데 그것이 기일이 아닌 생일이었고 그 날짜에 두 분 부모의 이름에서 한 글자를 따서 붙인 이름으로 장학회를 만들고 생활비를 아껴서 장학금을 많은 사람들에게 주기도 했던 것이다. 그런데 이번에 가서 어머니의 돌아가신 날, 제삿날을 알아서 온 것이 있다. 아내는 꼭 있다

고 하였다. 64세에. 그래서 얘기는 숙연한 가운데 계속되었다.

ㅇ은 늘 그 두고 온 아내에 대하여 괴롭게 생각하며 살았다. 부모에 대한 생각은 물론이지만 그 부분이 늘 어두운 그림자처럼 따라다녔다. 지금의 아내와 결혼을 할 때-그 때 그가 축시를 써서 읽은 것 같다-첫 아들을 낳을 때도 그랬고 결혼기념일에도 그랬고 특히 얼마 전 결혼 50주년이 되는 날 아내와 같이 말하자면 금혼여행으로 금강산을 다녀오면서도 얼마나 생각했는지 모른다. 6. 25전쟁은 20세의 나이 어린 신랑과 바로 아이가 들어 배가 부른 아내를 갈라놓았고 평생 한이 되게 하였던 것이다. 기회가 있을 때마다 아내에 대한 수소문을 하였다. 많은 사람들이 북한을 오고 가게 되면서 자꾸만 그쪽으로 기웃거리게 되었다. ㄷ이 남북 개천절공동행사 때 같이 가자고 하였는데 선뜻 같이 가겠다고 한 것도 혹시나 첫 부인-옛 아내-의 소식을 들을 수 있을까 해서이고 또 그것이 불가능하다고 생각되었을 때 안 가겠다고 한 것이었다. 그런데 그 때 내놓았던 여권 비자가 이번에 큰 역할을 하였다. 사실 그것 때문에 이번에 아들을 바로 만나고 올 수 있었다.

ㅇ은 그 점에 대하여 그에게 고맙다고 인사를 하였다. 그에게 일정과 코스를 물으면서 황해도 구월산과 신천을 들른다고 하자 고향인 장연이 바로 옆 군이라고 하면서 가겠다고 하였지만 개인행동은 전혀 할 수 없다고 하자 그러면 갈 필요가 없다고 포기하였던 것이다. 신천에는 미군학살을 고발한-사실과는 다른 얘기지만-박물관이 있어서 코스에 들어 있었던 것인데 ㅇ은 그 때도 다른 라인으로 연결을 하여 아

내를 찾고 있었던 것이다. 찾아줄 터이니 얼마를 내놓으라는 것이었고 그것이 거금이어서 경비를 줄이고자 한 것이었다. 이쪽도 경비가 많았던 것이다. 무엇보다도 가능성이 문제였지만. 얘기를 거기서부터 다시 하였다.

며칠 전 아들을 찾았다고 하면서 중국에서 전화가 왔다. 전부터 찾아주겠다고 한 중국 조선족 중개인이 있었다. 브로커라고 할까, 60대의 여인이었다. 사람을 찾아다 데려다놓고 돈을 받겠다고 장담하였었는데 정말 아들을 데리고 왔다는 것이었다. 빨리 비행기를 타고 오라는 것이었다. 아내는 하고 묻는 대신 아들 혼자냐고 물었다. 전화를 바꿔주겠다고 하였다. 그것을 확인을 시켜주는 것이기도 했다.

"바꿔 드릴테니 직접 통화해 보세요."

아들이 전화를 받았다.

"아버지입니까? 저어 종수입니다."

전화의 금속음이 낭랑하게 들리었다.

"그래, 반갑다. 나는…"

○은 자신이 아버지라는 말이 나오지 않았다. 그러면서도 왜 그런지 확인을 하고 싶었던 것이다. 50년이 넘어 55년 만에 만나는 아들이다. 아니 한 번도 만나보지 못하였던 아들을 처음으로 만나는 것이었다. 그것도 목소리로 만나는 것이 아닌가. 아들의 이름도 처음으로 듣는 것이었다. 너무도 어설픈 만남이었던 것이다. 그래서 우선 기본적인 것을 좀 물어보았다. 아버지 이름 어머니 이름을 묻고 나이가 몇이냐, 할아버지 할머니 이름은 무어고 나이는 몇이냐, 그리고 고모와 고모부의 이름과 나이, 사는 곳, 살던 곳, 용모, 특징,

또 어머니의 시집과 위치, 외할아버지 할머니 외삼촌의 이름 등을 물어보았다. 아들은 거침 없이 술술 다 대었다. 그것을 중개인에게 다 적어주었던 것이다. 그것이 확인되어 데리고 온 것이라 하겠는데 거기에 몇 가지를 추가해서 물어본 것이었다. 아들의 어머니 그러니까 그의 아내의 아버지 어머니 오빠에 대한 사항이었다. 그것도 술술 얘기했다. 더 물어볼 것이 없었다. 그런 것을 다 알기란 실제 본인이 아니면 불가능한 것이었다. 그래도 하나를 더 물어보았다. 이모의 아들 딸, 이종사촌 오빠와 누나가 있었는데, 그것도 금방 척척 주어 섬겼다. 그런 것을 어떻게 둘러댈 수가 있단 말인가.

"그래 맞다. 종수라고?"

"네, 아버지!"

○은 그제서야 마구 눈물이 쏟아지는 것을 참으며 물었다.

"어머니는…"

그것은 무엇을 확인하기 위해서 묻는 것이 아니었다. 중개 인에게 들어서 알고 있기도 하였던 것이다. 재혼을 하지 않은 것도 얘기를 들었고 만일 재혼을 했다면 만나지 않겠다고 말했던 것이다. 그것이 계약 조건이었던 것이다.

"어머니는 15년 전에 돌아가셨어요."

"그래, 그동안 참 고생이 많았겠구나!"

"다 하는 고생이 아닙니까?"

"그래? 지금 몇 살이냐?"

"쉰다섯입니다."

사실 가장 중요한 것은 그제서야 확인을 하였다. 맞다. 전쟁이 일어난 지 55년이 되었다. 그 해 봄에 결혼을 하였던 것이다.

ㅇ의 얘기를 모두들 고개를 끄덕끄덕하면서 숙연하게 들었다. 아무도 말을 하지 않았다. 그래서 그가 인사로 물어본다는 것이 핀트가 맞지 않았다. 아들은 하나뿐이었느냐, ㅇ이 무슨 소릴 하느냐고 언성을 높였다. 첫 아들 유복자인데 무슨 아들이 또 있을 수 있느냐는 것이었다. 그가 겸연쩍어 더 물어보았다. 왜 신혼의 부인을 두고 왔느냐, 왜 부모를 두고 왔느냐, 그러자 ㅇ은 이제 화를 벌컥 내는 것이었다. 그것을 몰라서 묻느냐는 것이었다. 그러고 보니 그런 얘기를 더러 들은 것 같았다.

다른 친구들이 설명을 해주는 것이었다. 전쟁이 일어나자 부모들이 외아들을 살리기 위해 억지로 등을 떠밀어 남쪽으로 피난을 보낸 것이라고. ㄱ과 ㅊ은 ㅇ과 같이 황해도에서 살다가 3. 8선을 넘어 월남한 처지들이었다.

3

ㅇ은 1951년 5월, 회임 8개월의 아내와 헤어져 단신으로 3.8선을 넘어왔는데 그 몇 달 뒤 남하한 처당숙으로부터 아내가 아들을 출산했다는 소식을 들었다. 그 후 55년이 지나도록 아들과 가족의 생사를 모르고 살아 왔다. 그런데 언젠가, 중국에 가서 가족을 만나고 온 사람이 있다는 말을 풍문으로 듣게 되었다. 다방면으로 수소문한 끝에 알아낸 그 사람의 소개로 중국의 조선족에게 북한에 두고 온 아들과 가족의 생사를 확인해 줄 것을 의뢰하였다. 단 한 번만이라도 만나보고 싶지만 아들에게 후환이 있지 않을까 염려되어 생사만이라두 확인해 달라는 부탁을 했던 것이다. 그런데 두

달 반쯤 지난 어느 날 중국에서 아들을 찾아서 데리고 왔다고 전화를 한 것이었다.

참 꿈만 같은 일이었다. 틀림없는 그의 아들이었다.

아침을 먹는 둥 마는 둥 하고 곧바로 여행사로 달려갔다, 다행이 여권을 가지고 있던 터라 비자 수속과 함께 왕복 비행기표를 살 수 있었다. 인천공항에서 비행기를 타고 약 두 시간 후에 장춘 공항에 내려 거기서 안내하는 조선족을 따라 차를 타고 9시간 만에 아들이 기다리고 있는 압록강 가의 산간 마을 허름한 외딴집에 도착하였다. 거기 정말 그의 아들이 기다리고 있었다. 세상에 태어난 지 55년 만에 아버지는 아들의 얼굴을, 아들은 아버지의 얼굴을 처음 보는 기막힌 상봉이었다. 그 순간의 감회는 정말 백분의 1도 표현하기가 어렵다. 각자 상상을 해보시라.

55년 만에 처음 만난 부자간의 대화는 자연히 가족과 친인척들의 이야기로 집중될 수밖에 없었다. ○은 이미 집에서 전화로, 어머니의 작고 연월일과 아내의 타계 소식을 알고 갔지만 아들을 만나 자세한 이야기를 듣는 순간 큰 충격과 슬픔으로 복받치는 울음을 참을 수 없어 한동안 말을 잇지 못하였다. 1남 5녀의 막내로 늦게 낳아 금지옥엽보다도 더 귀하게 키운 외아들을 혈혈단신 피난시키고 한순간도 마음을 못 놓으신 어머니, 그 날부터 잠 못 이루시고 정화수 떠놓고 손이 발이 되도록 아들의 목숨을 지켜 달라고 천지신명께 빌고 또 빌고, 죽기 전에 아들을 한번만이라도 꼭 만나게 해 달라고 조상님 전에 치성을 드리다 기진맥진한 어머니, 아들로서 그보다 큰 불효가 더 있으랴. 그리고 남편으로써 아내에 대한 의무와 책임을 저버린 죄책감과 아내에 대한 연민의 정 또한 말로 다 할 수가 없었다. 유복자 아들을 혼자 키우며 남편 대신 시어머니에게 극진한 효도를 다한 아내, 청상과부로 재혼의 유혹을 뿌리치고 오로지 아들 하나만을 바라보며 평생을 수절하다 세상을 떠난 아내의 얘기를 듣는 것은 말할 수 없는 고문이요 형벌이었다.

"내가 너무 많은 죄를 졌구나! 네가 할머니 어머니를 대신하여 나를 용서하여 주기 바란다. 너에게 정말 낯을 들 수가 없구나!"

ㅇ은 마구 소리 내어 울면서 말하였다.

부자는 서로 끌어안은 채 목을 놓고 울어대다가 다른 얘기를 하였다.

"그래 무얼 하고 사느냐?"

ㅇ이 물어보았다.

"협동 농장에서 일하고 있시오."

"그래애."

협동농장의 의무노동 연령은 남자는 만 17세부터 만 60세까지이고, 여자는 만 17세부터 만 55세까지라고 하였다. 일하는 시기는 4월부터 11월까지이고, 오전 5시부터 오후9시까지 일한다고 하였다.

식생활에 대하여 물어 보았다. 4, 5년 전부터는 식량배급이 중단되었는데 주식은 강냉이밥과 강냉이 범벅이고 쌀밥은 자주 먹지를 못한다고 한다. 쌀값은 1 킬로에 850원이고 강냉이는 1킬로에 550원이다. 중학교 교사 한 달 봉급은 1,500원, 쌀 2킬로 값도 안 되었다. 아버지가 교직에 있었기 때문인지 그렇게 연결을 하였다.

"그렇게 가지고 어떻게 사나 그래?"

"교원들은 특별히 우대하여 쌀 배급을 줍니다."

전기는 농사철에만 공급하고 농한기에는 단전되므로 주민의 6, 70 프로가 TV(흑백)를 가지고 있지만 농한기에는 시청할 수 없으며 밤에는 등잔불로 조명을 대신한다. 전기 사정 때문이기도 하지만 냉동기(냉장고)와 세탁기, 컴퓨터를 가진 사람은 거의 없고, 커피도 마셔보지 못했으며, 담배는 옛날 장수연(長壽煙)처럼 종이에 말아서 피운다. 식수는 쫄짱(펌프)에 의존하고 취사나 난방은 모두 나무로 해결한다는데, 땔나무는 가을에 해다 쌓아놓고 다음 해 여름까지 땐다. 옛날과 달라진 것이 없었다.

텃밭에 곡식이나 채소를 심어 먹기도 하고 팔기도 하며, 또 닭과 개 같은 가축도 기르는데 밤도둑이 많아서 싹쓸이해 가는 경우가 빈번하다는 것이다.

협동농장은 정기적으로 열흘에 한 번씩 쉬는데 이 휴일에 맞춰 열흘장이 선다. 이 장날을 이용하여 텃밭에서 가꾼 채소와 곡식, 또 집에서 기른 닭과 개 같은 가축을 팔아서 그 돈으로 식량과 생활필수품을 산다. 텃밭을 가꾸거나 가축을 기르는 것은 협동농장을 정년퇴직한 부모들이 도맡아 하므로 부모를 모시고 있는 가정이 생활형편이 좀 낫다. 교통사정은 지방도로는 거의 포장이 되어 있지 않고, 버스도 자주 다니지 않으므로 가까운 곳은 걸어다니고 먼 거리는 자전거를 이용한다. 자가용 승용차는 당 간부 몇 사람만 타므로 시골에서는 자가용차 구경하기가 어렵다. 버스 승차 시는 여행증을 조사하지 않고 기차승차 시만 조사한다. 옛날에 비하여 많이 완화된 것이다.

교육에 대하여도 알아보았다.

학제는 소학교 4년, 중학교 6년, 전문학교 3년, 대학교 4년인데 소학교와 중학교는 의무교육이다. 의무교육이 옛날에는 완전 무상이었는데 근래에는 교육비가 수월찮게 들어서 학부모들의 불만을 산다. 옛날에는 대학 입학 우선순위가 출신성분이 첫 번째였는데 언제부터인가 돈(뇌물)과 배경이 큰 비중을 차지한다.

군대의 복무연한은 만 10년인데 면회를 자주 가거나 휴가를 자주 오지 않는다. 면회를 가거나 휴가를 자주 오면 돈이 필요한데 돈이 없으므로 면회 가기를 꺼려하고 휴가 오는 것을 달갑지 않게 생각하기 때문이다. 또 돈 얘기였다.

"결혼은 어떻게 하였느냐?"

"출신성분 때문에 많은 고초를 겪었시요. 처녀들이 시집오기를 기피하는 바람에 결혼도 못하고 있었는데 그 사정을 전해들은 해주에 사는 인척 아저씨가 그쪽 처녀를 중매해 주어 늦은 나이에 총각 신세를 면하고 딸 둘 아들을 하나를 낳았시오."

"그래애. 참 장하구나!"

다시 목이 메었다.

이런 저런 얘기를 주고받는 동안, 주로 ㅇ이 물어본 것이지만, 55년 만에 처음 만난 아들과의 2박 3일은 금방 지나가고 언제 다시 만날 기약조차 없는 생이별의 시각은 일각일각 다가오고 있었다.

ㅇ은 아들을 만나게 해준 댓가를 지불하였다. 그리고 그만큼 아들에게도 주었다. 달러로 바꾸어 온 300만원이었다. 신발 바닥에 넣었다가 아무래도 안심이 안 되어 팬티 속으로 주미니를 만들이 넣이 주었다. 좀더 많이 주고 싶었지만 가

지고 갈 수 있는 만큼을 준 것이었다. 북에서는 그만하면 큰 돈이라고 하였다. 남에서도 적은 돈은 아니지만. 돈이란 마음이며 정인 것이다. 간을 떼어주듯이 아들에게 아버지의 마음을 전한 것이다. 꿈에도 그리던 아들을 만났을 뿐 아니라 그 아들을 위하여 아버지의 정을 줄 수 있게 되어 말할 수 없이 기뻤다. 어쩌면 다시 못 볼지도 모르는 아들이 아닌가.

"저어 아부지!"

아들이 축축히 젖은 눈으로 아버지를 바라보며 말하였다.

"그래. 내 아들 종수야!"

"언제 또 만나게 될까요?"

"그럼. 또 만나야지."

"정말 그렇게 될까요?"

아들의 재차 다그쳐 묻는 말에 아버지는 대답을 못하였다. 울고 있었던 것이다. 아들도 따라 울었다.

"곧 통일이 되갔지."

"50년 60년 안 된 것이 언제 되갔시오?"

"그렇긴 한데… "

아버지는 자신의 나이를 생각해 본다. 일흔 여섯이다.

"통일이 될려고 하면 금방 돼…"

스스로도 실감을 못 느끼는 말이었다.

"아무래도 이게 마지막인 것 같아요."

아들은 아버지가 하고 싶은 얘기를 다 한다. 사실은 그래서 돈도 준 것이다.

꼭 그렇게 계산을 한 것은 아니지만 나름대로 유산을 준 것이다. 그의 재산이야 물론 그보다는 많이 있다. 그러나 그것을 다 가지고 갈 수가 없다. 가다가 빼앗길지도 모르고 그

것으로 화를 입을 수도 있다. 그럼에도 불구하고 ㅇ은 가져
가 보라고 주었다.

"그저 오고 가기만이라도 했으면 좋갔어요."

"그러게 말이다."

"휴전선 울타리 넘어서라도 만났으면 좋갔어요."

"그래 그래. 참 네 말이 맞다."

아들은 어른이고 아버지는 어린아이 같았다.

"마지막으로 한 말씀 해주시라요."

"응?"

유언을 하라는 얘기였다.

눈물이 다시 앞을 가리었다. 아들은 억지로 웃음까지 띄고
있었다.

"아직 뭐. 좌우간 건강해야 오래 사니까, 몸 건강하라고."

한다는 말이 그랬다. 다른 말은 생각이 안 났다.

"저야 뭐 아직 단단하고 살 날이 많이 있어요."

"나도 아직은 괜찮아. 더 살아 버텨야지. 남쪽은 의료시설
도 좋고 잘 먹고 하니까 120까지 산다고 하는데 그 때까지
살면 통일이 되지 않갔니?"

"그건 잘 모르갔지만 공기는 이북이 더 좋을 거외다. 공해
라고는 없으니까요."

"그래. 우리 모두 애국자들이구나!"

아버지도 이제 눈물을 닦고 웃으면서 말하였다.

"그게 무슨 애국입네까? 분파주의지요."

"그래? 네가 나보다 훨씬 똑똑하구나!"

주욱 교직에 있어서 가르치기만 했던 아버지는 집단농장
에서 일만 하여온 노동자 아들이 훨씬 명석한 것 같았다.

"아무려면 아들이 아버지보다 나아야 되지 않갔습네까? 하하하하…"

말도 잘 했다. 든든한 아들이었다.

"그런데 넌 누굴 닮아 그렇게…"

"넉살이 좋으냐 이거지요?"

"하하하하… 그래 말이다."

"아들이 아버지를 닮았갔지요."

"난 그렇지 않은데."

"그러면 어머니 닮았갔지요 뭐. 제가 누굴 닮을 사람이 있갔시꺄?"

"그런가?"

아버지는 55년 전으로 거슬러 생각을 해 보았다. 어머니, ㅇ의 아내도 그렇지가 않았다. 수줍어하고 묻는 말 외에는 대꾸도 하지 않았다. 그런 그녀가 수절을 하였고 남편을 대신하여 자식 노릇을 하면서 변모된 것인가, 아니면 사회 체제를 닮은 것인지도 모른다.

"그래. 어떻든 너는 내 아들이다. 참 귀한 내 장남이다."

"네? 유복자가 아닙네까?"

유복자인데 무슨 장남이고 차남이 있느냐는 말인 것 같다.

"그래. 그래. 그렇지."

ㅇ은 새로 장가를 들어 낳은 2남 1녀가 있다. 대략 이야기를 하긴 하였지만 그에 대한 인정을 받지 못하였다. 그것을 누구에게 이야기 하여야 할 것인가. 아내가 살아 있다면 허락하였을까. 부모가 살아있다면 그 앞에 엎드려 사죄를 받을 수 있었을지 모른다. ㅇ의 부모는 딸만 다섯을 낳고 가문의 대가 끊어질까 염려하여 만신 신당의 칠성신에게 치성을 드리고

소실도 얻고 하여 두 아들을 낳았다. 서모가 먼저 아들을 낳았지만 호적에는 어머니에게서 1년 뒤에 태어난 ○을 먼저 올렸다. 양반 가문에서 서자로 하여금 대를 잇게 할 수 없다 하여 적자인 ○이 장남이 되고 동생이면서 형이 되었다. 그런 사실을 할머니 어머니에게 들어서 알고 있을지 모른다. 그러나 지금 그런 고리짝 얘기를 하고 있을 수가 없었다.

서로 헤어질 시간이 된 것이었다. 아버지야 얼마든지 있어도 좋지만 아들은 이제 가야 하는 것이다.

"그래. 우리 한 번 안아볼까?"

아버지가 일어나 두 팔을 벌렸다. 아들도 일어나 두 팔을 벌리고 다가왔다. 부자는 으스러지게 안고 얼굴을 부비었다. 이쪽 저쪽 가슴으로 바꾸어 안으며. 그제서야 아버지와 아들로서의 정을 실감할 수 있었고 피를 확인하는 것 같았다. 마구 복받치는 눈물이 쏟아졌다.

"정말 고맙다. 정말 미안하다. 나를 용서해다오."

"이제 와서 자꾸 눈물 빼는 얘기는 하지 마시라요."

"그래. 그러마."

○은 정말로 그래야 되겠다고 생각했다. 그 대신 웃을 수 있는 얘기를 하나 떠올리었다.

"야, 이거 우리가 김일성이 하고 문익환이 하고 만나 포옹하는 장면 같구나! 아니 김정일이 하고 김대중이 끌어안는 것 같지 않니?"

"아니 와 그렇게 혀가 짧으십네까?"

껄껄껄 웃기를 바랬는데 아들은 실망스런 눈을 하고 아버지를 다시 나무라는 것이었다.

"혀기 이떻다고?"

"위대한 수령님 장군님을 그렇게밖에 표현을 못 하십네까?"

경칭을 사용하지 않은 것을 말하는 것 같다. 국어 선생이 혀가 짧았던 것이다.

"하하하하… 그래. 너희는 너희 식대로 살아라. 그걸 내가 지금 어떻게 고치갔느냐. 우리는 우리 식대로 살아야지. 그게 충성인지 분파인지 모르갔다만…"

"뭐가 됐든 우리가 만나기만 하면 좋갔시오."

"그래. 그래. 우리끼리는 통일이다."

"예."

부자는 두 팔을 더욱 크게 벌리고 다시 포옹을 하였다. 정말 한 점 티도 없는 통일이었다. 그러나 빨리 포옹을 풀고 헤어지는 이별 이산의 시간이 초읽기를 하고 있었다. 정말 이제 떠나야 하는 시간이었다.

"하루만 더 있으면 안 될까요?"

"안 됩네다."

다시 아버지는 어린애 같고 아들은 어른 같다.

알선자가 정말 이제 가야 한다고 말하며 부자의 포옹을 떼어놓았다. 언제 또 한 번 만남을 주선해 보겠다고 하였다. 너무 지체를 하였다고 하였다. ㅇ이 연락 받은 지 3일 만에 여기 도착을 하였고 아들이 집을 떠난 지는 열흘이 되었다. 여행 기일을 어기면 안 되는 것이다. 그 절대 절명의 시간을 다 사용한 것이다. 표티를 내서는 안 된다고 하였다. 아들은 그것을 잘 알고 있었다.

"그럼…"

"그래. 잘 가거라. 잘 살아…"

입으로 말할 수 없는 작별을 눈으로 말하며 아버지는 아들의 무사귀환만을 빌고 또 빌었다.

4

쏘가 어땠느냐고 ㅇ은 묻지 않았다. 희극이 아니라 비극이었다. 아니 웃지 못할 희극이었다. 그가 가만히 있기가 밋밋하여 같이 이야기를 들은 부인을 보며 말하였다.

"난데없이 아들이 나타나 당혹스러우시겠어요."

참 말하기 어려운 부분을 그렇게 넘기려 한 것이다. 어떻게든 위로를 하려 한 것이다. 그런데 부인은 의외의 얘기를 한다.

"저야 좋지요 뭐. 배도 안 아프고 아들을 하나 더 얻었으니 말이에요."

그러며 웃는 것이었다. 아무래도 억지로 웃는 웃음 같았다.

"참 훌륭하십니다. 이 시대의 아픔을 대신 앓고 계신 겁니다."

그가 다시 그렇게 위로를 하였다.

"아들이 많은 집에는 자꾸 아들이 생긴다니까."

ㅊ은 그렇게 말하여 좌중을 웃기었다.

"그나저나 잘 가기나 했는지 모르갔구만."

ㄱ이 말하자 모두들 이구동성으로 고개를 끄덕이었다.

아들이 잘 갔다는 소식은 바로 들을 수 있었다. 아들이 무사히 도착하였다는 전갈을 중개인이 팩스로 보내주었다. 가족 안부를 묻는 것을 암호로 하였던 것이다. 그리고 한참 뒤, 1년 반은 지나서 아들의 편지를 받았다고 하였다. 그것이 보통 힘든 것이 아니었다. ㅇ이 그 알선자에게 몇 사람을 소개하여 부자 상봉 혈육 상봉을 하게 한 댓가였다. 안부 편지에 불과했지만 그 행간에 담긴 많은 사연을 읽을 수 있었다. 아무 탈 없이 잘 있다는 것을 확실히 전해준 천금과 같은 쪽지였다. 아들과의 완전한 만남이었다.

ㅇ은 아들을 하나 더 찾아서 만날 무렵 ㅌ은 하나밖에 없는 아들과 헤어졌다.

아들을 멀리 보내던 날 ㅌ은 한없이 울었다. 마구 비가 쏟아지고 있었다. 미안하다. 정말 너에게 아무 것도 해 준 것이 없구나! 자기 스스로를 위해 혼신의 힘을 다했을 뿐 아들을 위해서는 아무 것도 해 준 것이 없었다. 그저 공부 잘 해라, 취직보다는 학문을 해라, MBA보다는 PHD를 해라, 아들에게는 어려운 주문 마음에 안 드는 요구만 해 왔다. 집 사주고 차 사주고 그런 것 대신 학비를 대주겠다고 했다. 그것이 더 적고 힘이 들 들어서가 아니었다. 먼 장래를 위해서 그렇게 희망한 것이다. 나처럼 말이다. 최소한 아비보다는 나아야 되는 것 아니냐. 불초(不肖)라는 말이 있는데 그것은 아버지보다 못한 아들이라는 것이다. 그러면서 차근차근 계단을 밟아 올라간 이력과 업적을 계승시키려 했다. 그래서 자신이 쓰던 책 자료 그동안 쌓아온 발판까지 넘겨주려 한 것이다. 그렇게 일방적인 요구만 하는 동안 아들의 책장 속에 술병이 들어찼고 휴지통에 담배 꽁초가 그득했고 종래는 이상한 것까지 집어넣고 마셔대어 폐인이 되었던 것이다. 그리고 어느 날 새벽 먼 길을 떠나고 말았다.

ㅌ은 아들을 보내고 모든 자리에서 물러나 두문불출하였

다. 누구보다도 부모에게 죄스러웠다. 가끔 효자라는 말을 들었지만 그런 불효가 없었다. 천하에 불효막심이었다. 강에 뛰어들려고도 하였다. 아니 뛰어들었다가 뜻을 이루지 못하였다. 물에 빠져서 허우적거리는 처녀를 먼저 건져준다는 것이 같이 물에서 나오고 말았다. 아내를 위해서 그러면 안 되었다. 아내는 ㅌ이 하나님을 믿지 않아서 그렇게 되었다고 하였다. 죄를 져서 그렇다고 하였다. 그렇다 치자. 정말 너무나 많은 죄를 졌다. 그런데 그러면 하나님을 그렇게 신실하게 믿고 한 내 끼의 죄도 짓지 않는 그녀에게는 왜 벌을 주느냐 말이다. 정말 하나님은 있는가. 또 있다면 그 분은 그 죄를 다 알고 있으며 공평하게 다스리고 있는가.

젊은 여인을 새로 사겨 아들을 하나 낳을까도 생각하였다. 그렇게 시도하기도 했다. 그러나 그러면 안 되었다. 아들도 좋지만 아내를 위해서 그럴 수는 없었다. 아내를 속이거나 숨통을 막아야 하는데 그것은 또 하나의 비극을 낳는 악순환이었다. 여자가 말하였다. 10억만 내놔. 아무 잡소리 안 내고 아이를 낳아서 키워주겠다고 하였다. 그래 좋다. 알겠다. 떠난 아들은 백억 천억 짜리도 넘었다. 백조 천조 억조도 넘고 아니 그것을 어떻게 돈으로 따질 수가 있는가. 다른 아무 방법이 없었다. 그 아들을 다시 만날 때까지 기다리는 수밖에. 그것이 언제가 될지 모르지만 ㅇ이 북의 아들을 만날 날보다 멀지도 모르지만 다른 길이 없었다. 꾹 참고 기다리다 보면 시간이 되어 떠난 아들을 다시 만나게 될 것이다. 그러나 기다리기만 하고 시간만 보낸다고 되는 것이 아니었다. 지나가야 할 관문이 하나 있다. 평생 넘어지지 않는 고개였디. 큰 신이었디.

"그렇게 할 수 있겠어?"

그가 염려스레 묻는다.

"글쎄……"

"분명히 얘기해야지."

그가 세례를 주던 목사처럼 아니 저승사자처럼 다시 말하였다.

"틀림없이 만날 수 있을까?"

ㅌ이 물어보았다.

"그렇게 씌어 있지."

"그래."

ㅌ은 두 팔을 넓게 벌리고 아들의 만남을 위한 포옹 연습을 하였다. ㅇ의 부자 상봉 장면을 떠올리며. 서로 으스러지게 안고 얼굴을 부비었다. 이쪽 저쪽 가슴으로 바꾸어 안으며 마구 울었다. ㅇ보다 아들을 빨리 만날지도 모른다는 생각도 하였다. 그것이 언제일지 모르지만 많은 시간을 기다려야 할 것 같았다.

꽃의 시간은 지나고 열매의 시간이 남았다. 멀고 긴 터널이었다.

아직 끝나지 않았다

어두운 기억의 그림자

그들은 누구였던가. 신작로 밑 냇가 강변의 매를 맞던 사람들, 그들은 누구였는가. 그들은 지금 무얼 하고 있는가. 아직 살아 있는 사람들도 있을 텐데 지금 어디 있는가. 그는 오랫동안 간간히 생각했다. 그들은 왜 매를 맞고 있었는가.

매를 맞다 달아나던 사람이 있었다. 파란색 신사복 상의를 벗어던지고 달아난 젊은이, 양복과 매맞는 것을 바꾼 것이다. 아니 목숨과 바꾼 것이다. 양복 한 벌 값이 얼마쯤 되는가는 그 때나 지금이나 금방 떠올릴 수 있는 것인데, 가령 몇 십만원이라고 하자. 좌우간 그 얼마짜리 양복, 인간의 껍데기를 벗어던지고 알맹이를 빼어 가지고 달아난 것이다. 그는 지금 살아 있는가. 죽었는가. 어디서 그 때 그 생각을 하고 있는가. 어디서 무얼 하다가 죽었는가.

신동호도 그런 사람 중의 하나이다. 죽음 직전에 피해 달아나 목숨을 부지하게 되었다. 그러나 계속 달아나야 했다. 돌아올 수 없는 땅끼지. 세게 어디고 디 갈 수가 있다. 갈 수 없는 곳은 없다. 오직 하나, 가지도 못하고 오지도 못하는 나라가 있다. 따지고 보면 딴 나라도 아니다. 우리나라이다. 온 나라가 초토화되어 불바다가 된 적이 있지만 아직까지 그런 위협을 받고 있고 공포를 느끼고 있다. 참 답답한 나라이다. 한심한 나라이다.

지금 무슨 생각을 하고 있는가. 숨은 쉬고 있는가. 왜 무엇 때문에 그와 같은 고통을 서로 감수해야 했는가. 그것이 언제 끝날지 모른다. 아직 멀었다고들 한다. 도대체 언제까지 이렇게 살아야 하는가.

답을 몰라서 묻는 것이 아니다. 아무 데도 그것을 물을 데가 없는 것이다. 누구 하나 답해 줄 사람이 없는 것이다. 도무지 알 수가 없고 납득이 가지 않는 말만 할 뿐이다.

도대체 어디서부터 엉켰는지 모른다. 난마처럼 풀 수가 없다.

충북 영동군 매곡 지서 앞 강변에서 꿇어앉아 장작개비로 펑펑 사정없이 두들겨 맞던 사람들, 젊은이들이었다. 적어도 노인들은 없었다. 그런 기억이었다. 추운 날씨에 왜 강변에 꿇어앉혀 놓았던가. 그들을 다 통제할 공간이 없어서 그랬던가. 울타리도 바리케이트도 없는 강변 모래사장, 달아나면 뛰어가 붙잡을 수 있는 벌판이었다. 한 쪽은 물이요 한 쪽은 신작로 아래 한 길은 되는 언덕이었다. 수십명의 청년들. 가서 보지는 않았지만 지서 유치장의 수용 면적 가지고는 턱도 없는 많은 인원이었다.

어린 그가 보는 앞에서, 그 때 국민학교-요즘은 초등학교가 되었지-몇 학년이었던가 희미한 기억만 떠올랐다. 그 한 사람뿐 아니라 마을 사람들이 다 내려다보는 앞에서 매를 때리던 사람은 누구였던가. 경찰 순경이었던가, 군인이었던가.

어느 것도 분명하지가 않고 그저 희미한 기억의 저편 어두운 그림자만이 어늘어늘 드리울 뿐이다.

푸살
—슬픈 영혼들에게

그 때의 희미한 기억이 되살아난 것은 그로부터 오랜 시간이 지나서였다. 참으로 몇 해만이었던가. 손가락으로는 도저히 헤아려지지 않았다. 전쟁으로 하여 집이 폭격 맞고 땅을 다 팔아 차린 정미소도 불타고 밖으로 떠돌아다닌 세월은 양쪽 손가락을 다 동원해도 꼽아지지 않았다. 고향 떠난 10여년에… 하는 노래가 있지만 40년도 넘고 50년도 넘은 시간 저쪽에 있는 어두운 기억이었다.

어서실 위령제에서였다. 거기 진혼시에서 잊었던 기억을 되살리게 되었다. 금녀의 시였다.

그녀가 시낭송을 한다고 하여 갔었다. 사실은 그에게 부탁을 하였지만 그것을 응하지 못하였다. 뭘 알지도 못하고 쓸수가 없었다. 그녀가 대신 썼다는 것이다. 그러니 안 갈 수가 없었다.

"시간이 있으세요?"

시간이 되면 오라고 하였다.

"없어도 가야지."

"그러실래요?"

이시실이라고 하였다.

이름도 낯선 곳이었다. 골짜기 이름이었다. 으스스하였다.

영동읍내에서 대전 쪽으로, 그러니까 심천 쪽으로 2키로 정도 가다가 큰 길 왼편에 있는 지점이었다. 그 근처 무슨 운전학원인가 자동차학원 마당에 위령제 현수막을 걸어놓은 것이 보였다. '한국전쟁 전후 민간인 희생자를 위한 영동군 합동위령제' 긴 현수박 밑에는 검은 천에 흰 글씨로 희생자 이름을 다 써놓았다. 8백 명이 넘었다. 가운데 한 부분에서 망원 카메라에 잡힌 이름이다. 박정희의 고모, 박점섭, 박재황의 부, 박재만, 박이바우, 박원용의 조카…

벌써 많은 사람들, 얼굴이 거무튀튀한 남녀노소 시골 사람들이 많이 와 있었고 방금 들에서 일하다 온 듯한 농부들, 검은 색이나 흰 색의 양복을 차려 입은 정장차림 또는 한복 차림의 사람들 여럿이 분주히 오가고 있었다. 행사를 주관하고 진행하는 사람 같았다.

유족들과 내빈들이 주욱 늘어놓은 개폐의자에 앉고 서서 식이 시작되길 기다리고 있었다. 오후의 뜨거운 햇볕을 피하여 그늘 쪽으로 앉아 있기도 하였다.

거기서 어서실 골짜기가 보였다. 저기가 거기라고 하였다. 햇살이 그쪽으로 뻗히어 있었다. 영동읍 부용리에 속한 산골짜기였다. 꽃말처럼 섬세한 아름다움을 담뿍 지닌 부용화 이름을 따서 붙인 동리였다. 이름이 아까웠다.

6월 24일 오후 2시, 6.25 전날이다.

식은 진혼무로 시작되었다. 여러 명의 한얀 소복을 입은 여인들이 해금 연주에 맞추어 같이 추는 군무(群舞)였다. 영동 국악인들이 고깔을 쓰고 소고 꽹과리 조화 수건 등을 들고 등장하여 춤을 추며 혼굿을 연출하였다.

유족회 장경순 회장의 인사가 있었고 임두환 전 회장 박만순 충북역사문화연대 위원장의 경과보고가 있었다.

경과보고는 한국전쟁 전후 민간인 희생자를 위한 영동군 합동위령제를 처음으로 올리게 되어 만시지탄의 감이 있지만 다행스러운 일이라고 하였다. 이 행사는 한국전쟁영동군유족회가 영동예총 주관, 충청북도 진실화해위원회 한국전쟁전국유족회 충북역사문화연대의 후원으로 개최하게 되었으며 앞으로 매년 계속 위령제를 열어 구천을 떠돌고 있는 억울한 혼령들을 위로하고 한국전쟁 전후 민간인 집단희생 관련 피해자 현황조사를 끝나는 대로 그에 따른 후속 조치를 하겠다고 하였다.

그리고 영동의 희생자 피해상황에 대하여 간추려 얘기하였다.

"영동군 보도연맹원들은 상촌면 상도대리 숯가마와 영동읍 어서실, 석쟁이재에서 철사와 포승줄에 묶여 처형되었습니다. 또한 옥천군 청산면 샘티재와 피난지 김천에서 죽임을 당하고 왜관에서는 피난 갔던 보도연맹원들이 색출되었습니다. 이 외에 청년방위대원 중 89명의 보도연맹들이 경북 경산코발트광산에서 처형되었습니다. 총 400 여명의 보도연맹원들은 경찰과 군인에 의해 6차례에 걸쳐 영동과 옥천 김천 경산에서 학살되었습니다. 보도연맹원 명부는 살생부였습니다."

유족은 여기저기서 울음을 터뜨리기 시작하였다. 내빈들도 손수건을 꺼내거나 손으로 눈 가장자리를 닦았다.

"황간면 노근리에서 미군에 의한 수 백 명의 무참한 학살이 있었습니다만 영동군에는 제2 제3의 노근리사건이 마을

곳곳에 널려 있습니다. 매곡면 장척리에는 미군이 들어와 피난을 가지 않았다는 이유로 장애자와 노인들을 학살했고 1950년 9월 2일 영동역과 매천리 양강면 일대에 폭격을 하여 매천리에서만 70여 명의 주민들이 불에 타 죽고 질식했습니다. 전쟁기간 중 미군에 의한 사망자는 노근리사건을 제외하고도 200여 명이 밝혀졌습니다. 그 명단을 저기 다 써 놓았습니다."

모두들 좌중은 고개를 들어 산을 가리고 뻗혀 세워놓은 현수막 밑에 잔 글씨로 써 붙인 명단을 바라보았다. 경과보고는 한참 더 계속되었다.

인사말과 경과보고에 이어서 시 낭송이 있었다.

진혼의 시였다. 금녀는 옅은 분홍색 한복에 보라색 옷고름을 길게 늘어뜨리고 마이크 앞으로 걸어나왔다. 미장원에서 손질을 한 듯 머리를 높이 틀어올리고 긴장한 모습으로 원고를 펼쳐들고 낭송하였다. 머리카락이 희끗희끗한 그녀의 시는 어서실 골짜기로 메아리를 날려 보내었다. 유족은 아니고 생이별한 가족이었다.

　　푸른 것이 무엇인지
　　붉은 것이 무엇인지
　　그런 것은 모릅니다
　　검은 것이 무엇인지
　　흰 것이 무엇인지
　　그런 것도 모릅니다
　　흰 쌀밥과 누런 보리밥을
　　좋고 싫고 없이 닥치는 대로 먹고 살며

팔자 타령 운수 탓 하지 않고
끙끙 짐을 지며
땅만 파고 살았습니다

제목이 '우리는 어찌해야 합니까'라고 했다. 그녀의 시를 많이 대하였지만 목소리로 듣는 것은 처음이었다. 약간 허스키였다.

경부선의 한 중간에 위치한 충북 영동, 대전 쪽에서 올 때 영동 읍내를 채 못 와서의 지점, 어서실은 부용리에 있는 산골짜기의 이름이면서 동리 이름이기도 하였다. 마을 뒷산에는 작곡산성 성터가 남아 있는데 어서실이란 지명은 이 산성과 관련을 맺고 있었다. 임금님이 이 마을 뒷산에서 쉬었다 갔다는 사실만으로도 영광이었다. 그것을 기념하기 위해 그때부터 골짜기 이름을 어좌실(御座室)로 불렀다. 임금이 앉았다 간 곳이라는 것이다. 그것이 어제실 어서실이 되었다. '실'은 땅 이름 뒤에 붙어 골짜기 마을을 나타내는 우리 옛말이다. 영동에도 그런 마을이 여러 곳 있다. 오리실 버드실 목화실….

딴 이야기지만 상촌 물한리로 가다가 수리님이라는 동네가 있다. 수레넘이라는 말이 그렇게 되었다는 것이고 관명으로는 수륜리(輪輪里)이다. 수레가 넘어갔다는 것이다. 영의정 우암(牛岩) 송시열이 탄 수레라는 것이다.

그건 조선시대이고 이건 신라 때 얘기이다. 옛날 이 일대가 신라와 백제의 전쟁터였다. 아주 치열한 전투를 벌인 곳이었다. 양산면 가곡리에서 벌어졌던 양산벌 싸움은 역사상으로도 길 알려진 전투였다. 신라가요 양산가(陽山歌)에도 나타나 있다. 가사는 전하지 않고 유래만 전하지만 백제와 고구려가 신라의 변경을 침범하자 신라는 백제를 치려고 했고 김흠운이 백제의 양산에서 적군의 기습을 받아 장렬하게 전사했다. 당시 사람들이 이것을 애도하여 이 노래를 지었다고 한다. 무주로 가는 길에는 나제통문(羅濟通門)이 있다. 그 굴문의 이쪽 저쪽이 신라와 백제의 경계를 이루었던 곳이다. 신라 백제의 대립이 심할 무렵 신라의 임금은 친히 변방의 수비병들을 격려하기 위해 여러 곳에 순행을 하다 이 골짜기에 이르게 되었고 여러 날에 걸친 순행으로 지친 임금은 이 골짝 어느 지점에 이르러 잠시 쉬었다 가기 위해 앉아서 숨을 돌렸다. 어느 임금 무슨 왕인지 기록은 없다.

그 뒤 신라와 백제는 통일을 했고 고구려와도 통일을 하여 삼국통일을 하였다. 단기 3009년 지금부터 1400여 년 전 일이다. 신라가 가야, 백제, 고구려 등 한반도 내부에 있던 제국가들을 차례로 멸망, 병합시켰고 당나라 군대를 한반도에서 축출하여 통일을 달성하였다. 신라에 의한 민족단일국가 성립에 의미를 두는 견해와 함께 한반도 남부 지역만을 통합한 불완전한 통일이라는 비판론도 있다. 통일은 무슨 얼어죽을, 고구려 광개토대왕이 넓혀 놓은 그 광활한 땅은 다 내다버리고 반이 넘는 우리 민족을 갈라놓은 것이 뭐 말라비틀어진 통일이냐는 것이다. 좌우간 그런 얘기가 아니고 일끈 그렇게라도 이룩해놓은 민족통일을 깨부수고 다시 분단을 시킨 것이다. 누가 그렇게 멍청한 짓을 하였는가. 3.8선 휴전선을 그어놓고 서로 총부리를 겨누고 사는 것이었다. 그런 신분단 시작의 때 일이다. 그 전 후의 일이다.

어서실, 보도연맹원을 비롯한 민간인 대량 학살 희생자에

대하여 처음으로 열리는 위령제였다. 재작년이던가. 금녀의
시낭송이 계속되었다.

목구멍은 포도청이요
남편은 하늘이요
아아는 금쪽이었습니다

이념이 무엇인지 사상이 무엇인지 몰라도
흰 것은 종이고 검은 것은 글씨고
좋은 게 좋고
싫은 소리 않고 살았습니다
그런데 이게 어찌된 일입니까
마른하늘에 날벼락입니다
무슨 대천지 원수가 졌다고
그렇게 사람을 쳐죽이고 쏴죽이고
생지옥의 저 골짜기
지금은 바라보며 울기라도 합니다
원망이라도 합니다
이제야 비로소 물어봅니다
도대체 죄명이 뭡니까
무슨 잘 못을 했느냐고요

영문도 모르고 끌려와
굴비처럼 엮이어 생매장 당한
농투사니 아낙네 자식들
그들은

순박한 이 나라 농민이었습니다
민족이었습니다

정처없이 구천을 떠도는
억울한 혼령들이시어
어이없는 영령들이시어
슬픈 혼령들이시어
그 6월이
50번 60번 이 강산이 바뀌며
다시 이땅에 왔습니다만
아직도 갈라져 눈흘기고
미워하고 총을 겨누고
싸우고 있습니다
아직 끝나지 않았습니다
작년에도 재작년에도 금년에도
총질을 하고 물어뜯고 거품을 물고
욕질을 하며 싸웠습니다

아직 끝나지 않았습니다
아직 멀었습니다
불쌍한 혼령들이시어
이 일을 어찌 해야 합니까
답답한 이 민족 이 백성
우리는 어찌 해야 합니까

한이 맺힌 음성이었다.

"보련을 아세요?"

언젠가 금녀가 물었다.

"그게 뭐지요?"

들어보긴 했다. 그러나 그것이 정확히 무엇인지는 몰랐다.

"예에. 됐어요."

그 때만 해도 그것이 그녀의 생애 한 가운데 뿌리박힌 녹물이 줄줄 흐르는 쇠말뚝인 것을 몰랐다.

보련이 무엇인가. 보도연맹을 줄인 것인데, 더 모를 말이었다. 그 때 그 지서 앞 강변에 꿇어앉은 사람을 두고도 그런 말을 한 것 같다. 서로들 쉬쉬하였지만 큰 소리로 가르쳐 주고 설명을 해 줘도 몰랐을 것이다. 그것이 무엇인가. 알 수도 없었고 알고 싶지도 않았다. 그리고 까맣게 잊어버리고 있었다.

1950년 7월20일 영동읍 부용리 어서실 성지골과 석쟁이재, 상촌면 고자리 상도대리 선화터 잿골 미영밭골 등지에서 보도연맹원 300여명이 처형되었다. 피바람이 몰아쳤다. 미영은 목화의 이 지역 사투리인데 그런 뜻인가. 여기 고자릿재 골짜기 숯구덩이에 밀어넣고 총살을 하고 기어나오는 사람은 다시 쏘아 쓰러뜨리고 끌어 묻지도 않은 채 뒷걸음질 쳤다.

무슨 죄인지도 몰랐다. 교육을 받으러 나오라고 하여 갔다가 추럭에 타라고 해서 탔고 네 귀퉁이에 헌병이 총을 들고 서서 얼굴을 숙이라고 하였다. 얼굴을 들면 개머리판으로 내리쳤다. 그리고 차에서 내리라고 해서 내렸고 포승줄도 아니고 삐삐선 같은 줄로 손이 묶인 채 골짜기로 올라갔다. 그렇게 많은 사람을 묶을 포승을 준비하지 못한 것이다.

"고개 숙여."

"쳐들면 쏜다. 땅만 보고 걸어."

"뛰어."

뒤에서 호령을 하였다 숨이 혁혁 찼다.

땅을 나눠 준다고 했다. 쌀을 주고 비료를 주고 배급을 준다고 했다. 농민들에게 그보다 더 듣기 좋은 소리가 없었다. 죽었던 어머니 아버지가 다시 살아온다는 것보다 더 반가운 얘기였다. 눈이 번쩍 띄었다. 보도연맹의 봇자도 몰랐다. 보도가 무엇인지 연맹이 무엇인지 몰랐다. 가입을 하고 도장을 찍은 것도 아니었다. 물론 그런 사람도 있지만 대부분 그렇지 않은 사람이 많았다.

아니라고 안 된다고 한 사람도 많았다. 완강히 거절하기도 했다. 그래도 소용없었다. 그러나 그것도 아니고 농민회다 청년회다 들라고 해서 들었는데 아니 들었는지 안 들었는지 확실히 한 것도 아닌데 그것이 어째 보도연맹원이 되었는지 몰랐다. 좌우간 본인이 모르는데 다른 사람이 알 턱이 없다.

모든 얘기를 다 할 수는 없다. 어디다 다 쓸 수도 없다. 찬송가에 하늘을 두루마리 삼고 바다를 먹물 삼아도 다 쓸 수가 없다고 하였는데, 그 한 많은 얘기를 어떻게 다 쓸 수가 있는가. 다 알지도 못하고.

그리고 이 이야기가 그 모든 일들을 다 카버할 수가 없다. 그저 그가 듣고 본 것을 쓸 뿐이다. 영동군 매곡면 노천리 또는 영동 충청북도의 얘기이다. 여기가 우리나라의 한 가운데이기는 하지만 이 골짜기 사정이 우리나라 전체의 그것이 될 수는 없다. 견강부회를 하여 하나의 공통분모를 찾아낼 수 있을지는 모르겠다. 소우주화(小宇宙化)라는 말도 있다. 한 부분을 가지고 전체를 말하려 하는 것이다. 그러나 뭐가 됐든 그가 아는 대로 얘기해 보려는 것이다. 보이는 만큼 아는 만큼 쓸 수 있는 것이다.

어디까지 얘기 했더라. 어떻든 땅에 원인이 있었는지 몰랐다. 토지 말이다. 논이라고 해도 좋고 밭이라고 해도 좋다. 해방과 동시에 토지개혁 농지개혁이 큰 사회 문제로 등장을 하였고 이것은 농업국가인 한반도에 있어서 전 국민의 또는 인민의 생존과 직결된 문제였다. 한반도에서는 1945년 8.15 광복 이후 남과 북에서 토지개혁이 시행되었다. 북한이 먼저 선수를 쳤다. 1946년 봄 전격적으로 무상 몰수 무상분배 방식의 토지개혁을 단행하였다. 북한이 이 문제를 잽싸게 해치운 데 비하여 남한은 꽤나 뜸을 들였다. 3년도 더 지난 1949년 6월에 가서야 농지개혁법을 제정하고 1950년 봄 농지개혁을 한 것이다. 무엇보다도 이 땅의 분배라고 할까 소유의 문제에 있어서 많은 농민들에게 남 북이 뚜렷한 장단점으로 비교가 되었다. 재깍 먼저 시행한 것도 그렇고 시간을 질질 끌며 우여곡절 끝에 시행한 것도 그랬다. 무엇보다도 무상분배냐 유상분배냐 하는 것도 그랬다. 유상이니 무상이니 분배니 문자 쓸 필요도 없이 공짜냐 아니냐였다. 그것은 너무도 명백한 것이다. 공짜라면 비상도 먹는다.

땅에 한이 맺혀 있는 민족이다. 땅은 삶의 터전이고 삶 그 자체였다. 땅은 우리 민족에게는 특별한 의미를 지니고 있다. 땅에 대한 열망이 농민 봉기 등의 형태로 끊임없이 우리 역사의 무대에 등장해온 것 역시 이러한 맥락에서 봐야 한다. 해방 후 남북한 농지 토지개혁도 그런 것이었다.

남한의 농지개혁은 신중하였다. 여러 측면을 고려하였다. 직산 농지와 국유도 소유자가 분명하지 않은 도지는 국가가

흡수하고, 비농가농지, 자경(自耕)하지 않는 자의 농지, 3ha
를 초과하는 농지는 국가가 수매했다. 수매토지를 소유한 지
주에게는 해당 농지 연 수확량의 150%에 해당하는 현금을
5년간 연부 상환으로 보상하도록 하는 지가증권을 발급하였
다.

　북한은 조선민주주의인민공화국 정부수립으로 사유재산제
도가 없어지고 모든 토지가 국유화되면서 토지개혁의 의미
가 없어졌다. 무상몰수 무상분배 방법으로 시행한 토지개혁
이 토지를 북한정부에게 몰수당한 지주들의 입장에서 볼 때
토지개혁은 생존의 터전을 잃게 된 것이고 그래서 자본주의
경제 치제재의 남한으로 대거 월남하였다. 북한의 토지개혁
은 농민의 입장에서 소작보다 유리한 것이 아니었다. 북한은
토지를 분배한 후에 현물세율을 27%로 정했고 실제 수취는
이보다 더 높아 농민은 국가의 소작으로 바뀐 것에 불과하
다고 볼 수 있다. 남한의 토지개혁은 상환지가 15할에 5년
균분하는 것으로 연간 3할 상환의 조건이었다. 북한의 무상
분배와 남한의 유상분배는 말의 차이에 비해 실제 차이는
거의 없었다. 세상에 공짜가 없다. 자본주의가 평등하지 않
다고 하지 않은 사람은 공짜를 바라는 사람이라고 한다면
우파인가. 고린내 나는 부르조아인가. 그는 진정한 평등이란
무엇인가 생각해 보았다. 이스라엘 키브츠 모샤브를 가서 보
고는 다시 생각하였다. 모든 사람에게 평등한 것은 평등이
아니다. 남녀노소 그리고 여러 가지 가지고 있는 조건에 맞
게 평등해야 된다. 자다가 봉창 두드리는 소리인지 모른다.
적어도 1950년 영동의 농민들에게는 말이다.

　남한에서는 미군정에 의해서 유상매입 유상분배로 토지개

혁이 시행되었으며 이를 통해서 지주와 소작인들 간의 계급 갈등이 해소되는 효과가 있었다. 학자들은 토지개혁으로 혜택을 본 농민들이 많지 않았기 때문에, 남한의 토지개혁은 토지개혁의 본래 목적인 토지분배를 제대로 실천하지 못했다는 비판을 하기도 했다.

그러나 이런 것은 다 머리에 먹물이 든 사람들이 하는 소리고 뒷북을 치는 소리들이다. 농민들이라고 다 가난한 것은 아니었다. 부농도 있고 대농도 있고 먹고 살기에 걱정이 없는 농민들이 많았다. 그러나 부자는 예나 지금이나 1~2%에 불과하다. 로버트 라이시의 「위기는 왜 반복되는가」에서도 그것을 말하고 있다. 가난한 농민이 얼마나 많고 적고는 중요한 것이 아니다. 그런 이야기가 아니고 농민들에게 무상분배냐 유상분배냐를 선택하란다면 말할 것도 없이 무상분배일 것이다. 가난한 농민이 더 많아서 그렇다고 할 수도 있다. 요는 숫자를 얘기하고자 하는 것이 아니고 정서를 얘기하는 것이다. 자본주의냐 공산주의냐 복잡하게 얘기할 필요가 없었다. 지식인들이 공산주의를 택하였다는 것도 통계숫자로 얘기하는 것이 아닌지 모른다. 그런 것과도 관계 없이 평등하고 차별이 없는 세상을 바란 것이고 공산(共産)이라고 했을 때 재산을 같이 소유한다는 것에만 관심이 있었다. 좌익이고 우익이고 푸르고 붉고 파랭이고 빨갱이고 그런 것은 알지도 못하고 상관도 없었다. 짜증만 나고 골치만 아플 뿐이다. 오로지 분배에만 관심이 있었다. 우연하게도 '공'자 돌림이었다. 공짜와 공산….

그 색깔은 빨강이었다. 그러면 빨갱이는 무엇인가. 러시아 볼셰비키 혁명 때 깃발이 붉은 색깔이었다. 인장도 붉은 색이었다. 6.25 남침 때부터 9.28 서울 수복 때까지 인공시대에 붉은 완장을 차고 만행을 저질렀다. 무소불위였다. 높이 들어라 붉은 깃발을… 그런 노래도 밤마다 부르게 했다. 붉은 색은 공산주의를 상징하며 평등을 의미한다. 혁명군 파르티 잔(partisan)의 불어 발음 빨치산과 빨갱이는 또 우연히 우리말로 비슷하여 헷갈리는 대로 빨갱이는 공산주의자 공산당을 말한다. 좌파를 악의적으로 비하하여 하는 말이기도 하다.

국민보도연맹(國民保導聯盟)은 1949년 4월 21일 중앙조직을 결성한 후 지방 조직에 착수했다. 각 지방 경찰은 도 군 면 단위로 조직된 지역 보도연맹에 11월말까지 경찰에 자수한 좌익 전력자들을 우선적으로 가입시켰다. 충청북도 연맹은 12월 13일 청주극장에서 자수 전향자 선포대회를 겸한 결성식을 가졌고 다른 지역도 1949년 12월 말까지 지부조직을 완료하였다. 도 내의 각 지부 결성식을 마친 후 참여군중들과 함께 농악대를 선두로 가장행렬을 하기도 했다. 충청북도경찰국은 다른 지역과 같이 1949년 10월 25일부터 11월 30일 사이에 가입 자수기간을 정하고 보도연맹원을 모집했다. 좌익 단체가 주최한 집회나 교육 등에 참여한 전력이 있는 자를 1차 대상으로 하여 보도연맹원을 모집했다. 시국강연회에 참석했었다 하면 무조건 대상자가 되었다. 영동지역의 경우는 전쟁 이전 시기 많은 좌익 활동가나 농민들이 각종 사건에 연루되어 검거 검속되었기 때문에 모집 대상자들이 많았다.

당시의 상황을 보면 보도연맹 가입대상은 대단히 광범위했다. 그 경계도 상당히 애매했다. 자수기간 이후 경찰의 국가보안법에서 정한 불법단체 회원을 상대로 보도연맹 가입을 재촉하는 활동이 많았다. 먼저 가입한 보도연맹원을 동원하여 과거 좌익단체 회원을 확인하고 이들을 강제로 가입시켰다. 군 면 별로 할당제가 강행되기도 했고 보도연맹 간부들이 충성심을 경쟁하기도 했다. 그런 과정에서 여러 대중단체의 회원만이 아니라 각종 집회 참가자나 잠재적 동조자들까지 강제로 보도연맹에 가입시키는 만행이 저질러졌다. 가입 이콜 처형이라는 등식에서 볼 때 그것은 역사에 대역죄를 저질은 학살 만행이었던 것이다.

군 면 별로 보도연맹이 조직된 후 각지의 보도연맹원들은 한 달에 3, 4회 정도 적게는 한 번 이상 소집되어 반공강연과 교육을 받았다. 반공강연은 충북도경 사찰과 주관하에 마을을 순회하며 진행하였다. 마을 청소나 반공표어를 대문에 붙이는 일 등을 강요하기도 했다.

영동경찰서도 기존 자수자들을 기반으로 보도연맹원을 확대하는 사업을 각 지서별로 실시하였다. 영동경찰서와 각 지서에서는 보도연맹 간부와 영동경찰서 사찰과, 지서 순경, 대한청년단원, 이장 등을 통해 보도연맹 가입을 강제로 실시했다. 아무런 설명도 없이 가입원서에 도장을 찍게 한 경우도 있고 지역 할당제에 의해 자신도 모르는 상황에서 가입한 경우도 있었다.

추풍령의 조명환(당시 23) 오석환(당시 25)은 순경이 와서 도장을 찍으라고 해서 가입을 하였다. 그들의 아내 정우선 김윤애 할머니의 증언이다. 조명환은 김천에서 초등학교 교사로 있었다.

"난리가 났을 직에 시울까지 쳐들어왔다고 가고 그릴 직에 순경들이 댕기메 좀 말마디나 하고 똑똑한 사람 도장을 찍으라 캐요. 무슨 도장인가 물어본께 보도연맹이라 캐요. 그래 우리 신랑이 보도연맹이 뭔가 물으니께, 좋은 기라 카면서 찍으라 캐요."

김윤애가 말했다.

오석환은 완강히 거부했지만 순경은 도장을 찍게 했다.

"아버님도 너 뭔데 왜 도장을 벌로 찍어주냐고 뭐라카더라고요."

그러나 다 소용없었다.

이들은 도장을 찍었고 보도연맹원으로 끌려가 7월 20일 총살당하였다. 북한 인민군이 영동을 쳐내려오기 직전이다.

황간 회포리(귀미동)에서는 보도연맹에 가입하지 않으면 비료를 주지 않는다고 해서 마을 청년의 3분의 2가 가입했다. 같은 마을 권채희(70)의 말이다. 이와 유사한 증언은 무수히 많다. 보도연맹에 가입해야 품앗이를 해 준다, 물품의 공동구매 공동판매에 참여할 수 있다, 토지를 무상으로 준다 등등. 여기에는 남로당이나 소비조합 농민회 등이 단체 가입을 독려할 때의 증언이 섞여 있기도 했다. 어떻든 그들은 다 보도연맹원이 되었다. 양강 괴목리 장인상(75)의 증언에 의하면, 도수빼미 논 준다고 해 남로당에 가입했다고 했다. 그랬다가 보도연맹에 가입했다. 도수빼미는 수리시설이 좋은 옥토를 말하였다. 어떻게 되었든 보도연맹원은 요행히 도망쳐 살아난 경우를 제외하고는 다 처형되었다. 피해 유형 조사에 고문치사 기타가 몇 몇 있고 전부 총살이었다.

그 학살 장소 중의 하나가 여기 어서실이다. 김윤애는 시신을 찾기 위해서 어서실 골짜기를 헤매었지만 찾지 못하였다.

"막 안개가 쩌서(끼어서)캄캄한데 까마구들이 어디서 그렇게 모아들었었는지 막 우리 머리를 빼가고 골을 빼 갈라캐요. 까마구가 막 항정도 없어. 신체가 있어서 그랬던가 봐요. 뜯어먹었던가 어쨌던가는 몰라도. 갈강비는 오는데 거기를 막 들어가니께, 남자들 허리빵 풀은 게 여기도 있고 저기도 있고 그러더라고요. 구두도 한 짝씩 있고, 그러니까 고만 아무 것도 안 보여. 눈이 캄캄하니."

세 살짜리 아들을 두고 끌려간 지 몇 달만인가, 신랑의 신체를 찾으러 갔던 때 얘기이다.

"손이 묶여 가지고 막 느스므리하니 누었어요. 엎어져 죽은 사람, 이래 재껴 죽은 사람, 옷은 비가 맞아서 썩어도 신체는 안 썩데요. 그런데 구덩이는 이 방만 한데 가운데 두 사람이 누어 있고 딴 사람은 구덩이를 기어나와서 죽었어요. 이 쪽에는 논까지 기어나와서 죽었어요. 우리를 갈쳐 준 사람이 그라카는데 그럴 적에 사람이 갔으면은 살릴 수 있었다고 해요. 이틀을 울더라고 캐요. 낮에는 안 들기는데 밤에는 들기더래요. 또 어디 있느냐고 물으니께 저기라고 갈쳐줘요. 거기도 방만하게 팠는데 또랑 모래로 실실 덮어났어요. 거기는 기어 나오도 못했어요. 그 위에 또 한 군데 있었는데 결국 찾지 못하고 왔어요."

그리고 한 평생을 울다가 팔십 셋이 되었다.

"그걸 누가 알겠어요. 그렇게 울고 그렇게 쏙을 태워도 죽도 안 해요. 그만 눈감고 죽으면 제일 좋겠는데."

할머니가 바라는 것은 빨리 그 새파란 신랑을 만나고 싶은 것이다.

영동농업학교 4학년에 다니던 신동호는 농민회에 가입은

한 것인데 그것이 어떻게 되어 보도연맹원이 되어 있었다. 참으로 섬찍하였다. 다 총살되는 살생부의 다른 이름이었다.

그 운명의 날이 왔고 그 전날 흑색 전갈이 왔다. 저승에서 보낸 죽음의 통지였다. 그러나 연락을 받을 때까지 그런 것은 전혀 몰랐다.

다 알다시피 1950년 6월 25일 북한, 조선인민공화국이 쳐내려왔고 사흘만에 서울을 점령하였다. 7월 20일에는 대전까지 진격하였다. 남쪽으로 남쪽으로 걷잡을 수 없이 밀리고 있자 대한민국 정부는 남한에 있는 좌익 세력들을 가만 둘 수가 없었다. 전향을 하였지만 이 판국에서 무슨 생각을 가지고 있고 어떤 행동을 할지 불안하였다. 그들이 인민군에게 붙어 동조하면 어떻게 되는가.

상상은 현실이 되었다. 7월 18일 영동경찰서장에게 이에 대한 지시가 하달되었다. 즉시 영동 보도연맹원을 전원 소집하여 특무대(CIC)에 인계하라는 것이었다. 그들을 다 처단하려는 것이었다. 곧 이어서 영동파견대장이 와서 협조를 요청하였다.

"다 없애기로 했어요. 시간이 없어요."

대전이 함락되기 2일전이었다. 영동까지 쳐내려오는 것은 시간문제였다.

19일, 내일까지 영동읍에서 가까운 지역은 영동경찰서로 그리고 거리가 먼 지역은 황간지서, 용화지서로 집결시켜 달라고 하였다. 세 곳에서 동시에 요원들이 인계 받아 처리하겠다고 하였다. 그들을 다 죽인다는 것이다. 서장과 대장은 염라대왕이었다. 염라대왕은 살려주기라도 하지, 이건 빼도 박도 못하였다. 누굴 봐주었다가는 자기 목숨을 부지할 수가 없었다. 다 죽여야 하는 것이다. 말도 할 수 없었다. 이 천기를 누설했다가는 정말 다 죽었다.

말이 안 되었다. 나라를 위해서 정말 어쩔 수 없는 것인가. 생각할 시간도 없었다. 그 중에는 남로당 좌익 공산주의자들이 있었지만 그 외 많은 사람들은 그리고 전향하여 열심히 교육을 받으며 정부의 방침을 따랐고 시키는 대로 하였는데 그들이 무슨 죄가 있는가. 그들을 도매금으로 다 끌어다 한 구덩이에 죽인다는 것은 말이 안 되었다. 그러나 시간은 자꾸 가고 있었고 적은 파죽지세로 남하하고 있었다.

영동경찰서장은 곧바로 각 지서장들을 소집하고 지시받은 대로 전달하였다. 내일 중으로 보도연맹원들을 다 소집하여 세 곳으로 집합시키라고 하였다. 학산 양산 심천 양강 용산 영동읍은 경찰서, 남부 4개 면 상촌 매곡 황간 추풍령은 황간지서, 용화면은 용화지서로 오도록 하고, 한 사람도 빠지지 않도록 철저히 연락하도록 하였다. 원래 빠지면 어떻게 될까하여 교육소집에 잘 빠지지 않았다.

"황간과 용화 지서장은 공회당이나 창고에 집결시켰다가 인계하세요. 모래 아침 특무대가 갈 겁니다."

경찰서로 집결시킨 인원은 서장이 인계하겠다고 하였다.

분위기가 이상하여 모두들 서장 얼굴을 쳐다보았지만 서장은 외면하고 큰 소리로 말하였다.

"뭣들 해요. 어서 가서 수행해요. 지금 적군이 쳐내려오고 있어요."

그러자 모두들 자전거를 타거나 추럭을 세워 타고 돌아갔다.

신동호는 10일 지침 자전거를 타고 온 임순경에게 연락을 받고 서둘러서 길을 떠났다. 한 달에 한 두 세 번씩 집회를 하였었다. 교육이 있다고 용화지서로 모이라고 하였다. 다른 때도 그랬지만 꼭 오라고 하였다. 조동리-그 때는 상촌-에서 갈려면 두 시간은 걸리므로 서둘러 길을 나서야 했다. 지서에 도착하였을 때는 나절이 겨워 있었다. 벌써 여러 사람들이 와 있었다.

이섭진 주임은 통지서를 받고 나온 보도연맹원들이 다 모이기를 기다려 말하였다.

"이번 교육은 이틀 동안 하게 됩니다. 오늘은 우선 이 주변의 환경정리 작업을 할 겁니다. 잠은 용화초등학교 뒤 창고에서 자고 내일 아침부터 특별교육이 있습니다."

모두들 당황하는 눈치였다. 그렇게 알고 온 것도 아니지만 여러 급한 사정들이 있었다. 소가 새끼를 낳으려고 물이 나오는 것을 보다 온 사람도 있었다. 그런 이야기를 하자, 아내가 진통을 시작하는 것을 보다 왔다고도 하였다. 첫 아이였다.

"뭐가 됐든 갈 수는 없습니다. 절대로 안 됩니다."

이 주임은 단호하게 말하였다. 사정 얘기를 더 듣지도 않았다.

그리고 작업으로 들어갔다. 울타리를 돌로 쌓기도 하고 이것저것 지서 주변의 환경정리를 하고 하며 시간을 끌다가 이주임은 한 사람도 빠짐없이 다 출석한 것을 확인하고 창고로 데리고 갔다. 거기 가서 물건을 치우고 잘 수 있도록 청소도 하게 하였다.

해가 떨어지기 전에 이주임의 부인 박청자씨가 앞치마를 두르고 뭘 잔뜩 이고 왔다. 주먹밥이었다. 점심 겸 저녁이었다. 반찬은 없어도 양은 충분하였다. 맛은 따질 계제가 아니었다.

이주임은 신임이 두터운 박회장을 밖으로 불러내었다. 보도연맹원 대표였다. 두 사람은 창고 주변을 돌아보며 얘기를 하고 한참 뒤에 돌아왔다. 이주임은 창고 뒤쪽으로 높직이 난 창문들을 유심히 바라보다가 한 사람 한 사람 굳은 악수를 하였다.

"잘 해야. 알았지."

모두들 힘없이 대답하며 이 주임을 바라보았다.

이 주임은 고개를 끄덕끄덕하며 결연한 표정으로 무엇인가를 말하고 있었다. 알았느냐고 다짐을 하기도 하였다.

이주임은 곧 군인들이 올 것이라고 하고 돌아갔다. 얼마 후 도착한 군인과 함께 다시 와서 30여 명의 보도연맹원들을 인계하였다. 그 시각부터 사태는 급변하였다. 군인들은 무슨 설명도 없이 보도연맹원들의 양손을 포승줄 같은 것으로 손을 등 뒤로 모아 묶는 것이었다.

"아니 뭘 하는 기라요?"

결박을 당하던 사람들이 이구동성으로 묻자 군인은 둘러메고 있던 총의 개머리판으로 어깨를 내리치는 것이었다.

"잔소리 말고 가만히 있어. 말 안들으면 쏜다."

말하던 사람을 찾아 무릎과 허리를 닥치는 대로 쳤다.

"알았어?"

모두들 가만히 있었다.

이번에는 또 대답을 않는다고 쳤다.

군인들은 하나 하나 다 묶은 다음 창고 문을 걸어 잠그는 것이었다.

도대체 영문을 알 수 없었다. 어떻게 하겠다는 것인지 왜 이러는 것인지 알 수가 없었다. 이주임의 행동도 이상했다. 그것을 처음부터 느낄 수가 있었다.

그러나 그런 의문은 밤이 이슥하여 풀리었다. 모두가 결박되고 격리된 채 끙끙거리다가 박회장이 실내의 분위기를 끌고 가기 시작하였고 어느 순간부터 묶인 손으로 대화를 하였다. 희미한 불빛 아래 박회장이 손가락으로 자신의 입에 대고 말을 하지 말라는 지시를 하기도 하고 자신의 지시를 따르라고 하였다. 또 하나의 생사여탈의 지시였다.

박회장의 은밀한 작전에 따라 밤이 깊기를 기다려 순서대로 창문을 넘어나왔다. 박회장은 긴 끈과 칼을 주머니 속에 감추고 있었던 것이다. 이섭진 주임이 탈출을 도와준 것이다. 밤새도록 길목에서 지켜서 보기도 했던 것이다.

그날 밤 용화면의 온 마을 개들이 짖어대었다. 창문을 빠져나온 보도연맹원들은 걸음아 날 살려라 하고 밤길을 뛰어 목숨을 건진 것이다. 집으로 가서 뒷산에 숨은 사람도 있었지만 멀리 찾지 못할 곳으로 달아났다.

다음날 아침 창고 앞에서 보초를 섰던 군인들이 용화지서로 달려와 사색이 되어, 밤 사이 보도연맹원들이 뒤 창문을 통해 다 도망쳤다고 했고 이섭진 주임은 이를 영동경찰서장에게 보고하였다.

"빨리 잡아 와. 인민군이 코앞까지 쳐 내려왔어."

전화통이 찢어졌다. 경찰서장은 호통만 쳤지 달려올 수도 없었다.

특무대 파견대장에게도 전화가 왔다. 여러 소리 말고 빨리 잡아들이라는 것이다.

이주임은 순경들을 내보내어 길목을 지키고 모조리 붙들어 오라고 하였지만 아무 성과가 없었다. 이미 다 갈 데로 가고 없었다.

영동경찰서와 황간지서에 모인 보도연맹원들은 영동읍 부용리 어서실 성지골과 석쟁이재, 상촌면 고자리 상도대리 선화터 잿골 미영밭골 등지에서 다 처형되었다. 예외는 없었다.

끌려간 사람 중에 살아난 딱 한 사람이 있었다. 상촌면 고자리의 김성봉은 총을 쏠 때 총소리와 함께 구덩이 속으로 쓰러지는 기지를 발휘하여 목숨을 구할 수가 있었다. 그것은 참 천만분의 일의 확률도 없는 행운이었다. 그 반대형이 또 있었다. 양강면 괴목리의 김무중은 논을 매다가 연락을 받고 다리를 둥둥 걷은 차림으로 양강지서로 달려갔다. 평소 친분이 있는 지서장은 시간 여유가 있으니 옷을 갈아 입고 천천히 오라고 했다. 그 말대로 집에 가서 흙 묻은 옷을 갈아입고 갔다가 죽음의 트럭을 타게 된 것이다. 운명의 장난이었다.

보도연맹원들을 다 총살 처형한 다음날인 7월 21일 영동경찰서는 철수하게 되어 그 책임 소재는 가릴 수도 없이 왜관으로 가야 했다.

신동호는 처형 직전에 도망쳐 목숨을 부지하였다. 그러나 인민군을 따라 가야 했고 그것은 죽음이냐 삶이냐의 갈림길에서 현명한 선택이었던지 모른다. 거기서 살았기 때문이다. 여기 그냥 있었으면 다시 어떻게 되었을지 모르는 것이다.

여기도 좋고 저기도 좋다는 것이 아니다. 이래도 좋고 저래도 좋다는 것이 아니다. 목숨보다도 생명보다도 중요한 것이 생각이요 사상인지도 모른다. 이념이요 주의인지도 모른다. 목에 칼이 들어와도 아닌 것은 아니라고 얘기할 수 있어야 한다. 그렇게 배웠다. 담임선생은 출석을 처음 부를 때 그렇게 얘기했다. 모두들 숙연히 고개를 끄덕거렸다. 그러나 말이 그렇지, 그것과 목숨을 바꾸기는 어려웠다. 견위수명(見危授命), 나라가 위태로우면 목숨을 주라고 했지만—안중근의 말이다—목숨을 떼어서 내어놓기가 그렇게 쉬운 것이 아니었다.

금녀의 아버지 신동호는 북에 살아 있었다. 밥도 먹고 잠도 자고 숨도 쉬었다. 그러나 올 수는 없었다. 갈 수도 없었다. 만날 수도 없었다. 그러니 얘기할 수도 없었다. 편지를 할 수도 없었다. 통일이 되기까지는. 통일이 언제 될는지 모른다. 금방 될는지도 모른다. 오래 아주 오래 걸릴지도 모른다. 안 될지도 모른다. 여러 부족들 국가들을 병합시킨 신라 때보다도 둘로 갈라져 싸우는 동족의 통일은 더 어려울지 모른다. 좌우간 남북통일을 기다렸지만 10년이 되고 20년이 되고 30년 40년 50년이 되어도 합치기는 커녕 대가리가 터지게 싸움만 했다. 지옥이 따로 없었다. 생지옥이었다.

남에 가족을 두고 북에서 사는 것, 그저 평범한 농민으로 사는 것, 그것이 얼마나 힘들 것인가는 말할 것도 없다. 죽지 못해 살았다. 그러나 여기 사는 것도 쉽지가 않았다. 빨갱이의 아내 보도연맹 납북자의 딸로 살아간다는 것이 어땠을 것인가. 상상만 해 가지고는 잘 모른다. 어머니는 어머니대로 힘들고 딸은 딸대로 힘들었다. 힘드는 것이 아니라 죽는 모통이었다. 거기가 지옥이라면 여기는 연옥이었다. 도무지 사는 것이 아니었다.

위령제는 '통한(痛恨)' '비루(悲淚)' 등의 대금 해금 독주가 있었고 무용 '푸살'이 있었다. 젊은 난계무용단 안무자였다. 살풀이장단에 맞추어 수건을 들고 추는 춤이었다. 맺힌 한을 풀고 극복하여 흥의 경지에 이르게 한다. 처음에 한 발 디뎌 굽히며 일어나면서 수건 든 오른손을 천천히 들어 올리고 다른 한 발을 느리게 들어 올렸다 다시 내려 무릎을 굽혀 뒤꿈치로 한 점 땅을 찍고 천천히 바깥쪽으로 돌면서 땅에 몸을 싣는다. 슬픈 영혼들을 씻기고 어루만지며 보는 이의 눈물을 승화시키고 혼을 빼었다. 또 하나의 혼굿이었다.

땅이 울고 있었다.

필자 주-김윤애의 증언과 다른 몇 사람의 증언은 충북역사문화연대 발행 「한국전쟁 전후 민간인 집단희생 관련… 영동군 구술증언록」과 공주대학교 참여문화연구소 발행 「한국전쟁 전후 민간인 집단희생 관련 최종결과보고서」등에서 인용하였다.

땅파기

게티스버그 연설이라는 것이 있다. 링컨이 국민에 의한 국민의 국민을 위한(by the peple of the peple for the peple) 정치를 역설한 것이다. 언감생심 그 명연설을 가지고 우리 현실이 어떻고 비교해 얘기하자는 것이 아니다. 도대체 우리는 어떠했는가. 누구를 위한 정치였던가. 무엇을 위한 이념이며 싸움이었는가. 죽음이었는가. 죽기살기로 싸움을 하였는가. 하고 있는가. 묻고 싶은 것이나.

참 괜찮은 민족인데 바보놀음을 하고 있다. 일제의 질곡에서 해방이 되자마자 북위 38도 선으로 남과 북은 갈라졌다. 해방과 동시에 분단이었다. 광복이 아니라 암흑과 같은 투쟁의 시작이었다. 차라리 식민지 강점 시절이 민족이 분단되어 전쟁을 하는 것보다 나았을 것이라고 한다면 정신 나간 사람이라고 할 것인가. 미국과 소련은 일제를 물리쳐 준 댓가를 너무도 지독하게 치르게 하였다. 우리 민족을 갈기갈기 다 찢어발기었다.

땅덩어리 몸뚱아리는 남북으로 갈라놓고 생각은 좌우로 갈라놓았다. 미국과 소련이 무슨 짓을 하였든 어떤 속셈을 가지고 있든-세상에 공것이 어디 있는가-우리가 문제였던 것이다. 왜 우리끼리 잘 하지 못하고 빨갱이다 뭐다 좌익이다 우익이다 하며 싸우고 죽이고 전쟁을 하였는가. 6.25 한국전쟁으로 죽은 사람이 남한 230만 북한 290만 중공군 90만 유엔군 15만 추정이지만 630만명이다. 참 엄청난 살인공장이었다. 그러나 그것은 싸우다나 죽었지 총 한번 들어보지도 못하고 이쪽저쪽으로 끌려가 개죽음을 당한 사람들이 얼마인가. 그들은 통계숫자에도 들어가 있지 않은 것이다. 명분도 비석도 없이 죽어간 사람들, 그들은 누구를 위해 죽은 것인가.

아직도 싸움은 멈추지 않았고 전쟁은 끝나지 않고 있다. 참으로 답답한 일이다. 형제끼리 동족끼리 이 무슨 바보 짓거리인가. 쏜 자도 죽은 자도 우리 자신들이었다.

겨누는 것은/분명히 적이라는데/적이 아니라/그것은 나다//포탄은/터져 날아갔는데/적의 심장을 뚫었다는데//죽은 놈도/자빠진 놈도/그것은 나다 안장현의 시「전쟁」이다. 이해할 수 없는 전쟁에 대하여 분통을 터뜨리며 외치고 있다.

이념은 무슨 개뼉다귀이고 사상은 뭐 말라비틀어진 것인가. 사상이란 생각이다. 이념이란 가장 이상적인 생각이란 뜻이다. 이데올로기, 어디 말인지 그것도-우리말과 비슷하다-이념이라는 것이다. 그런데 그게 도대체 뭐길래 그렇게 피를 흘리고 개죽음을 당하고 늙어죽도록 싸우고 있는가. 바보도 상바보다. 국제 망신을 그렇게 당하고도 부끄러운 줄을 모르고 싸움을 멈추지 않고 있다. 땅파기였다. 참으로 답답하고 한심하다.

보도연맹사건만 해도 도대체 그게 뭐란 말인가. 너무도 답답하고 어처구니가 없다. 말도 안 되었다. 1949년 6월 좌익 활동을 하다가 전향한 사람들을 중심으로 만든 조직이 보도연맹이다. 보도(保導)란 보호하고 인도한다는 뜻이다. 얼마나 아름답고 착한 명분인가. 그런데 그들을 다 죽여버린 것이다. 조직한 지 1년만의 일이었다. 원래는 그런 것이 아니었다.

원래는 좌익세력을 통제하고 회유하려는 것이었고 좌익인사 교화 및 전향이 목적이었다. 전향자들은 의무 적으로 보도연맹에 가입하게 되어 있었고 연맹원들은 지하의 좌익분자 색출과 자수 권유, 반공대회와 문화예술행사 개최를 통한 사상운동 등 활동을 전개하였다. 1948년 12월 시행된 국가보안법에 따라 좌익사상에 물든 사람들을 전향시켜 보호하고 인도한다는 취지로 결성된 보도연맹은 일제강점기 사상탄압에 앞장섰던 '시국대응 전선사상 보국연맹' 체제를 그대로 모방한 것이다. 본 뜰 것이 따로 있지. 그렇게 당하고서 그

악랄한 수법을 베껴 써 먹은 것이다. 좌우간 국가보안법을 운용하고 제주 4.3 사건, 여순 반란사건 등의 수습 과정에서 전향자들을 체계적으로 보호 관리 감시할 기관이 필요했던 것이다. 그런 선상에 국민보도연맹이 있었다.

사상 검사로 잘 알려진 선우종원과 오제도 검사가 결성 과정을 주도했다. 초대 간사장은 민족주의민족전선의 조직부장 출신인 박우천이었고 초대 회장은 조선공산당 출신으로 전향한 정백(鄭栢)이 맡았다.

정백은 1921년 사회주의 청년단체인 서울청년회 가입으로 활동을 시작하여 1924년 고려공산동맹을 결성하고 1927년 상하이에서 조선공산당에 입당하였으며 1946년 남조선신민당 조선공산당 조선인민당의 3당 합당 때 박헌영 중심의 남조선노동당에 반발하여 여운형의 사회노동당에 동참하였다가 근로인민당을 창당하였다. 1949년 서울에 잠입하였다가 체포된 뒤는 사상 전향을 선언하고 반공선전에 나섰다. 거물급 공산주의자 정백의 전격적인 전향과 보도연맹 가입은 큰 사회적 파장을 일으켰다. 그러나 1950년 한국 전쟁 발발 후 서울을 점령한 북한 정치보위부에 의해 총살되는 운명을 맞았다.

보도연맹원 중에는 시인 정지용(鄭芝鎔) 김기림(金起林) 소설가 박태원(朴泰遠) 등도 들어 있었다. 이들은 조선문학가동맹 활동을 했던 이유로 전향 보도연맹에 가입하였던 것이다. 조선문학가동맹은 1946년 카프(KAPF) 조선프로레타리아예술동맹 해체 후 재건한 좌익 문학단체이다. 정지용은 전향 강연에도 종사했고, 이태준이 북으로 넘어가자 '소설가 이태준 군 조국의 서울로 돌아오라'는 글을 쓰기도 했다. 한

려수도 여행 중 6.25를 맞아 상경하였다가 정치보위부로 끌려가 서대문형무소에 수용되었다가 평양 감옥으로 이감된 후 종적을 모른다. 북한에서 발간된 「조선대백과사전」에는 1950년 9월 25일 사망으로 되어 있다. 한동안 월북이라고 하여 ×표를 쳐놓고 있다가 1988년 해금이 되어 고향 옥천에서는 정지용문학관 지용제가 열리고 시「향수」는 국민의 노래가 되어 있다. 김기림 박태원은 아직도 묶여 있다. 다른 여러 사람을 포함해서 시대를 대표하는 작가들을 묶어놓고 있다. 우리나라는 그런 나라였다.

1950년 6.25 한국전쟁이 발발하자 서울을 제외한 전국에서 이들 보도연맹원에 대한 무차별 검속 및 집단학살을 단행하였다. 7월 20일 충북 영동의 보도연맹원 학살에 대한 사항은 앞에서 얘기한 대로이고 7월 21일 경북 문경 호계면 별암리의 200여명, 영순면 포내마을에서 300여명이 집단학살되었다.

6월 25일 내무부 치안국은 전국 경찰국에 '전국 요시찰인 단속 및 전국 형무소 경비의 건'이라는 비상통첩을 보냈으며 6월 29일 '불순분자 구속의 건' 6월 30일 '불순분자 구속처리의 건' 7월 11일 '불순분자 검거의 건' 등 통첩을 잇따라 하달했다. 치안국장 명의로였다.

충북 괴산 청원 지역의 예비검속은 충북경찰국의 지시에 따라 괴산 청주경찰서와 관내 각 지서 경찰이 담당했으며 경찰은 직접 연행하거나 소집통보를 받고 출두한 보도연맹원 및 예비검속자들을 경찰서 지서 유치장, 학교 교실, 양곡창고 등에 구금했고 구금자들은 과거 좌익활동 경력에 따라 사살 여부에 대한 신사를 하여 이 중 '처형'으로 분류된 농민들은 청원군 북이면 옥녀봉, 괴산군 감물면 공동묘지, 괴산군 청안면 솔티재 등지에서 사살되었다. 괴산군 132명 청원군 북일 북이면 38명 모두 170명이었다.

충남 서부지역도 내무부 치안국장 명의의 지시가 내려지자 보도연맹원을 포함한 예비검속 대상자들을 관할 지역 별로 연행하거나 허위로 회의소집을 통보한 후 출두한 이들을 경찰서 유치장, 농협창고 등에 구금했다. 인민군의 남하로 전세가 불리해지자 경찰은 구금자들을 서산 성연면 메지골, 당진의 한진포구 목캥이, 태안의 백화산 사기실재, 홍성의 용봉산과 이동부락 뒷산 폐광, 보령의 이어니재, 부여의 백마강 구드레나루터 부근 등지로 끌고 가서 사살했다. 경찰은 구금자 중 예비검속 초기 검거자 및 주동자급으로 분류된 보도연맹원 등 예비검속자들을 대전교도소로 이송하였으며 이 중 일부가 이송 도중 희생되었다. 후퇴하기 2 3일 전에는 나머지 예비검속자들을 즉결처분하라는 공문을 충남경찰국으로부터 받기도 했다. 충남서부지역에는 상시 주둔했던 군부대나 CIC파견대는 없었고 보도연맹원 등 예비검속자들에 대한 사살도 주로 각 지역 경찰들에 의해 이루어졌다. 충남 서부지역에서 희생된 보도연맹원은 상당수에 이를 것으로 추정되나 그 중 신원이 확인된 희생자는 74명이다.

보도연맹사건은 한국전쟁 중에 국군과 헌병 경찰, 반공 우익단체 등이 보도연맹원이나 양심수를 살해한 민간인 학살 사건을 싸잡아서 말하는 것이기도 하다. 학살은 도시 인근의 야산이나 바다 혹은 폐광 등 장소를 가리지 않고 자행되었다. 학살 방법은 주로 총살형이었으며 이중에는 아이를 데리고 있는 아녀자도 있었다. 야밤에 갑자기 모이라는 지시에 따랐다가 영문도 모르고 학살을 당했다.

이 사건은 오랜 기간 동안 정부에서 은폐하였다. 그것을 들추는 것마저 금기시되었다. 그래서 대부분의 사람들, 가령 그와 같이 그래도 뭘 쓴다고 하고 책도 좀 읽고 이 시대에 대하여 세태에 대하여 술좌석일망정 일부 소수일망정 얘기를 하고 지나는 처지도 까맣게 잊어버리고 있었던 것이다. 희미한 기억 속에 잠자고 있었고 완전히 잊혀진 사건이었다. 다른 여러 많은 사람들에게도 보도연맹이라는 존재자체가 잊혀져 왔다. 전후 피해자 유가족들을 중심으로 진상 조사 요구가 받아들여져 1960년 국회의 양민학살사건 조사 특별 위원회가 구성되어 일부 조사가 이루어졌지만 5.16 군사정권 은 이전의 조사 내용 및 자료를 모두 소각하라는 지시를 내 리고 유가족 대표들을 국가 보안법으로 처벌하였다. 그후 학 살 피해 유가족들은 시신을 수습하는 것은 엄두도 내지 못 하였다. 그러다 1990년대 말에 전국 각지에서 보도연맹원 학 살사건 피해자들의 시체가 발굴되면서 사건 내막이 속속 들 어났고 2007년부터 진실 화해를 위한 과거사 정리위원회에 서 이 사건 진상 조사를 하여 그 실체가 밝혀지기 시작하였 다.

참 생각할수록 어처구니없는 사건이었다. 도대체 왜 그렇 게밖에 할 수 없었는가. 무엇을 위한 이념이며 누구를 위한 사상이었던가. 다시 한 번 자료들을 뒤적거려본다. 처음부터 죽음의 잔치를 벌일 생각은 아니었던 것 같다.

보도연맹은 (1)대한민국 정부 절대 지지 (2)북한 정권 절대 반대 (3)공산주의사상 배격 (4)남로당 조선 노동당 파괴 분쇄 (5)민족진영 가 정당 사회단체와 협력 등을 도모하자는 것이었다. 그 이상도 아니고 이하도 아니었다. 민간단체 성격을 띠었으나 조직 체제를 보면 총재직은 김효석 전 내무부 장관, 고문으로는 신성모 국방장관, 지도위원장에는 이태희 서울지검장 등이 맡았다. 이런 것으로 볼 때 민간단체라기보다 정부조직 단체라고 할 수 있고 지역에 따라 양상이 다르긴 하였지만 내무부가 관련이 된 관제 조직이었다.

공산주의 확산을 막는다는 명분으로 제정된 국가보안법의 시행에 따라 1949년 말에는 보도연맹 가입자 수가 30만 명에 달했다. 서울만 해도 2만 명에 이르렀다. 보도연맹은 좌익으로 사상적 낙인이 찍힌 사람들을 대상으로 하였으나 실제로 공무원들의 건수 올리기 실적주의에 의해 거의 강제적이었으며 지역별 할당제가 있어 사상범이 아닌 경우도 등록되는 경우가 많았다.

선우종원 치안검사(당시)의 증언에 따르면 보도연맹원 모집은 주로 좌파 경험이 있는 자들이나 사상범 양심수를 대상으로 하였다. 그러나 실제로 공무원들이 실적을 높이기 위해 보도연맹에 가입하면 쌀 등 식량 배급을 준다고 선전하였고 사상에 관계없이 등록한 양민들이 많이 있었다. 지나친 독려 탓에 좌익과는 아무런 상관없는 일반 농민들이 대다수 가입되는 결과를 가져오게 되었다.

문제는 그 뒤에 있었다. 이들에 대한 처리였다. 전국적으로 일제히 보도연맹원들을 학살한 것이다. 1950년 6월 25일 북한이 남침을 하여 내려왔을 때 이승만 대통령은 서울을 지키지 못하고 국민을 버려둔 채 특급열차를 타고 피난길에 올랐다. 왜 경부선으로 내려가지 않고 호남선으로 갔는지는 별 문제로 하고라도 보도연맹원들에 대해서 어떻게 대처하였던가.

그 대목이 대단히 석연치 않다. 좌익인사들에 대한 사상 개조 단체였던 보도연맹이나 양심수가 북한과 내응하고 뒤에서 배신할 수 있는 존재라고 생각한 것이다. 그것이 문서로 남아 있지 않고 녹음되어 있지 않지만 분명히 명령이 내려와서 그들 보도연맹원에 대한 무차별 검속과 즉결 처분을 단행한 것이다.

누가 그들을 죽였는가. 누가 죽이라고 했는가. 왜 무엇 때문에 그런 지시를 내렸는가. 메아리도 없는 공허한 발문일 뿐이다. 아무도 거기에 대답하는 사람이 없다. 죽은 사람은 있는데 죽인 사람은 없다. 그 때 그것을 목격한 사람들 중에 아직 생존자들이 많이 있었다. 그들의 증언에 따르면 학살의 주체는 육군 특무대와 헌병들이었다. 경찰과 서북청년단 대한청년단 등 우익단체들이 보조를 하였다. 경찰과 우익단체가 보도연맹원을 소집하여 형무소나 집결지로 연행하여 특무대로 인계하면 특무대에서 선별작업을 하고 헌병이 군용 트럭으로 학살현장으로 싣고 가서 집행하였다. 주연과 조연이 손발이 척척 맞았다. 군의 명령이니 죽지 않으려면 따라야 했다. 웃지 못할 연극이었다. 각본은 있었는가. 기획은 누가 하고 연출을 누가 하였는가.

아무리 전시라고 하더라도 군인과 경찰이 그렇게 엄청난 살인극을 마음대로 감행할 수가 있었는가. 명령계통이 있을 것이었다. 지시를 내린 사람 지시를 한 데가 있을 것이었다. 그 선이 어디인가. 윗선이 어디인가. 국장인가. 도지사인가. 장관인가. 대통령인가.

2007년 7월 4일 충북도청 기자실에서 민간인학살 진상규명 충북대책위원회가 주최한 기자회견이 있었다. 여기서 보도연맹원 처형에 직접 참여한 제6사단 헌병대 김만식(당시 일등상사) 노인은 그것을 밝히는 증언을 하였다. 대통령이라는 것이었다. 보도연맹원에 대한 학살 지시가 정부로부터 나온 것이라는 증언이 있었지만 이렇게 구체적으로 지칭하여 말한 것은 처음이었다. 충북 청주시에 살고 있는 그 때 84세의 김노인은 또렷하게 57년 전 기억을 말하고 있었다.

1950년 6월 27일경 헌병사령부를 통해 대통령 특명으로 남로당 계열이나 보도연맹 관계자들을 처형하라는 지시를 무전으로 직접 받았다고 했다.

다른 설명이 필요 없었다. 무슨 수식이 필요한가. 아무도 말하지 못한 그 껄꺼로운 얘기를 사건이 일어난 지 반 세기도 더 지나고야 입에 담을 수가 있었던 것이고 그것이 최초라고 한다면 그 자체가 또 하나의 사건이었다. 그러면 왜 이제야 그 얘기를 할 수밖에 없었는가.

보도연맹원 소집은 각 경찰서 별로 이루어졌고 처형 여부에 대한 심사는 CIC(미육군 방첩대)가 결정했는데 A B C급으로 구분하여 A B급은 다 총살이었다고 했다. 또 헌병대는 보병과 경찰 병력을 지원 받아 집행하였으며 보도연맹원으로 끌려가 죽은 사람 중에는 무고한 시민 농민이 많았지만 국가의 명령에 따라 집행할 수밖에 없었다고도 했다.

김노인은 말을 마치고 고개를 숙이었다.

군인이 명령을 따랐다는 데에 대하여 뭐라고 말할 것인가. 김노인은 가해자인가 피해자인가.

명령을 내린 사람에게 대하여는 또 뭐라고 해야 되는가. 학자들 전사(戰史)를 기록하는 사람들은 전시에 이들이 인민군에 가담할 것을 우려한 것이고 그러한 사태의 예방으로 단행한 것으로 보고 있다. 다수가 살기 위하여 소수를 죽이는 극약 처방이라는 것이다. 보도연맹원 중에는 위장 전향자가 많이 있었고 공산군이 내려오기 전에 그들을 처단하여 화근을 없애고자 학살을 지시했을 가능성을 얘기하고 있는 것이다.

실제로 위장 전향자가 많이 있었던 것은 사실이다. 그들은 예상대로 인민군이 내려온 후 노동당에 가입하고 인민위원회에 가담하여 열성적인 활동을 하였다. 그뿐만 아니라 군인 경찰 가족 우익단체 회원들을 살해하는데 앞장을 섰다. 1차적인 악순환이었다. 2차 3차… 악순환은 계속되었다. 그런데 위장 전향자가 아닌 진정한 전향자 순수한 도연맹원들이 많았다. 전향이고 뭐고 그런 것도 아니고 쌀 비료 배급이나 받고 땅이나 받으려고 보도연맹에 가입한 사람들 또 그런 것도 아니고 시국강연회에 한번 나갔다가 가입이 되고 농민회나 다른 단체에 들었다가 가입이 된 사람들, 자신이 보도연맹에 가입이 된 것도 모르고 있던 사람들, 그런 좌익 사상과는 아무런 관련이 없는 사람들이 많았다는데 문제가 있다. 신동호는 농민회에 몇 번 나갔다가 자신도 모르게 보도연맹원이 되어 있었다.

그러나 더 큰 문제는 보도연맹원에 대한 인식이었다. 좌익 단체에 가담하고 활동하던 사람들이 전향하여 보도연맹에 가입한 것을 순수하게 보지 않는 사람들이 있었다. 한 번 물이 든 것이 금방 빠지겠느냐는 것이었다. 빨간 것이 됐든 까만 것이 됐든 흰 천에 물이 드는 것처럼 생각하고 있는 것이었다. 그래서 그들이 처단에 대하여 모두 같은 생각을 가지고 있지 않았다. 양민 학살이라고 했을 이 그 '양민'이라는 용어를 쓰는 것에 대하여 주저하고 있는 것이다. 참 얘기하기가 조심스럽다. 잘 못 말하였다가 맞아죽을 일이지만, 그런 정서가 있는 것이 사실이었다. 여론조사를 한 것도 아니고 그래서 통계를 낼 수도 없었으므로 정확히 그 숫자를 알 수도 없는 것이다.

국군에 의한 학살 못지않게 인민군에 의한 학살도 많았다. 번갈아 자행된 인간 도살극이었다. 엎치락뒤치락하며 일곱 차례나 보복 도살이 자행된 마을도 강원도에 있었다. 난마(亂麻)가 된 인간관계를 도저히 밝힐 수도 없었다. 진상 규명이 명예회복이 되기도 하고 상처가 되기도 하였다. 파헤치면 파헤칠수록 아픔만 더 해가기도 했다.

무책임한 양민 학살이냐, 전시 상황의 좌익 처단이냐, 말은 어떻게라도 할 수 있지만 책임 있는 말이 필요하다. 그 공방의 책임 있는 결론이 내려진 것은 아직 없다.

일부 온건론자들은 가장 우려한 부분은 위장 전향 좌파세력들이 유사시에 보도연맹 조직을 이용해 반정부적 활동을 취하는 것이었다고 주장한다. 따라서 보도연맹원 학살은 반정부활동을 막기 위한 어쩔 수 없는 사건으로 정당화한다. 전시에 어쩔 수 없었던 상황이라고 하는 논리를 세울 수도 있다. 상황윤리라는 것도 있다. 그러나 국민보도연맹에 가입한 이들은 좌익에서 우익으로 전향한 정치사상범들이었기 때문에 공산주의 계열에서 낙인이 찍힌 처지였다. 그런 사람들의 구성단체였다. 그렇게 본다면 앞의 논리는 맞지 않는다. 그리고 사상에 아무 관련이 없이 배급을 타기 위한 목적으로 가입한 사람들이 다수를 자지하고 있었다. 이 부분은 또 어떻게 설명할 것인가.

많은 사람들이 그와 반대의 주장을 펴고 있다. 그랬을 때 그 책임을 질 사람들이 있어야 하는데 누구 하나 그런 사람이 없다. 결론적으로 아직 결론을 내리지 못하고 있는 사건이다. 역사가들이 시대의 유보된 결론을 내리게 될 것이다. 그러나 역사보다도 더 중요한 것이 있다. 진실이다. 진실화해위원회가 보도연맹 학살사건은 누구의 잘잘못을 따지자는 것이 아니라 그 진실을 밝히는 것이라고 했다. 이 이야기, 여기저기서 주워 모으고 얻어 들어 횡설수설하는 것도 그런 자료가 되었으면 한다.

좌우간 정부와 국군-주로 헌병대-경찰 그리고 보도연맹원이나 양심수들이 수감되었던 교도소 교도관들은 북한군에 의해 점령되지 않은 각 지역 보도연맹원들을 집단적으로 학살하기 시작했다. 경찰은 초기 후퇴 과정에서 이들에 대한 검속과 즉결처분을 단행한 것이다. 경기도 이천에서는 군복을 입고 경찰 마크를 붙인 사람들이 국민 보도연맹원 100명을 총살했고 대전 교도소에서는 3,000명을 처형하였다.

남한 전역에서 각 마을별로 국민보도연맹에 가입한 사람들을 무차별 학살했다. 학살 주체는 당시 특무대와 헌병이었다. 경찰과 서북청년단 대한청년단 같은 반공주의 우익단체가 보조적인 역할을 담당했다.

청도군 매전면 곰티재 경산 코발트광산 등지에서 청도경찰서, 국군 제3여단 제6연대 1대대 1 2중대, 국군 호림부대 청도파견대, CIC 청도파견대, 22연대 헌병대(추정)에 의해 집단 학살된 민간인은 586명이다. 보도연맹원들의 경우 아침에 할 이야기가 있다고 내리고 가거나 훈련받을 일이 있다고 데리고 가서는 실종되었다고 증언했다. 그곳에 묻혀 있는 아버지와 어머니에 대하여 수없이 들은 이야기를 이제야 말하는 것이다. 돈 있는 사람들은 힘을 써서 빠져 나올 수 있었다고도 말했다. 그리고 여기서도 당시에 시 군으로 인원 배당을 했는데 인원을 채우기 위해 좌익 공산당에 관계한 일이 없고 무관한 사람도 가입하면 쌀 준다 비료 준다 하여 그것을 타기 위해서 가입한 것이라고 했다. 전혀 대상이 아니면서도 그들이 죽음의 장소로 불려간 이유는 보도연맹원이라는 것이었다. 단지 그것밖에 다른 이유가 없었다. 가난이 죄라면 죄였다.

후방이었던 경상도 일대의 보도연맹 학살도 예외가 아니었다. 더 처참하였다. 육군특무대는 보도연맹원들을 산골짜기 우물 갱도 등에 모아다가 한꺼번에 총살했다. 6.25 전쟁 와중에도 민간인 학살은 국제적으로 비난의 대상이 되었다. 이승만 대통령은 보도연맹 학살 중지 명령을 내렸지만 이미 수많은 사람이 살해된 상태였다.

학살은 분명 존재했다. 표현이 좀 이상할지 모르지만, 사실이 이러함에도 불구하고 얼마 전까지만 해도 아니 수십년 반세기가 넘도록 그 존재여부가 확실치 않았던 것이다. 그것을 말할 수가 없었고 따질 수는 더구나 없었다. 좌우간 끌려가 죽었던 수십만의 사람들이 있었고 그 죽음을 목격했던 사람과 고통 받았던 가족들이 있다. 지금 살아 숨쉬고 있다. 그러나 여전히 학살은 존재하지 않는다. 아직도 진실을 말하지 못하는 사람들이 많다. 말도 할 수 없는 것 이상의 고통은 없다. 그들의 고통을 해소할 방법이 없는 한 그들의 죽음은 여전히 한으로만 남아있을 뿐이다. 그 수많은 죽음에 책임 있는 사람들, 그럼에도 불구하고 굳은 침묵을 지키며 살아가는 사람들이 있다. 학살의 고리는 사라지지 않고 아직 상황은 끝난 것이 아니다.

이러한 보도연맹원 학살사건은 곧 북한인민군 점령지역에서 일어난 좌익세력에 의한 보복학살의 원인이 되기도 하였다. 전쟁 와중에 국민보도연맹 조직은 없어졌지만 지금까지도 얼마나 어디서 어떻게 죽었는지 정확히 모른다. 그 이유는 한국전쟁 발발과 동시에 예비검속 및 예방학살이라는 명분으로 이들 보도연맹원들을 살해한 후 이를 철저히 은폐하고 금기시했었기 때문이다. 보도연맹 학살이 진행된 와중에서 운 좋게 목숨을 부지한 보도연맹원들도 있고 유가족도 살아있었지만 아무 그에 대해 말을 꺼내진 못했다. 그들이 보도연맹 사건에 대해 뭐라고 말한다는 것은 곧 빨갱이로 몰릴 수 있고 그래서 감옥에 끌려가거나 살해될 수 있었기 때문이었다. 이러한 이유로도 은폐되었고 오랜 기간 동안 금기시되어 왔던 것이다. 따라서 6.25전쟁 때 학살된 보도연맹원의 수가 정확히 얼마나 되는지 알 수도 없다. 추산만 하고 있다.

진실화해위원회는 유해 발굴 대상지 선정 후 용역을 의뢰하여 2007년 5월부터 약 4·개월에 걸쳐 6.25전쟁 전후 민간인 집단희생사건과 관련된 전국 유해매장 지역의 발굴을 했다. 유해 발굴 대상지는 전남 구례 봉성산, 대전 산내 골령골, 충북 청원 분터골, 경북 경산 코발트광산 4곳이다. 유해 발굴 조사단이 발굴한 유품은 집단학살에 사용된 것으로 추정되는 M1 칼빈 소총 탄알과 탄피, 수갑, 삐삐선 등이었으며 민간인으로 추정되는 희생지의 신발과 단추 등도 발굴했다. 또 조사단은 4개 지역 발굴지의 사건 목격자 유족 참고인들에 대한 구술조사를 실시했다.

이 과정에서 보도연맹원 학살이 이승만 대통령의 명령에 따른 것이라는 사실이 당시 보도연맹 학살을 자행한 헌병출신 가해자의 증언을 통해 처음으로 밝혀졌고 보도연맹 집단학살에 헌병대가 깊숙이 개입했다는 사실도 확인됐다. 울산지역 보도연맹 사건은 1950년 8월 군인과 경찰에 의해 울산지역 보도연맹원등 예비검속자 407명이 10여 차례에 걸쳐 경상남도 울산군 온양면 운화리 대운산 골짜기와 청량면 삼정리 반정고개에서 집단 총살된 것으로 규명되었다.

2009년 11월 26일, 진실화해위원회는 기자회견을 열고 6.25 한국전쟁 기간 동안 대한민국정부 주도로 국민보도연맹원 4,934명이 희생된 사실을 확인했다고 발표했다. 그것이 최종적인 숫자는 아니고 그 때까지 확인된 것이라고 할 수 있다. 각 지역의 발굴된 희생자 숫자를 합하면 그 보다 훨씬 많다. 숫자가 들쭉날쭉한 것은 여러 자료들을 수합한 때문이다. 신빙성이 없는 것도 많은데 희생자 수를 최소 20만명 많게는 100여만명으로 추산하는 자료도 있다. 유족 등의 신청을 받아 유해 발굴을 해서 희생자 수가 밝혀진 울산 청도 김해 지역은 보도연맹원 가운데 70%가 학살됐고 각 군 단위에서 적게는 100여명 많게는 1천여명이 살해된 것으로 추정된다고 밝혔다.

진실화해위원회 관계자는 인민군에 점령되지 않은 경남과 경북 일부 지역의 희생자가 가장 많았으며 국군이 후퇴하는 길목이었던 충청도 청원지방에서도 많은 희생자가 나온 것으로 밝혀졌다고 말했다. 경찰이 창고 등에 구금된 보도연맹원을 외딴곳으로 끌고 가 구덩이를 파게 한 뒤 일렬횡대로 세우고 총살한 사례가 많았으며 군산 등지에서는 전황이 급박해 창고에 갇혀 있는 사람들에게 기관총을 발사한 예도 있었다고 밝혔다. 그러나 보도연맹원의 체포와 사살명령을 내린 주체에 대해서는 오랜 시간이 지나 확인할 수 없었다고 밝혔다. 다만 당시 경찰 사찰계나 육군 방첩대는 가장 정치적인 기관이었던 점을 고려할 때 정부의 최고위층에서 보도연맹원의 체포와 사살을 명령한 것으로 추정된다고 밝혔다. 또한 당시 사진자료를 통해 미군이 민간인 집단학살에 개입했음을 짐작할 수 있다고 하였다.

진실화해위원회에서 보도연맹사건에 대한 진상조사를 하고 여러 가지 사실을 밝혀내었으나 학살을 지시한 명령체계 등 사건의 전말을 속시원하게 규명하지 못한 채 2009년 11월 26일 일단 종결되었다.

그 후 얼마 전부터 보도연맹 사건으로 집단 희생된 민간인들에 대한 합동 위령제를 곳곳에서 열고 있다.

이 어서실 위령제도 그것이다.

막장

금녀의 아버지 신동호와 어머니 남영희는 힘들고 괴로운 삶을 살았지만 그나마 행운이고 축복이었는지 모른다. 총살의 비운을 비껴가서 이 위령제의 주인공이 되지 않았으니 말이다. 그러나 사는 게 사는 것이 아니고 차라리 죽는 것이 나았다. 죽음보다 단말마보다 고통스러운 나날이었다.

신동호는 그날 저녁 용화지서 옆 죽음의 청고에서 도망진

이후 아직 집에 돌아오지 못하고 있다. 60년도 넘었다. 한밤중에 아버지 어머니를 깨워 큰절을 하고는 밑도 끝도 없이 찾지도 기다리지도 말라는 한 마디를 남기고 뛰쳐나왔다.

마구 젖먹던 힘을 다해 밤길을 달렸다. 땀에 옷이 다 젖고 숨이 목까지 헉헉 찼지만 한 번 쉬지도 않고 줄곧 뛰었다. 민주지산 산허리를 돌아 도마령을 타고 올라가는 방향이었다. 숨이 꼴딱 넘어가는 것 같았다. 눈에 불을 켜대고 맹수들이 썰썰거리고 다녔지만 그런 것은 하나도 무섭지 않았다. 호랑이가 대어든다 하더라도 막대기로 후려치면 되었고 여우가 타넘으면 납짝 엎드리면 되었다. 무서운 것은 그런 짐승이 아니었다. 사람이 나타날까 무섭고 겁이 났다. 특히 경찰이나 군인이 앞을 가로 막을까보아 불안하였다. 뒤에 달려오는지도 몰랐다. 누구든 만나면 안 되었다. 아는 사람을 만나서도 안 되고 모르는 사람을 만나서도 안 되었다. 겁나고 무섭기는 마찬가지였다. 그래도 알 수 없어서 참나무 작대기를 하나 손에 들고 있었다. 짐승이든 사람이든 걸리면 사정없이 갈기고 패 눕혀야 했다. 다른 방법이 없었다.

신동호는 산 속으로 들어가지 않고 고개를 넘었다. 뒤에서 뭐가 자꾸 따라 오는 것 같아서 작대기로 뒤를 휘둘러가며 달렸다. 고갯길이어서 뛰는 것이 걷는 만큼도 진도가 안 나갔다. 어떻든 숨도 돌리지 않고 잠시도 쉬지 않고 계속 달렸다. 땀이 비오듯하여 옷이 척척 달려붙고 이마와 목덜미에서 줄줄 흘러내렸다. 그러나 힘드는 것은 모르겠고 줄곧 겁이 나고 불안했다. 그런 대로 계속 달렸다. 오로지 용화에서 멀리 떨어지고 집에서 한 발이라도 멀리 떨어진 곳으로 피해 달아나는 일념뿐이었다.

이윽고 도마령 꼭대기에 다다랐다. 여기서부터는 상촌면이 되었다. 가끔 이 길을 넘어 모른대 고모네 집에를 갔었다. 상촌을 지나 매곡 수원리에 있는 산골 동네였다. 용화면이나 매곡면이나 민주지산 밑 산골은 마찬가지고 영동 읍내까지의 거리도 마찬가지였다. 차로 가면 금방 갈 수 있는 거리지만 걸어서는 하루 종일 걸렸다. 도마령은 매곡 상촌 김천 등지에서 무주로 가는 길이기도 했다.

내리막길은 달리기가 한결 수월하였다. 그 대신 더욱 속력을 내어 땀이 흐르기는 마찬가지였다. 고개 아래 첫 동네인 고자리까지는 한참 가야 했다. 거기서부터 둔전 상도대 선화터 하도대 어디(어동이) 수무 동네가 연결되었다. 수무(숲뫼, 林山의 옛 이름이다)에는 가까이 지내고 있는 영희의 집이 있기도 했다. 영동여고를 다닌 그녀와 자주 만났었다. 고모네를 다녀오는 길 수무 장터에서 만나기도 했다. 영동여고 학생대표와 영동농업학교 학생대표로 만나 집회를 한 적도 있고 영동지역 카톨릭학생회 모임에서도 만났다. 성당은 옥천에 있어 거기서 만나기도 했다. 영희의 동네로 그녀를 만나러 가는 것은 아니었다. 읍내 쪽으로가 아니고 그 반대쪽으로 달린 것이지만 무의식적으로 이리로 고개 쪽으로 향한 것이다. 한참 뛰다가 수원리 고모네로 가려고 생각했다. 거기 고종사촌형을 만나 상의를 해 보려는 것이다. 여러 형제가 있었는데 제일 큰형 박정은은 매곡초등학교 교사로 있었고 둘째 형 정환도 일본에 학병으로 갔다가 돌아와 서울을 오르내리며 경찰에 들어가려 하고 있었다. 그들은 동호나 주변의 우상이 되어 무슨 일이 있을 때마다 가서 상의를 하였다.

대개 아침에 집을 떠나서 갔었다. 물론 이렇게 밤길을 가기는 처음이었다. 구름 사이로 상현달이 희미하게 산 속을 밝히고 있었다. 밤이라 다 잘 터이지만 사람들 눈에 띄어서는 곤란하였다. 수무에는 상촌 지서가 있다. 뒷산을 타고 가야 한다.

고자리를 지나 임산까지 한 시간은 넘어 달렸다. 거기서 뒷길을 찾아야 했다. 산을 타고 많이 돌아서 장터 앞에 있는 지서를 따돌리고 돈대리 쪽으로 내려와 다시 신작로를 찾았다. 그제서야 동호는 숨을 좀 돌리었다. 달리는 것은 멈추고 빠른 걸음으로 걸었다. 모른대가 가까워 오자 불안한 마음이 덜하였다. 고모네가 있고 천군만마 부럽지 않은 형들이 그를 지켜줄 것으로 생각이 되었다. 발걸음도 가벼웠다. 동호는 다시 달리기 시작했다. 빨리 형들을 만나고 싶었다.

얼마 안 달려 서음마(서원마을) 앞을 지나게 되었고 바로 모퉁이를 돌면 모른대였다. 모른대 동네에 들어서자 정말 자신의 마을에 온 듯 마음이 놓였다. 정작 자신의 동네는 불벼락이 내린 것이다.

고모네 집은 큰길에서 두 번째 집이었다. 금방 찾을 수 있었다. 찌그린 사립문도 밀어 열 수 있었다. 다들 세상 모르고 자고 있었다. 동네 개들이 이집 저집에서 짖어대었다. 동호는 머뭇거리지도 않고 큰형이 자고 있을 건너방문을 두드렸다. 형수와 자고 있을 것임으로 바로 열지 않은 것이다. 여러 번 문울 두드리자 정은 형이 잠이 깨어 소리를 하였다.

"누구여."

"저어 동호라요."

"동호가 웬 일이라?"

"급한 볼일이 생겨서 왔시오."

"이 밤중에 무슨 일이라. 어서 들어와."

동호는 그 말을 듣고도 한 참 기다리고 있다가 불을 켜는 것을 보고 들어갔다. 이불을 개고 형수도 옷을 다 차려 입고 있었고 울고 있는 아이들을 달래었다.

"주무시는데 죄송해요. 날이 샐 때까지 기다릴 수가 없어서요."

동호의 전신은 땀으로 범벅이 되어 있었고 옷도 다 젖어 축축하였다. 연방 땀이 솟아 흘러내렸다. 머리는 뻣뻣하게 서 있었다.

형은 형수에게 아이들 데리고 다른 방에 가 있으라고 하였다. 참으로 미안한 일이지만 그렇게 하지 않으면 안 되었다. 형이 참으로 고마웠다.

동호는 앉지도 않고 선 채로 찾아온 사정을 거두절미하고 얘기하였다. 그리고 그가 지금 어디로 가는 것이 좋겠느냐고 물었다. 그러며 방바닥에 앉았다. 그러자 형은 동호의 위기를 직감하고는 결연하게 말하였다.

"일어나."

정은 형도 일어서는 것이었다. 그리고 그의 손을 잡고 앞장을 서는 것이었다.

"이리 따라와."

나직하게 한 마디 더 하고는 입을 꾹 다문 채 빠른 걸음으로 걷기만 하였다. 형은 마을 뒷길로 해서 산길로 들어서는 것이었다. 여기저기서 닭들이 울고 있었다. 날이 샐려면 아직 한 참 있어야 했다. 산골짜기로 올라가는 길이었다. 동호는 어디로 가느냐고 묻기도 않았다. 하늘같이 믿는 형이었다. 물로 들어가라면 들어가고 불로 들어가라며 갈 수 있는 형이었다.

어두운 오르막길을 한참 걷다가 형이 입을 열었다.

"꼼짝 말고 산 속에 들어가 있어."

그러나 그것이 또 다였다.

동호는 또 뭐라고 묻지도 않고 대답을 하였다.

"예."

그러고서야 형은 동호의 손을 놓았다.

"낮말은 새가 듣고 밤말은 쥐가 들어. 아뭇 소리 말고 따라와."

형은 그렇게 말하고 또 말없이 앞서 걸었다. 동호보다 빠른 걸음이었다.

얼마나 그렇게 산길을 걸었다. 희미한 달이 지고 있었다.

"미역뱅이라."

동호가 묻기 전에 형이 말하였다. 한 동안 밤길을 걸어올라갔을 때였다.

고모가 죽고 묘를 쓸 때에 왔었던 골짜기이다. 고모네 선산이었다. 여기 고모의 묘 뒤로 큰 바위가 있고 그 뒤로 금굴이 있었다.

동호는 그제서야 그 생각이 났다. 장례 때 그 속에 들어가본 적이 있었다. 바로 여기로 데려오려고 한 것이었다.

굴 앞에 이르러 형은 다시 동호의 손을 잡고 앞장을 섰다.

"저 안으로 들어가. 가면 막장이 나온다고. 거기서 한 발도 나오지 말고 쿡 들어박혀 있어."

한참 캄캄한 굴 곳을 더듬거리고 들어가다가 형은 걸음을 멈추고 말하였다.

"밥은 갔다 줄테니께 절대로 나오지 말고 있어."

형은 그런 얘기도 하였다.

"누가 들어와도 한쪽 구석에 숨어 있어. 여기도 안심할 순 없지만 더 가 봐야 별 수 없어. 우선 여기 있어봐."

참으로 고마웠다. 눈물이 나왔다. 다른 긴 이야기가 필요 없었다. 다른 방법이 없었다.

고모네 금굴이었다. 광맥이 시원찮아 캐다가 말다가 하는 금광이었다.

형이 가고 나서 앉을 자리를 찾고 숨을 가라앉혔다. 이제야 달리는 자세를 멈춘 것이다. 형의 방에 가서도 마음은 계속 뛰고 있었다. 하늘같이 믿는 형이 데려다 준 곳이니 더 이상의 장소가 없었다. 여기 피해 있으면 될 것 같았다. 안 돼도 형의 생각이니 더 바랄 것이 없었다. 마음이 푹 놓였다. 그러자 이번에는 부모님들 생각이 났다. 얼마나 속을 태우고 있을까. 아니 얼마나 경찰들 군인들에게 시달리고 있을까. 어디로 간다 소리도 안 하고 왔으니 이까지 왔으리라고는 생각을 못 할 것이고 가다가 잡혔는지 어쨌는지 속이 타서 견딜 수가 없을 것이다. 영희 생각도 났다. 그 동네를 지나왔는데 도망자 신세가 되어 앞으로는 만날 수도 없을 것 같았다. 무엇보다도 그녀와 만날 수 없다고 생각하니 괴로웠다. 절해고도에 유배 와 있는 것 같았다. 무슨 약속을 하고 사랑이 어떻고 하는 사이는 아니지만 부모 다음으로 아니 그 이상으로 생각을 하는 것은 사실이고 누가 또 있는 것도 아니었다. 그녀도 그랬는지 모른다.

날이 새고 해가 뜨고 다시 밤이 될 때까지 아무 기척이 없었다. 적막강산이었다. 절대로 나오지 말라고 하여 밖으로는 나가지 않고 빛이 들어오는 데까지 나갔다 들어왔다. 배는 곯으지 않고 잠도 오지 않았다. 마음만 불안하고 괴로울 뿐이었다. 전쟁이 터졌다고 하였는데 세상이 어떻게 돌아가는지 알 수가 없었다. 부모님 생각과 영희 생각으로 머리가 꽈 찼다. 불안하고 망막하게 느껴지는 것이었다. 답답하고 속이 터질 것 같았다.

다시 캄캄한 밤이 되어 인기척이 났다. 형이 온 것이다. 정환 형과 같이 뭘 한 잔뜩 싸 들고 왔다. 먹을 것이었다.

"배고팠지. 어서 먹어."

정은 형은 들밥처럼 싸들고 온 음식 보자기를 끌르고 펼쳐 놓았다. 간드레(카바이트 등)도 가져와 불도 켰다.

"고마워요. 형님."

"무슨 소리를 하고 있어. 어서 밥부터 먹어."

정환 형이 숟가락을 찾아 들려주며 말하였다.

"맥히지 말고 천천히 먹어. 마을 사람들이 다 잠들고 나서 온 거여."

"알았어요."

"좌우간 꼼짝 말고 여기 있어야 돼. 다른 데로 가다가 잡히면 죽는 거여."

"예. 알아요."

"왜 그런 건 들어가지고."

정환 형이 나무라는 것이었다.

"인제 와서 아무 소용 없는 얘기지만. 나도 모르게 그렇게 돼 버렸어요. 농민회에 든 것밖에 없어요."

"좌우간 모른대 사람들도 어제 다 잡혀 가서 돌아오지 않았어. 아침나절에는 군 추럭에 싣고 군인들이 막 뚜드려 패

가면서 저 위로 데리고 가더라는데, 어디 사람들인지."

들은 얘기를 하는 것이었다. 뒤의 얘기지만 그렇게 보도연맹원을 싣고 상도대리 선화터로 가서 다 처형한 것이다.

두 형은 밤새도록 있으면서 여러 가지 얘기를 하다가 날이 새기 전에 내려갔다. 밥은 내일 것까지 많이 가지고 왔다.

"북한군이 쳐내려 오니 세상이 어떻게 될지 모르겠어."

형들은 그런 걱정을 하면서 내려갔다.

그렇게 며칠을 굴 속에서 지냈다. 밤에는 형들이 밥도 가져오고 전쟁 소식도 전하였다. 북한군이 대전을 지나 내려오고 있다고 하였다. 그러니 역시 절대로 나오지 말고 여기 그대로 있으라는 것이었다.

며칠 후에는 형들이 오는 대신 머슴을 보냈다. 역시 캄캄 밤중이고 먹을 것을 지개에 지고 왔다. 언제부터 있었던지 여러 번 만나 잘 알고 있는 곁머슴 박상길이었다. 음식만 지고 온 것이 아니고 반가운 소식도 가지고 와 전하였다. 낮에 조동리 집엘 다녀왔다는 것이다. 동호가 여기 잘 있다는 것을 알려주었다고 했고 아버지 어머니 가족들이 잘 있다는 것을 들려주는 것이다. 경찰이 와서 온통 집안을 다 뒤지고 어디에 숨겼느냐 어디로 도망갔느냐 죽일놈 잡듯이 한바탕 하고 간 후 다시 오지는 않았다고 했다. 그리고 지금 모두 피란을 가야 한다고 야단들이라고 하였다. 희비가 교차하였다. 다른 것보다 자신이 여기 이대로 있으면 괜찮은지 걱정이었다. 형들은 꼼짝 말고 가만히 있으라는 얘기도 잊지 않고 상길을 통해서 재차 당부를 하고 있었지만 피란들을 간다니까 다시 불안해졌다.

부모들도 걱정이었고 영희는 어떻게 하고 있는 것인지 걱정이었다. 그런데 상길은 임산의 남영희네도 잘 알고 있었다. 그집에서도 머슴을 산 적이 있다고 하였다. 동호가 영희와 사귄다고 하자 그러냐고 대단히 부럽게 생각하면서도 이상한 웃음을 던지는 것이었다. 뭐가 됐든 이루어지기는 어려울 것이라는 뜻인 것 같았다. 그 말 대신 워낙 부잣집이니 벌써 피란을 갔을 거라고 얘기하는 것이었다. 그러면 어떻게 되는 것인가. 참으로 절망적으로 느껴지는 것이었다.

그런데 며칠 뒤 정말 거짓말같이 영희가 굴로 찾아왔다. 형과 같이 온 것이다. 너무나 의외였다. 피란을 가다가 형을 만나 얘기를 들은 것이고 영희는 피난을 가다가 쾌방령을 넘기 전 강진동 친척집에서 잠을 자고 가자고 떼를 쓰고는 이리로 달려온 것이다. 같이 피란을 가자는 것이다. 여기 있으면 안 된다고 하였다. 그러나 그들이 죽일려고 하였는데 그리고 갔다가 어떻게 될 것인가. 그렇다고 이대로 공산군이 쳐들어와서 그들의 천지가 되면 또 어떻게 되는가. 원하였든 원하지 않았든 신동호는 보도연맹원이었다. 그런데 또 거기서 도망을 쳤다. 그러니 이것도 아니었다. 이쪽에서는 죽일려고 하고 그러면 저쪽에서는 어떻게 볼 것인가. 어떻게 할 것인가. 도무지 판단이 안 설뿐 아니라 이럴 수도 없었고 저럴 수도 없었다. 제일 중요한 것은 형의 의견인데 정은 형은 여기 있는 것이 좋겠다고 하고 잠을 자은 피란을 가는 것이 좋겠다고 하고 의견이 엇갈렸다. 영희는 또 피란을 가자고 했고. 여자로 변장을 하고 가자는 것이었다. 그녀의 진심은 같이 함께 가자는 것이었고 떨어지지 말자는 것이었다. 결정하기가 어려웠다. 가느냐 있느냐, 있느냐 가느냐, 한 참 심각하게 생각을 하다가 정은 형의 의견을 듣기로 했다. 영희도 정은 형의 의견을 존중하였다. 대단히 존경하고 있었기 때문이기도 했지만 여러 가지 사정을 따져볼 때 어느 쪽이나 위험하기는 마찬가지였다. 사느냐 죽느냐의 문제였던 것이다. 살아도 같이 살고 죽어도 같이 죽자는 그녀의 얘기는 우정을 넘어선 얘기였다. 그러나 죽기보다 삶의 방법을 택하는 것이 다시 만남을 약속하는 현명함이었다.

"잘 생각해야 돼야. 감정에 끌려선 안 돼야."

정은 형의 그 한 마디에 두 사람은 더 말을 못하였다.

영희는 밤길을 되짚어 피란을 갔고 동호는 가슴이 찢어지는 아픔을 끌어안고 소리내어 울었다.

그런데 참으로 일이 이상하게 되었다. 여러 날 뒤의 얘기였지만 낙동강이 끊어져 영희네는 피란을 가지 못하고 많은 사람들과 같이 발길을 되돌려야 했다. 집으로 돌아왔을 때는 세상이 바뀌어 인공시대가 되어 있었다. 오자마자 영희는 굴 속으로 찾아왔고 동호가 가지 않은 것은 참 잘 했다고 하였다. 결과 적으로 헤어지지 않게 되어 천만 다행이었다.

그러나 며칠 뒤 그녀가 다시 찾아왔을 때는 상황이 딴판이었다. 이제 굴 속에서 나오라는 것이고 산 속에서 내려오라는 것이었다. 그녀의 집 재산을 다 뺏기게 되었으며 아버지가 끌려가 죽게 되었다는 것이다. 동호가 인공시대 사회에 협조함으로써 그녀의 집을 구해 달라는 것이었다. 동호가 움직이면 가능하다는 것이었다.

좌우간 세상이 바뀌었다. 참으로 결정하기 어려운 문제였다. 피란을 같이 가자는 말을 듣지 않을 때보다 더 결정하기 어려웠다. 이번에는 죽는 것이 아니고 사는 문제였다. 같이 살자는 것이었다. 정은 형도 이번에는 잘 생각해서 하라고 동호의 의사에 맡기는 것이었다. 형도 어떻게 하는지 잘 모르겠다는 것이다. 잘 생각해서 하라는 것이다. 형도 피란을 가다가 돌아온 것이고 그저 죽은 척하고 방 안에 틀어박혀 있었다. 정환 형은 어디론가 가고 없었다. 산 속이 아니고 땅 속인지 몰랐다.

전쟁을 통해서 두 사람은 갑자기 가까워져 있었다. 영희의 아버지의 일이 자신의 일처럼 느껴졌고 그녀의 일이 남의 일로 생각되지 않았다. 변장을 하고라도 같이 가자고 할 때 가지 못한 것이 참으로 미안했고, 미안하다기보다 말할 수 없이 죄스러웠고, 그래서 이번 일까지 못한다고 할 수가 없었다. 그러나 도무지 내키지 않았고 불안하고 위험한 것 같고 겁이 났다. 그러나 영희의 고통을 눈감고 보고만 있을 수도 없었다. 장본인보다 더 괴로웠다. 그리고 여기 굴 속에 가만히 죽치고만 있으면 인민군들이 자신을 잡으러 올지도 모른다는 생각이 들기도 했다. 너는 뭐냐, 이쪽이냐 저쪽이냐, 동호는 거기에 어떻게도 대답할 수가 없었다. 도망을 친 것은 무슨 사상 때문이 아니라 죽지 않기 위해서였다. 그러나 이쪽도 좋고 저쪽도 좋은 것은 아니었다. 따지고 보면 아니 따질 것도 없이 이쪽이었다. 좌냐 우냐가 아니었다. 우리 편이었고 우리 쪽이었다. 그것이 뭐 빨갛고 퍼렇고 까맣고 허옇고가 아니었다. 그냥 있는 대로 생긴 대로 산 것이었다. 따질 것은 따지고 아닌 것은 아니라고 하고 긴(그런) 것은 긴 것이라고 하였다. 이것도 좋고 저것도 좋은 것이 아니었다. 목에 칼이 들어와도 아닌 것은 아니었다. 그렇게 배웠다. 질문이 많았다. 마음에 안 드는 것이 많았다. 전교 일 이등을 하던 동호의 질문은 끝이 없었고 그 답변을 못하고 얼버무리는 선생이 많았다. 그래서 선생보다 낫다는 말도 들었지만 버르장머리가 없다는 소리도 들었다. 한 번은 석차를 바꿔놓은 담임에게 대어 들어 따지고 그것이 부정임을 밝히고 나서 그 사람은 선생이 아니라고 하기도 하였다.

그런데 이 상황에서 어떻게 할 수가 없었다. 어떻게 안 할 수도 없었다. 좌우간 길은 둘밖에 없었다. 굴 속에 있느냐 굴 밖으로 나오느냐, 산 속에 있느냐 산에서 내려가느냐, 그러나 그것으로 끝나는 것이 아니고 나가서 협조하느냐 가만히 있느냐이다. 영희 말을 듣느냐 그것을 거절하느냐이다. 이젠 형의 말이 중요하지 않았다. 영희의 말이 중요하였다. 영희의 말보다 자신의 생각이 중요하였다. 영희의 말을 거절할 수 없는 것은 그녀를 포기할 수 없기 때문이었다. 그녀를 사랑하는 것이었다. 자신보다도 그녀를 위하는 것이다.

동호는 결단을 내렸다. 칩거를 끝냈다. 굴 속에서 나와 산을 내려갔고 상촌면 인민위원회의 선전부에 들어가 활동을 하였다. 부장도 할 수 있었지만 직함 없이 실력을 발휘하였다. 박상길은 이미 맹활약을 하고 있었다. 그냥 형식적으로는 안 되었다. 그들과 부화뇌동을 하여 욕할 사람은 욕하고 타도할 사람은 타도하여야 되었다. 영희의 아버지도 마찬 가지였다. 아는 사람이라고 봐주면 안 되었다. 그것이 방법이었다. 영희네 광 속에 있는 쌀과 물건을 다 내놓도록 하였다. 물론 토지도 다 내놓도록 하였다.

그런데 영희의 아버지 남세용은 동호의 말을 듣지 않았다. 어떻게든 인민재판을 피해야 목숨을 구할 수가 있었다. 돈이 문제가 아니고 땅이 문제가 아니었다. 죽음 일보 직진이었다. 반동으로 몰려 있었다. 거액의 '이박사 후원회비'를 낸 것이 밀고되어 있었던 것이다. 그것은 사실이지만 이박사 이승만 대통령을 후원한 것이 아니고 대한독립촉성국민회, 일명 독촉국민회 대하여 후원을 한 것이다. 독촉국민회는 1946년 이승만 계열인 독립촉성중앙협의회와 김구 계열의 신탁통치반대국민총동원중앙위원회가 신탁통치 반대 운동이라는 공통 분모 아래 통합 결성한 것이다. 제헌국회 총선에 가장 많은 후보자를 입후보시켰고 전체 의석의 27.5%인 55석을 차지하는 무소속 다음으로 많은 당선자를 낸 정당이었다. 거기에 영동경찰서에서 할당한 대로 호별세 등급에 따라 강제로 후원금을 낸 것이었다. 허리가 휘청하였다.

동호는 영희의 아버지를 설득하여 있는 것을 다 내놓도록 하였다. 땅이라는 것 토지라는 것은 말로만 하면 되었다. 그리고 후원금을 낼 수 밖에 없었던 논리를 세웠다. 성격은 좀 다르지만 경찰서 후원회비를 내지 않는다는 이유로 상촌 우체국장 남기명을 패서 죽인 사건이 있었다. 재작년의 일이었다. 1948년 6월 28일, 기억도 생생하였다. 그것을 모르는 사람은 상촌 사람이 아니고 영동사람이 아니었다. 동호는 냉철하게 그 관계선상에서 설명하였고 오히려 가진 것을 사회에 내놓는 것은 민중을 위한 선행이라고 주장하였다.

그런 어설픈 민중의 논리로 영희의 아버지를 살릴 수 있었다. 쌀과 소와 돼지 등 가축들은 내놓지 않아도 다 빼앗겼지만 인공시대가 끝나고 땅은 그대로 지킬 수가 있었고 무엇보다도 목숨을 부지할 수 있었다. 인민재판을 하여 돌로 쳐 죽인 사람도 있고 협조를 않는 여러 사람을 다 처형하였다. 박상길의 도움도 필요했다. 박상길은 도와주는 댓가로 영희의 정조를 요구하였다.

두 달만에 세상이 다시 뒤집어졌다. 악독하게 굴던 많은 사람들이 보복당하고 죽임을 당하였다. 동호는 다시 미역뱅이 금굴로 피해 들어갔다. 정은 정환 두 형에게는 이제 부탁할 면목이 없었고 알릴 수도 없었다. 영희만 알고 있었다. 하루가 지나고 역시 밤중에 영희가 찾아왔다. 박상길이 살해되었다고 하였고 여기저기서 동호를 처단하기 위해 찾고 있다고 하였다. 그러니 이제 갈 데가 없었다. 굴 속으로 더 들어갈 수밖에 없었다.

막장이었다.

다시 만나기 위하여

이제 더 갈 수 있는 곳은 없었다. 이땅 어디에도 그들의 안식처는 없는 것 같았다.

한참 넋을 놓고 있다가 남영희가 말하였다.

"여기도 안전하지만은 않은 것 같아요."

"그래요."

"그러니 어쩌지요? 어떻게 해야지요?"

"땅 속을 뚫고 이북으로 갈 수밖에 없어요."

"아니 뭐라고요? 지금 농담할 여유가 있어요?"

"농담이 아니면 그래 무슨 다른 방법이 있어요?"

동호는 냉냉하게 말하였다. 담담한 표정이었다.

"그러니 어쩌면 좋아요? 자수하면 안 될까요?"

영희는 발을 동동 구르며 말하였다. 안절부절을 못하고 왔다갔다 했다.

"자수한다고 살려 주겠어요? 목숨만 살려준다면 무슨 짓이라도 하겠어요. 개처럼 기라면 기겠어요."

"정말 안 될까요? 제가 잘 얘기해볼게요. 아버지도 얘기하고 다른 사람들이 잘 얘기하면 어떻게 될지 몰라요."

"그러다 안 되면, 모든 방법을 다 동원했는데도 안 되면 어떻게 하느냐 말이오. 그 때 가서 달리 무슨 도리가 있겠어요?"

동호는 고개를 흔들었다.

"그러니 어떡하면 좋지요?"

영희는 다시 같은 말을 한다.

무슨 말이라도 할 수밖에 없었다. 아무 방법이 없었던 것이었다.

우리 안에 갇힌 동물처럼 굴 속을 왔다 갔다 하며 속을 태우고 있는 영희에 비하여 한 자리에 퍼질고 앉아서 한숨을 쉬고 있는 동호는 오히려 영희를 걱정하고 있었다.

"너무 염려 말아요. 어떻게 되겠지 뭐."

"태평이시네요. 어떻게 되긴 뭘 어떻게 된다고 그래요?"

"하늘이 무너져도 솟아날 구멍이 있다고 하잖아요?"

"원 참 내!"

영희는 계속 왔다 갔다 하다가 동호의 옆에 와서 쪼그리고 앉았다.

"차라리 거꾸로 되었으면 좋겠어요. 아버지는 살려주시고 동호씨는 쫓겨서 갈 데가 없이 되었으니 도무지 괴로워 죽겠어요."

"그렇게 생각할 거 없어요. 당연히 해야 될 일을 했을 뿐이고 나도 살기 위해서 한 일인데 왜 그렇게 생각하세요. 영희씨 아버지를 도와 줄 수 있어서 보람을 느낍니다. 잘 못 되었더라면 어쩔 뻔하였어요?"

"정말 그래요. 고마워요. 그리고 미안해요."

"그 말 들을려고 한 것은 아니고요. 좌우간 그 얘기는 고만 해요."

"아버지는 죽을 줄도 모르고 광 문을 열지 않으려고 하고 땅문서를 들켜쥐고 있었던 거지요. 사람이 한 치 앞을 내다보지 못 해요. 제가 대신 사죄할게요."

"우리가 아주 어른들 같애요."

"난리통에 어른이 다 되었어요. 좌우간 어떻게라도 그 은혜를 갚을게요."

"은혜는 무슨, 별 소리를 다 하시네요."

"그게 무슨 말이라요. 죽을 사람을 살렸는데, 나를 살린 것이나 다름없어요. 그 보다 더 하지요."

"제가 영희씨가 죽는 것을 보고 있을 것 같애요?"

"왜 그러는데요?"

"아니 영희씨가 아니면 누구라도 죽도록 내버려둘 수가 있어요?"

"그래요? 그런 거였어요?"

영희는 무척 서운한 눈치였다.

동호는 영희의 손을 잡았다. 처음 잡아보는 손이었다. 손이 뜨거웠다. 영희가 동호를 바라보았다. 눈이 마주쳤다. 눈빛 속에 그들의 마음이 다 들어 있었다. 그것을 무어라고 설명할 수는 없었다. 사랑이니 애정이니 그런 감정이 아니었다. 피보다도 진한 끈적한 것이었다. 고마움이 아니었다. 미안힘이 아니었다. 꼼짝 못하게 묶이놓은 끈과 같은 구속이었다. 무어라고 말할 수가 없었다. 눈물이 나왔다.

"좌우간 지구 끝까지 가서라도 갚을게요."

"그럼 같이 가야 되겠네요."

"그럼 혼자 갈라고 했어요?"

"둘 다 같이 한 구뎅이 죽자는 기라요?"

"그래요."

두 사람은 다시 마주 보았다. 어둠 속에서 번쩍 빛이 났다. 두 줄기 빛이 부딪쳤다.

동호는 와락 끌어안고 싶은 충동을 억지로 참았다. 남자가 그러자 여자도 그것을 바라만 보고 있다. 두 사람은 언제 그렇게 되었는지 몰랐다. 마구 가슴이 뛰었다. 지난 번 피난을 가다가 도로 돌아와 같이 가자고 할 때도 그런 감정을 가졌었다. 그리고 다시 굴 밖으로 나가고 가서 활동한 것도 그런 영희에게로 향한 마음에서 비롯되었는지 모른다. 그런 것 같다.

두 사람의 생각이 같았다. 아무도 보는 사람도 없고 누구 하나 간섭할 사람도 없었다. 아무 것도 거리낄 것도 없었다. 이미 누구의 지시에 의해서 움직이는 나이는 아닌 것 같았다. 전쟁은 그들을 훌쩍 키워놓은 것이다. 몸도 마음도 어른이 된 것이다. 그들의 마음은 벌써 합하여져 있었다. 말을 하지 않았을 뿐이다. 아니 눈빛이 다 말하고 있었다. 영희는 동호에게 모든 것을 맡기고 있었다. 동호도 영희에게 모든 것을 맡기고 있었다. 다만 행동만 하지 않고 있을 뿐이었다.

영희가 다시 동호의 시선을 붙들었다. 동호도 그것을 피하지 않았다. 다시 손을 잡았다. 영희가 잡은 손을 힘껏 쥔다.

"지금 내가 할 수 있는 것은 나의 모든 것을 줄 수 있는 것 밖에 없어요."

"아니 왜 그렇게 생각하세요?"

"제 마음 몰라주세요?"

"영희씨 마음은 알고 있어요."

동호는 영희의 두 손을 꽉 잡았다. 그리고 마구 부르르 떨었다. 더 이상 어떻게 할 수가 없었다. 어떻게 할 수가 없는 것이 아니라 해서는 안 되었다. 감정이 시키는 대로 해서는 안 되었다. 동호는 지금 죽은 목숨이었다. 여기서 살아난다는 것을 기대하는 것은 천행을 바라는 것이었다. 붉은 완장을 차고 전면에 나서서 설치던 동호가 세상이 바뀐 판에 어떻게 살 수가 있는가. 동호가 나타났다 하면 누구 손에 죽을지 모른다. 우선 직접 피해를 입은 사람들이 가만히 있지 않을 것이고 보기만 하면 당장 그 자리서 쳐 죽일려고 들 것이다. 어떤 경우라도 그냥 내버려둘 수가 없을 것이다. 어디 숨는다는 것도 하루 이틀이고 한 달 두 달이지 계속 어디 가서 계속 숨어 있을 수 있단 말인가. 땅 속으로 들어가든가 하늘로 올라가야 하는데 벌레도 아니고 새도 아니고 귀신이 되기 전에는 불가능하였다. 어디 다른 나라로 간다면 모른다. 그러나 그 때 그 상황에서 그것이 가능하지 않았다. 죽음을 무릅쓰고 도망을 치는 수밖에 없었다. 결론적으로 아무데도 갈 데가 없고 여기 있을 수도 없다는 것이었다.

그러나 그것은 생각이고 마음이고 몸은 그렇지 않았다. 서로 들어붙어 떨어지지 않았다. 떨리는 손을 꽉 잡고 있었고 온 몸이 거기에 실려 있었다. 천근 만근이었다. 감전이 된 듯 숨이 멎었다가 또 마구 숨을 몰아쉬었다.

"동호씨!"

"예."

눈에서는 불꽃이 튀었다.

"동호씨이!"

마구 숨이 넘어갔다.

"예에."

동호는 대답을 하며 눈을 딴 곳으로 돌렸다. 그러나 들어붙은 몸은 떼지 못하였다. 뗄 수가 없었다.

쇠사슬로 결박이 되고 질긴 끈으로 묶이어 있었다. 도저히 풀 수가 없었다. 떨어지지가 않았다. 어느 쪽에서 그런 것이 아니고 둘 다 마찬가지로 손을 쓰지 못하였다. 아니 점점 강하게 묶이고 있었다. 아니 영희는 동호의 손이 아니고 손목이 아니고 전신을 감아쥐고 억죄고 있었다.

"안 돼요. 이러면……"

동호는 숨이 막히어 말을 하지 못하고 손을 흔들었다.

그러나 영희는 더 세게 감아쥐고 부들부들 떨기까지 하는 것이었다.

동호는 마구 손을 흔들다 다시 말하였다.

"…… 안 돼요. 안 돼요."

"왜 안 돼요? 안 될 게 뭐 있어요. 누가 말리는 사람이 있어요?"

"나는 지금 여기 있을 수가 없는 사람이라요. 동으로 가야 할지 서로 가야 할지 방향도 잡을 수가 없어요. 그런데 뭐가 된단 말이라요. 지금 남이 문제가 아니잖아요?"

"아무래도 상관없어요. 제가 같이 갈 기라요. 어디 지구 끝까지라도 따라 간다고 했잖아요?"

"그런 말도 안 되는 소리 하지 말아요."

"왜 말이 안 돼요."

"하 참 내! 말이 될 소리를 해야지요. 혼자 가기도 위험해요. 살지 죽을지 몰라요. 지난 번 사람 쳐 죽이는 거 봤잖아요. 이제 다시 바뀌 됐단 말이라요."

"동호씨 말만 말이 되고 내 말은 말이 안 돼요?"

"내 말을 들으세요."

"살아도 같이 살고 죽어도 같이 죽을 기라요."

"어떻게든 살 도리를 해야지요."

영희는 마구 몸부림을 치며 양팔로 더욱 세게 동호의 전신을 휘감는 것이었다.

동호도 도저히 참을 수 없었다. 그러나 동호는 안간힘을 쓰며 끓어오르는 욕구를 억제하고 조금씩 조금씩 자제력을 가하였다. 얼마 후는 영희의 손을 떼어 놓을 수 있었다. 동호의 어른스러움에 굴복한 것인지 모른다.

영희가 이성을 조금 찾기를 기다려 말하였다.

좌우간 여기도 더 있을 수가 없고 떠나야 하는데 인민군을 따라 북한으로 가는 길밖에 없을 것 같다. 여기 있고 싶지만 그럴 수가 없다. 살고 봐야 할 것이 아니냐. 죽고 나면 여기고 저기고 무슨 소용이 있는가. 삼도봉이나 물한계곡 깊은 산 속으로 들어가는 것도 방법이 아닌 것 같다. 그 어느쪽이 됐든 여자들이 갈 곳은 못 된다. 죽음의 골짜기이다. 죽음을 자초하는 길이다. 영희의 마음을 다 알았으니 내가 살아 돌아올 길을 떠나도록 도와 달라. 그리고 영희도 말이 그렇지 어떻게 부모를 두고 어디로 갈 수가 있는가. 우리 부모도 두고 갈 수가 없는 것이지만 그 분들을 위해서라도 여기 있어야 되겠다. 그분들 나로 알고 보살펴주기 바란다. 갈 부탁한다.

동호는 그렇게 한참을 늘어놓고 이번에는 자신이 먼저 영희를 끌어안는다. 그녀도 다시 와락 끌어안는다.

울고 있었다. 대답대신 그녀는 몸을 꿈틀꿈틀 하였다. 고개를 끄덕이고 있는 것이었다.

"그래야 되긴 하겠는데……"

"그래야 돼요. 다른 방법이 없어요. 내 말을 들어요."

"같이 가고 싶어요. 같이 갈래요."

"같이 가다가는 다 죽는다니께요."

"죽어도 좋아요. 저는 각오가 돼 있어요."

"그러면 안 돼요. 왜 그렇게 가볍게 생각을 해요. 부모님 허락도 받아야지요."

"그건 필요 없어요. 제가 뭐 어린애인가요."

"영희씨 부모만 있어요?"

"뭐요? 아니 그럼! 그래서 그러는 기라요?"

"아이 참 사람 맘을 그렇게 몰라줘요? 좌우간 나를 위한다면 내 말을 들어요."

"저는요? 저는 생각 안 해요?"

"정말 어린애처럼 왜 이래요?"

영희는 다시 동호를 와락 끌어안는다. 마구 울음을 터뜨린다.

"영희씨 마음 잘 알아요. 그러니 내 마음도 알아 주시고 나 하라는 대로 하세요."

영희는 더 큰소리로 우는 것이었다.

"몰라요. 몰라요."

"여기 있어요. 전쟁이 곧 끝나겠지요. 오래 간들 얼마나 오래 가겠어요."

"그렇게 될까요. 그렇게 될 것 같지 않아요. 그렇게 되었으면 좋겠어요."

"그래요. 그렇게 믿고 기다려요. 좌우간 우리 부모님 잘 부탁해요."

"그건 염려 말아요."

"그러면 됐어요. 난 그래서 발이 떨어지지 않아요."

"저 때문은 아니고요?"

동호는 영희의 입술을 그의 입술로 막았다. 처음이었다. 난생 처음 해보는 키스였다. 영희도 동호를 더욱 힘껏 끌어안으며 동호가 하는 대로 응한다. 아니 마구 불을 뿜어대는 것이었다. 두 사람은 걷잡을 수 없이 흥분이 되는 것이었다.

영희는 동호에게는 너무 황공한 존재였다. 지금 여기까지 와서 서로 사랑하는 것은 맞다. 어쩌면 동호보다 영희의 농도가 더 짙은 것인지도 모른다. 그러나 그런 것이 문제가 아니고 동호와 같은 가난뱅이, 멋이라고는 반푼 어치도 없고 나이도 한 살 아래인데 그렇게 생각해 주는 것이 너무 고맙고 황공하였다. 오히려 동호가 사정하고 매달려도 시원찮을 판에 그녀가 더 적극적으로 매달리는 것이었다. 그녀의 아버지를 살려준 것이었다. 목숨을 걸고 살려낸 것이었다. 지금도 그로 하여 쫓기고 있고 살아날 수 있는 보장이 전혀 없는 것이었다. 영희를 생각해서 그런 것이었다. 그녀를 위해서 몸을 던진 것이었다. 죽을 각오를 한 것이었다. 그녀도 그 고마움을 잊지 못하는 것이고 생명의 은인으로 알고 있는 것이었다. 그러나 고마움이나 은혜나 그런 차원이 아니고 그 이상으로 동호를 생각하고 있었고 죽음의 구렁이라도 같이 가겠다는 것이었다. 죽어도 같이 죽고 살아도 같이 살자는 것이었다. 사랑이 그렇듯 절실할 수가 없었다. 사랑 그 이상있다.

두 입술에서 마구 불길을 뿜어대었고 금방 전신이 불덩이가 되었다. 사랑하는 두 젊은이는 자석처럼 딱 붙어서 떨어지지 않았고 치솟는 욕구를 더 참을 수가 없었다. 여자가 더하였다.

그러나 다시 동호가 입술을 떼고 온몸을 감아쥐고 있는 영희를 억지로 떼어 놓았다. 그리고 마구 가쁜 숨을 몰아쉬며 돌아앉았다. 영희가 동호 앞으로 따라와 다시 매달렸다. 동호는 억지로 다시 돌아앉았다.

"우리 조금만 참아요."

대단한 자제력이었다. 시골뜨기의 괴력이었다.

영희도 말은 하지 않았다. 자존심인지 몰랐다. 동호가 먼저 행동하길 바랐는지 모른다. 그러나 마냥 그럴 수만도 없었다.

"그런데 우리 떨어져 어떻게 살아요."

"죽는 것보다 낫지 않아요. 참아봐요. 지금부터 그렇게 해요."

"아니 동호씨는 목석이라요? 속에 부처 가운데 토막이 들어앉아 있는 개비라요."

"예. 맞아요. 나는 목석이라요. 그냥 나무토막이라요."

영희보다 더 어른 같았다. 같이 무너지면 안 될 것 같았다.

더 엉키기 전에, 더 일을 그르치기 전에 떠나야 했다. 여기 있어가지고는 아무 것도 될 것이 없었다. 더 지체하지 말아야 했다. 자꾸 시간이 가고 있었다. 짹각짹각 시계 돌아가는 소리가 들렸다.

"자 그럼 나는 갈게요. 잘 있어요. 잘 부탁해요."

"정말 지금 가게요?"

"가야 돼요. 밤길이 아니면 안 돼요."

"어디로 가게요?"

"어디는 어디라요? 북으로 가야 돼요. 인민군의 뒤를 따라가야 돼요."

"꼭 그래야 될까요?"

"다른 선택의 여지가 없어요. 그들을 쫓아 갈 수 있는냐가 문제지요."

"그들을 어떻게 따라 갈 수 있을까요?"

"가는 데까지 가 봐야지요. 빨리 가면 될 것 같애요."

"아무래도 불안해요."

"잘 될 기라요. 희망적으로 생각해요. 내가 뭐 죄를 졌어요? 좋은 일을 한다고 했을 뿐이라요."

"알아요. 동호씨 잘 못이 뭐가 있어요? 동호씨는 정말 좋은 분이라요. 잘 될 기라요."

"그렇게 생각해 주시니 고맙습니다. 그럼……"

동호는 이제 벌떡 일어섰다. 생각 같아서는 이별의 키스를 하고 싶었지만 그러면 또 엉킬 것 같았다. 그동안 지탱해온 자제력을 있는 대로 다 발휘하여 이를 악물고 참았다. 그런데 그러지 않는 것이 훨씬 나을 뻔하였다.

"그냥 이대로 헤어질 수는 없어요. 그냥은 안 돼요."

동호는 영희를 바라보았다.

"아시겠어요?"

영희는 말만 하고 있는 것이 아니었다. 언제부터 옷을 훨훨 벗고 있었다. 위에 입은 부라우스를 벗고 아래 입은 속옷까지 하나 하나 다 벗어서 여기 저기 던지고 있었다.

전라가 되었다.

황홀하였다. 아름다운 뷔너스였다. 두 팔을 벌리고 서 있었다. 십자가 같았다.

동호는 모든 기관이 멎어버렸다. 말문도 막혀버렸다. 더 이상 보이지도 않았다. 아무 것도 보이지 않고 아무 생각도 되지 않았다.

얼마나 황홀경에 빠져 있었을까, 동호는 뷔너스에게로 다가가 왈칵 끌어안았다. 그리고 눈물을 흘렸다. 목이 메이었다.

"이러면 안 돼요."

그런 말을 한 것은 한참 뒤였다. 그러나 아무에게도 들리지 않았다. 자신에게도 들리지 않았다.

"왜 이래요. 도대체 뭘 어쩌겠다는 기라요?"

동호가 다시 말하였다.

"몰라요. 저도 모르겠어요."

"이러지 마세요. 결혼도 안 하고 이러시면 어떻게요?"

"어차피 부모들은 하락을 않는 걸요."

"………"

영희는 아버지 어머니에게 물어보았던 것이다. 이 자리에 그냥 온 것이 아니었다. 동호씨와 결혼하고 싶다고 했다. 부모들은 도대체 정신이 있는 아이냐고 했다. 나는 이제 아이가 아니라고 했고 내 일은 내가 알아서 하겠다고 하고 집을 나왔다. 어머니는 마구 울며 통사정을 하고 아버지는 호령을 하며 펄펄 뛰었다. 아버지가 더 야단이었다. 아니 지금 생사가 불분명한 상태인데 난데없이 결혼이 무슨 결혼이며 말이 되는 소리냐고 했다.

영희 스스로도 도무지 알 수 없는 행동을 하고 있었다. 처음부터 동호에 대해서 그런 생각을 갖고 있던 것은 아니었다. 동호를 좋아하고 가까이 지나고 한 것은 사실이지만 아직 결혼까지 생각한 것은 아니었다. 그리고 무엇보다도 부모의 뜻을 거역하면서까지 결혼을 하고 싶은 생각은 없었다. 하나밖에 없는 딸이요 맏딸 귀동딸 고명딸로서 추호도 부모를 실망시키는 일은 하고 싶지 않았다. 그녀 자신이 생각해도 이 난리통에 결혼이란 말도 안 되었다. 그것이 또 동호라고 하는 상대에 대하여 상상도 하지 않던 일이었다. 적어도 6.25전쟁이 발발하기 전만 해도 그랬다. 피난을 갈 때 이 금굴 안에까지 와서 데리고 갈려고 할 때만 해도 꼭 그런 것은 아니었다. 그러나 세상이 뒤집어지고 그 와중에서 죽음을 무릅쓰고 아버지의 목숨을 구해주고 자신은 죽음의 도가니로 들어가는 동호의 불꽃 같은 사랑의 용기 앞에서 무릎을 꿇은 것이다. 그 백배 천배를 하고 싶었다. 대신 자신이 죽기라고 하고 싶었고 세상 끝까지라도 따라 가고 싶었다. 그래야 할 것 같았다. 그것이 인간의 도리일 것 같았다. 동호가 그랬던 것처럼 그녀도 그래야 할 것 같았다. 무서울 것이 없었다. 겁날 것이 없었다. 가진 것 있는 대로 다 동호에게 바치고 싶었다. 몸도 마음도 다 바치고 싶었다. 목숨도 아깝지 않았다. 사랑의 용기였다. 이제 아버지나 어머니 세대의 이야기를 듣고 있을 수만은 없었다. 이미 구세대였다. 그것이 그들을 위하는 일이 될 것이라고 생각하였다.

"이제 우리가 결정하면 돼요."

"그러면 안 되지요."

"안 될 것도 없어요. 우리가 되게 하면 되는 기라요. 안 되면 안 되잖아요?"

"그건 그런데……"

"뭘 하고 있어요?"

"그래서 뭘 어떻게 하란 말이라요?"

"우리 둘이 지금 결혼해요."

전라의 뷔너스는 계속 두 팔을 있는 대로 다 벌리고 동호가 다가오기를 기다리고 있었다.

"어서 빨리 와요."

"그건 안 돼요."

"왜 안 돼요."

"안 돼요."

"그러면 어떻게 하란 말이라요?"

영희는 드디어 울음을 터뜨리는 것이었다. 이제 몸부림은 치지 않았다. 마구 흐느껴 우는 것이었다.

동호는 어찌 할 바를 몰랐다. 육체적인 자제력은 발휘할 수 있는데 마음은 휘어잡을 수가 없었다. 정말 그냥은 안 될 것 같았다. 묘안이 있어야 했다. 펀뜩 떠오르는 것이 있었다. 십자가였다. 구세주였다.

"한 가지 방법이 있긴 있어요."

"그게 뭔데요?"

그녀는 울음을 그치고 팔도 내리었다.

"영희씨 마음이 정 그러시다면……"

"좌우간 그래 뭐라요? 무슨 방법이 있단 말이라요?"

"성당에 가서 신부의 주례로 식을 올리면 어떨까요?"

그랬다. 그런 방법이 있었다. 참으로 좋은 방법이었다. 너무나 마음에 드는 방법이었다.

"그런데 이 밤에 어떻게?"

"도리가 없잖아요."

성당은 옥천에 있었다. 밤새도록 가야 할 거리였다. 영동에 공소가 있었지만 신부는 없었다.

"좋아요. 참 동호씨, 너무도 훌륭해요. 존경스러워요. 고마워요. 제가 생각이 짧았어요. 부끄러워요."

영희는 그러며 두 손으로 앞을 가리는 것이었다.

더 황홀하고 아름다운 그림이 되었다.

"정말 고마워요. 나의 사랑 영희씨"

영희는 더욱 부끄러운 듯이 한 손으로는 얼굴을 가리는 것이었다.

"예. 알았어요. 동호씨 말을 들을게요."

"고마워요."

두 사람의 마음이 일치되었다. 순간 말할 수 없는 사랑의 행복감을 느낄 수 있었다.

두 사람의 눈길이 부딪치며 불꽃을 튀기는 것이었다.

그러나 다음 순간 영희는 또 이상한 말을 한다.

"좋아요. 그러면 제 말도 들어요."

"그러지요."

"순서를 바꿔요."

"어떻게요?"

"예식을 하기 전에 저에게 사랑의 증표를 남겨주세요. 순서만 바꾸는 기라요."

참으로 요상한 제안이었다.

"뭘 어떻게 한다는 거지요?"

"아이 참! 시간이 없어요.".

정말 시간이 없었다. 시간이 자꾸 가고 있었다. 시간이 얼마가 됐는지 모르지만 시간이 그들을 기다려 주지 않는다는 것을 잘 알고 있었다. 밤을 이용해서 가야 한다면 한 시 바삐 떠나야 한다. 옥천 성당까지 가서 결혼식을 올리고 어디서 어떻게 신방을 차릴 수가 있단 말인가. 그것이 불가능하다는 것을 그들은 잘 알고 있었다. 그러니 순서를 바꾸자는 것이 이 상황에서 어쩌면 대단히 현명한 판단인 것이었다. 그런 면에서는 그녀가 훨씬 머리가 좋은지 몰랐다.

"시간이 없다니까요."

"무슨 얘기인지 알겠는데, 그러면 천주님이 노하시지 않을까요?"

동호는 사실 독실한 신자도 아니었다. 영희와 같이 가톨릭 학생회에 가끔 출석을 했을 뿐이다.

"우리 사이를 이해하실 기라요. 혼배성사를 마치고 성당에서 바로 떠나세요. 날이 새기 전에 가야 되잖아요. 정말 시간이 없어요."

영희는 시간적으로 그것이 어려울 것이라는 계산도 이미 하였는지 모른다.

"알았어요. 알았어요."

"고마워요."

"사랑해요. 정말 사랑해요. 하늘이 두 쪽이 나도 영희씨 생각만 하고 있을게요."

"하늘이 열 쪽 스무 쪽이 나도 동호씨 생각만 하고 있을게요."

그래서 두 사람은 다시 불이 붙었다. 활화산 같은 불길 뜨거운 물줄기가 솟구쳐 올랐다.

이윽고 두 사람은 숨을 몰아쉬며 떨어졌다.

"천국이었어요. 저는 여기서 세상이 끝나도 좋아요."

영희가 일어나며 말하였다. 이제 그녀가 먼저 서두는 것이었다.

"저도 그랬어요. 그동안 영희씨 옆에만 있었는데 오늘에야 영희씨 속으로 들어간 거였어요. 거기서 평생 머물러 있을게요."

동호는 입술을 포개며 그렇게 말하였다. 그런 약속을 지킬 수가 있을까. 그것이 그들의 운명이 되었던 것이다.

"자 이제 어서 가요. 저는 이제 됐어요."

동호는 옷을 주어 걸치며 서두르는 영희를 다시 끌어 안았다.

"이제 내려가요. 가서 신부님의 주례로 예식을 올려요."

"그래요. 한 번만 더 하고."

다시 불이 붙었다.

얼마나 또 그렇게 무아지경의 행위를 하였다.

이번에는 동호가 먼저 일어나고 다시 영희가 동호를 끌어 안았다.

"정말 어떻게 떨어지지요? 그냥 이대로 있고 싶어요."

"참아보세요. 제가 사랑의 증표 잘 간직하고 있을게요. 저는 그것으로 충분해요."

"빨리 오도록 할게요."

이제 둘이 같이 서둘렀다.

떠난 자와 남은 자

캄캄한 밤이었다. 두 사람은 굴 속을 나와 더듬더듬 산길을 걸어 내려왔다.

"가다가 날이 새면 다시 산 속으로 들어가 숨었다가 가요."

영희가 부지런히 따라 오며 말하였다.

"그래야지요. 그런데 오늘 밤에 가지 않으면 안 돼요."

"왜 천주님이 노할 것 같아서요?"

영희는 이번에는 웃으면서 말하는 것이었다. 농을 하는 것이었다. 그들 사이에 격이 없어지기도 했지만 마음의 여유가 생긴 것이었다.

"그것도 그렇지만 시간이 없어요. 빨리 가지 않으면 그들을 따라 잡을 수가 없어요."

"그러나 날아갈 수도 없잖아요?"

"빨리 달려가야지요."

말하고 있는 사이 모른대 동네에 다다랐다. 동네를 보자 두 사람은 약속이나 한 듯 말을 멈추었다. 개들이 짖어대었다. 닭이 울려면 아직 한참 있어야 될 시간이었다.

동호는 고모네 집 앞에 이르러 발길을 살금살금 내 딛고 사립문을 찌그리고 들어가 무언가를 찾았다. 사람을 찾는 것이 아니었다. 정은 형이 자고 있을 방문쪽은 바라보지도 않았다.

한참을 두리번거리다 헛간에 세워둔 자전거를 끌고 바로 사립문을 나와 거기 마음을 조리고 서 있는 영희를 나꿔 태우고 페달을 밟았다.

산작로에 나와서는 속력을 내었다.

얼마를 달리다가 동호가 말하였다.

"나를 꼭 붙들어요."

영희는 너무 감격하여 대답도 못하였다. 말을 하지 않아도 동호의 허리를 꼭 붙들고 있었다.

한 참 후 말문이 열린 영희가 말하였다.

"천주님이 따로 없어요. 동호씨가 하느님이라요. 하늘님이라요."

영희는 더욱 힘껏 동호를 붙들고 끌어안으며 말하는 것이었다.

"원래 남편은 하늘인 기라요."

"남편은 식을 올려야 남편이지요."

농이 발전하였다.

"아 그런가 참!"

두 사람은 큰 소리로 웃었다.

"머리는 올렸잖아요?"

동호도 농을 하였다. 농이 아니고 진담이었다.

"아 그런가 참!"

영희가 동호와 똑같은 말을 하며 다시 한바탕 웃었다.

노천리 매곡 지서를 피하여 마을 가운데로 돌아 나오고 안골로 해서 곧 황간을 지났다. 동호는 도마령을 넘던 때를 생각하며 젖먹던 힘을 다 하여 마구 자전거의 페달을 밟아 바람처럼 달리었다. 이날은 땀도 나지 않았다.

그렇게 얼마를 몇 시간을 달려서 영동을 지나고 이원을 지나고 옥천에 다다랐다. 아직 날은 밝지 않았다. 오다가 여기 지기서 닭 우는 소리를 듣고 더욱 속도를 내었다. 영희가 교대를 하고 싶다고 하였지만 그러면 늦는다고 계속 동호가 밟아 대었다. 갈 적에나 잘 몰고 가서 갖다 주라고 하였다. 한 번 쉬지도 않고 왔다. 죽기 살기로 달려온 것이다.

옥천천주교회까지 그들은 금방 찾아갈 수 있었다. 가톨릭 학생회의 학생으로서 여러 번 갔었다.

사택에서 자고 있는 신부를 깨웠다. 한동안 문을 두드려서 곤히 자고 있는 신부가 눈을 비비며 나와 반가이 맞아주었다.

방으로 들어가자고 하였다. 그러나 그럴 시간이 없었다. 그들은 문 앞에서 용건을 간단히 말하였다. 아닌 밤중에 홍두깨였다. 신부는 고개를 흔들었다. 안 된다고 하였다. 이 밤중에 또 부모들의 동의도 없는 혼배성사를 어떻게 하며 더구나 동호는 아직 영세도 받지 않았다.

"두 사람은 결혼을 하기로 굳은 결심을 했습니다. 그런데 우리는 이제 헤어져야 됩니다. 저는 북으로 가야 됩니다. 혼배성사를 하지 않으면 우리는 부정한 부부가 되고 맙니다. 마음에 안 드시는 대로 허락해 주시기 바랍니다."

동호가 신부 앞에 꿇어앉으며 다급하게 간청하였다.

신부는 두 사람을 번갈아 보았다.

"우리끼리라도 식을 올리게 허락해 주시기 바랍니다."

영희는 울면서 애원하였다. 단호하였다.

신부는 하체가 벌겋게 물들어 있는 영희를 물끄러미 바라보았다.

그들이 성당으로 들어가자 신부가 따라왔다.

신부는 촛불을 켜고 이들의 혼배성사를 집전하였다.

혼인은 하느님이 에덴에서 세우신 것이요 예수님께서 갈

릴리 가나에서 축복하신 것이니 두 사람의 마음과 몸을 합하여 동정과 희망을 같이 하고 사랑의 인내와 거룩한 신뢰로 화목하는 생활이며…… 동호가 시간이 없다고 빨리 끝내 달라고 독촉하였지만 주례사는 계속되었다. 항상 기쁠 때나 슬플 때나 어려울 때나 힘들 때나 아내는 남편을 사랑하고 남편은 아내를 사랑하며 하느님을 사랑하는 사랑으로 피차 온전한 사랑을 하게 하옵시고 이들에게 건강을 주시고 적당한 자녀도 주시며 계획하는 일들이 형통하게 하옵소서……

주례사를 마치고 신부는 드디어 신동호 군과 남영희 누실라 양이 부부가 된 것을 성부와 성자와 성령의 이름으로 선포하였다. 관면혼배였다. 그리고 근엄하게 선언하는 것이었다.

"죽음이 생명을 갈라놓을 때까지 하느님께서 짝지어 주신 것을 사람이 나누지 못할지니라. 아멘."

날이 희붐히 샐 때 두 사람은 결혼식을 마치고 신부 앞에서 열렬한 사랑의 포옹을 하였다.

동호는 신부에게 말하였다.

"누실라 잘 부탁합니다. 저는 어떻게든 저쪽으로 갔다가 전쟁이 끝나면 돌아오겠습니다. 그 때 찾아뵙도록 하겠습니다."

"꼭 가야 되는가?"

"예. 그렇습니다."

신부는 붙들 수가 없었다.

"빨리 돌아오도록 기도하겠네."

"저도요……"

영희도 울면서 말하였다.

동호는 대답을 할 경황도 없이 여명 속으로 사라졌다.

그후 동호는 북으로 갔다.

인민군을 뒤쫓아 따라 가며 전투를 하고 여러 부대에 배속이 되며 반동 취급도 받고 죽을 고비도 여러 번 넘기었다. 하였지만 남으로 다시 돌아오지는 못하였다. 그럴 수가 없었다.

신동호의 아내가 되어 집으로 돌아온 남영희는 부모들에게 허락을 받으려고 아무리 노력해도 안 되었다. 왜 도대체 무엇 때문에 뭐가 부족하여 그런 사람하고 결혼을 해야 하느냐는 것이었다. 상촌 골짜기에서 그 때까지만 해도 유일한 고녀 졸업생일 뿐 아니라 미모가 빼어났다. 면내에서 둘째 가라면 서러운 부농에다 뭐 하나 째일 것이 없었다. 그런데 왜 그런 가난뱅이 집으로 그것도 신랑이 있는 것도 아니고 3.8선을 넘어 북으로 갔으며 지금 살았는지 죽었는지도 모르는 사람과 결혼을 한 것에 대하여 아무리 생각해도 이해할 수가 없다고 하였다. 도무지 귀신 씨나락 까먹는 소리였다. 사랑이니 언약이니 그런 것이 도대체 뭐 말라 비틀어진 작대기냐는 것이었다. 다른 사람들 그녀를 아는 친한 사람들도 그들의 사랑을 이해해주지 않았다. 이상과 현실을 구별하지 못하는 맹목의 사랑이라고 하였다. 그의 담임선생은 블라인드 러브라고 하였다.

영희는 부모와 가족의 반대를 무릅쓰고 아이를 낳았다. 배가 불러 오자 아버지 어머니가 아이를 떼게 하려고 별별 협박을 다 하고 감언이설로 달래도 보고 하였지만 그녀는 듣지 않았다. 그러면 죽겠다고 하였다. 그러나 죽을 수는 없었다. 그러면 말이 안 되었다. 집을 나갈 수도 없었다. 아이를 잘 낳아야 하기 때문이었다. 집에서 온갖 수모를 다 겪으며 혼자 아이를 낳았다. 여아였다.

이름을 금녀라 지었다. 신금녀. 동호와는 아이에 대한 얘기를 한 적이 없지만 금굴에서 갖게 된 아이라는 뜻이다. 사랑의 증표였다. 그녀가 졸라서 받은 것이었다. 영희에게는 금쪽 같이 귀한 자식이었다.

그러나 그것은 아이 어머니의 생각이고 금녀는 악의 핏덩어리였다. 빨갱이 부역자의 딸은 고통 그 자체였다.

시집에서도 그녀를 인정하지 않았다. 아이를 안고 조동리 동호의 집에 갔었다. 도마령을 넘어 계속 걸어가는 산 속 동네였다. 그러나 거기서도 받아들여주지를 않았다. 동호가 넘어가고 바로 가서 인사를 드리고 자초지종을 얘기했을 때는, 고맙기는 하지만은 동호의 얘기를 들어보지 않고는 정할 수가 없다고 하였다. 아들이 돌아온 다음에 얘기하자고 했다. 그 말 속에는 부잣집 귀한 딸, 너무나 똑똑하고 예쁜 처녀를 들여앉히기가 황공하여서였는지 몰랐다. 그러나 그 뒤에 아이를 데리고 여러 번 갔었지만 며느리로 손녀로 받아주지를 않았다. 그들이 다 세상을 떠날 때까지. 아니 그렇게 할 수가 없었다. 부역자의 가족이 아무리 산골이라고 하더라도 그 존립이 가능하지가 않았던 것이다.

말할 수 없는 고통과 시련이었다. 질질 끌려다니고 뭇매도 맞고 옥살이도 하고 연좌제에 걸려 아무 것도 못하였다. 금녀도 마찬가지였다. 어디 시험을 칠 수도 없고 가는 데마다 떨어졌다.

영희의 부모는 어떻게 해서라도 결혼을 시키려 하였지만

싫다하였다. 참 괜찮은 혼처도 많았다. 나이가 들어서는 재취 자리 후처 자리도 많았지만 그런 그녀의 신분을 카버할수 있는 지위에 있는 사람과의 혼처도 있었다. 영희는 무조건 마다 하고 만나 볼려고도 하지 않았다.

다 싫다고 하고 금녀를 데리고 혼자 살았다.

남편 없는 삶, 아버지 없는 삶은 고난의 연속이었다. 가만히 내버려 둬도 힘든데 계속 불려 가고 구속을 시켰다. 번번이 심한 고초를 받았다. 억울한 누명도 썼다.

양쪽에서 고통을 주었다. 간첩이 와서 넘어가자고 했다. 여기 부모와 딸 금녀를 위해서 그럴 수는 없었다. 양쪽 부모와 딸 그리고 북의 남편을 위해서 최선을 다하는 삶을 살았다. 그녀를 찾아온 손님을 신고하지 못하는 것은 남편을 위하여서였다.

"저의 남편이 살아 있다 이거지요?"

영희는 다만 그것만을 확인하고 싶었다.

"물론입니다. 지상 낙원에서 잘 살고 있습니다. 같이 가시면 영웅이 되지요."

더 이상 다른 것은 묻지도 않고 바라지도 않았다. 살아 있으면 되었다. 영웅이고 호걸이고 그런 것도 다 필요 없고 죽기 전에 만나기만 하면 되었다.

잘 사는 것은 바라지 않았다. 그저 연명만 하면 되었다. 누구보다도 머리가 좋았지만 머리를 쓰는 것은 안 되고 보험회사 같은 데도 안 되고 막노동 육체노동만 가능하였다. 몸만은 팔지 않았다. 그럴 수는 없었다. 겨우 입에 풀칠만 하고 살았다. 딸 교육도 못 시켰다. 나중에 방송대학도 나오고 대학 강사도 하고 시도 쓰고 하였지만 금녀의 결혼 생활도 파탄이 났다.

아버지가 공산주의자라는 것 때문에 아무 것도 안 되었다. 그러나 실은 아버지는 공산주의자가 아니었다. 그런 이념 때문에 북에 간 것이 아니었다. 아버지 신동호에게 이념이 있다면 아내-영희-를 사랑한 것이었고 부모를 사랑한 것이었다. 사상이 아니라 사랑이었다.

공산주의란 무엇인가. 우리나라에서는 공산주의 정권과 대치하고 있기 때문에 국가보안법이라는 것이 있고 정확하게 따지는 것이 자유스럽지 않지만 그 의도만은 괜찮은 것이었다. 어쩌면 대단히 이상적인 것이었다. 그런 좋은 방법들이 현실적인 여러 가지 문제들 때문에 성공을 못한 것이다. 특권층의 욕심 때문이었다. 그것을 버리지 못하고 권력이든 돈이든 가지기만 하면 놓지 못하고 들켜쥐었던 때문이다. 공산주의란 말 그대로 민중-인민-의 이익을 위해 만든 것이고 사사로운 생각을 버리는 것이었다. 그 너무도 당연하고 초보적인 단계에서 그것을 만든 사람들 자신이 반칙을 한 것이었다. 일부 권력을 갖게 된 사람들이 그 권력을 휘두르고 재산까지 가지려고 욕심을 부리다가 무너진 것이다. 현재 공산주의로 성공한 나라가 아무 데도 없다.

어느 소설(농민21)의 한 대목을 인용한 것이지만 우리 나라는 그래서 다른 여러 나라들처럼 공산당은 존재할 수가 없고 비판만이 가능하였지 다른 면은 얘기할 수가 없었다.

아버지가 북에 있고 끌려가지 않고 넘어갔다는 사실만으로 정상적인 생존이 가능하지 않았던 것이다. 그것이 사랑이든 효든 충이든 그것은 아버지의 생각이고 결정이지 아직 태어나지도 않은 금녀에게 무슨 죄가 있는가. 그녀가 무슨 정죄(定罪)를 하였는가.

금녀 모녀는 신동호의 월북 후 참으로 긴 터널 속에 살았다. 상당히 오랜 기간 동안 감시와 탄압을 받으며 살아야 했다. 어머니 남영희는 수시로 경찰서에 끌려가 심한 구타를 당하고 고문을 받았다. 신동호의 월북 자체가 남은 혈육에게는 말할 수 없이 큰 죄였다. 중죄인이었다. 죽을 죄를 진 것이었다. 솔직히 말해서 신동호의 월북은 살기 위한 방편이었을 뿐이다. 죽지 않기 위한 피신이었을 뿐이다. 그러나 그런 것을 아무리 얘기해도 소용없었다. 입만 아프고 화만 났다. 신동호의 순수한 정신을 훼손할 뿐이었다. 충청도 이쪽 끝에서 저쪽 끝으로 멀리 이사를 해서 살았지만 거기서는 감시와 탄압이 더 심하였다. 그들의 집에는 아무도 찾아올 수도 없었다. 내방자까지 감시를 하고 고문을 하였다. 금녀가 중학교 다닐 때까지만 해도 그랬다. 유령의 집이었다. 흉가였다.

그는 금녀와 북에 같이 갔었다. 그녀의 아버지를 같이 만나기위해서였다. 몇 년 전 개천절 행사 때였다. 남북이 처음으로 개천절 민족 공동행사를 단기4335(2002)년 평양에서 개최하게 되었다. 이듬해는 서울에서 개최하며 북측 대표들이 내려와 공동 행사를 갖기로 하였지만 그것은 지켜지지 않았고 그는 남측의 대표단 일원으로 이 행사에 참가하여 단군릉 삼성사 숭령전 등 유적지를 순례하였다. 그는 농민문학회 소속이었고 남북농민문학 세미나도 열기로 하여 몇 명의 회원들이 같이 갔었다. 거기에 시를 쓰는 신금녀도 동행을 하였다. 그녀는 농민이고 문학이고 단군이고 그런 것보다 아버지를 혹시 만날 수 있을까 하는 혹시 수소문이라도 할 수 있지 않을까 하는 기대를 가지고 간 것이다.

북에서 날아온 고려항공기를 타고 평양 순안비행장까지 1시간도 안 되어 도착하였다. 참으로 가까운 거리였다.

개천절날은 아침 8시에 출발해 단군릉으로 갔다. 평양시 강동구 대박산 기슭에 거대한 단군릉을 1994년 개건하여 놓았다. 45정보의 면적에 개건비 구역, 석인상 구역, 무덤 구역으로 조성되어 있는데 무덤은 집안(輯安)의 장군총 모양의 3배, 높이 22미터 한 변의 길이 50미터의 돌각담 무덤이며 그 속의 묘실에는 단군의 초상이 걸려 있고 단군 내외의 유골을 유리관에 넣어 보여주고 있었다. 부분 부분의 유골을 맞추어 복원해 놓은 것이다. 그것을 또 전자상자성공명법(電子常磁性共鳴法)을 적용하여 5011년 전(1993년 현재)의 것이라고 고증해 놓고 있었다.

묘실을 돌아보고 난 후 단군릉 앞에서 고풍한 뿔나팔 연주에 맞추어 제를 지나고 개천절 민족 공동 행사를 거행하였다. 행사가 끝나고 개건비 구역 광장에서 민속 음악 무용 공연이 있었는데 아리랑 연주가 끝나갈 무렵에는 모두들 나와서 춤을 덩실덩실 추는 한마당을 이루었다. 이런 것이 통일이구나 하는 소박한 느낌도 들었다.

이튿날은 황해도 구월산의 삼성사를 가보았다. 일제가 한일합방이 되자 제일 먼저 불태워버린 삼성사를 4334년에 복원하여 원시조인 단군, 단군의 아버지 환웅, 단군의 할아버지 환인 삼성의 천진(天眞)을 모셔 놓았다. 솔거가 그렸다는 단군의 천진은 물론 아니었다. 아사봉이 바라보이는 옛 아사달 구월산 중턱의 단풍이 곱게 물들어 있었고 날씨도 좋아 전형적인 가을 하늘에 붓을 든 솔거의 화상이 떠올랐다. 이

날 삼성사 삼성전의 단군 할아버지는 마치 우리의 바로 몇 대 위의 할아버지인양 가깝게 느껴지며 민족의 핏줄을 진하게 연결해 주는 것 같았다.

그날 저녁 남북 농민문학작가들이 모여 작품 낭송회도 갖고 앞으로 정기적으로 모임의 교류를 갖자고 하였다. 거기서 신금녀는 아버지에 대한 시를 낭송하였다.

> 아버지
> 지금 어디에 계십니까
> 제가 아버지 곁에 왔습니다
> 아버지는 저에게 슬픈 꿈입니다
> 그러나 언제나 저의 희망입니다
> 얼굴을 한 번이라도 뵙기 전에는
> 살아계셔야 합니다
> 단 한 번 손이라도 만져보지 않고는
> 눈에 흙을 넣을 수 없는 어머니
> 아시지요
> 아버지

금녀는 북에 가면 어떻게든 아버지에 대한 수소문을 할 수 있을 줄 알았다. 그러나 전혀 그렇지 않았다. 어디 주소를 아니 물어볼 수도 없고 설사 안다 하더라도 그런 개인적인 연락은 할 수가 없었다. 부탁할 데가 없었다. 보통강가의 큼지막한 호텔에 들어 있으면서 단군릉이다 구월산이다를 가기 위하여 현관에 나가 버스를 타고 가서 현관에 내려 들어오는 것밖에 허용이 되지 않았다. 길 건너를 건너가는 것도 안 되었다. 거기에 단고기-보신탕-집이 있다고 하여 가서 소주 한 잔 하겠다는 것도 안 되었다. 사다 주겠다는 하였다.

3일째 되는 날 대동강 쑥섬으로 가는 길에 지하철 부흥역에서 영광역까지 한 정거장을 가기 위해 에스컬레이터를 타고 내려가고 또 올라가다가였다. 옆으로 에스컬레이터를 타고 올라오고 내려오며 우리에게 손을 흔드는 평양 시민들 그 속에 아버지가 있나 유심히 보았고 지하철 안 손님들도 살펴보았으나 구름을 잡는 것일 뿐이었다.

신금녀는 아버지를 만나는 것이 하나의 숙제였다. 소원이었다. 어떻게 생겼나를 보고 싶은 것이 아니고 그저 한번 손을 잡아보고 싶은 것이었다. 촉감으로라도 피를 전달 받고 싶은 것이었다. 만나보고 싶었다. 아버지의 이야기를 한 마디라도 들어보아야 했다. 그것이 이 세상에서 그녀가 하고 가야될 소명 같은 천명 같은 일이라고 생각했다. 그래야 죽어서 아버지를 만날 수 있을 것 같았다. 두 분을 만나게 할 수 있을 것 같았다. 어머니의 삶에 대한 얘기를 들려줘야 했다. 아버지에게 그 얘기를 전해주지 않으면 안 되었다. 그것이 자식의 도리이었다. 이 민족의 도리였다. 그것을 하기 전에는 아무 것도 할 수가 없었다.

그러나 북에까지 가서도 만나지 못하고 돌아왔다. 살아 있는지 죽었는지 그것조차 알 수가 없었다. 왜 우리는 핏줄의 생사조차 몰라야 하는가. 편지 한 장 쪽지 한 장 전할 수가 없는가. 참으로 답답하고 가슴 아픈 민족이었다.

여러 가지 시나리오가 씌어졌다. 올라가다가 죽었을 경우 (일단 그것은 아니다. 1.4후퇴 때 만난 사람이 있다), 가서 제대를 하고 어디 탄광이나 벽지에 가서 죽은 척하고 살아 있는 경우, 근사하게 당 간부가 되어 자식을 여럿 낳고 거들 먹거리고 사는 경우, 아니면 평범하게 농사를 짓고 있는 경우, 여러 장면이 영화처럼 떠올랐다. 어떻든 살아 있어야 했다. 살아 있으면 80이 되었다. 어머니는 한 살 위였다. 살아 있으면.

떠난 자도 말이 없고 남은 자도 말이 없었다.

질긴 인연

신동호는 인민군으로 신물이 나도록 병영생활을 하고 있다가 제대하여 협동농장에서 근무하며 살았다. 그 후 40년 50년 시간도 잊어버리고 그 일에 종사하며 살았다. 다른 것은 할 수 있는 것이 없었다. 군대생활과 농사를 짓는 것 외에 한 것이 없었다. 배운 것도 고향에서 농업학교를 다니면서 농업에 관한 것이었고 다른 것이 없었다. 할려면 못하는 것이 없었지만 가지고 있는 능력을 다 사용하지 않았다.

능력을 있는 대로 그 몇 배를 발휘한 것은 여기를 탈출하여 인민군으로 들어갈 때였다. 그리고 다시 거기를 탈출하여 이곳 아내 남영희가 있는 곳으로 오고자 한 것이다. 그것이 한 번은 이루어졌고 한 번은 이루어지지 않았다. 아주 간단한 얘기였다. 갈 수는 있었지만 올 수는 없었다.

이곳으로 오기 위하여 여러 번 시도하였다. 두만강 가를 헤매며 수영으로 건너기도 하고 DMZ 철조망을 뚫고 넘어오려고 몇 번 시도를 하기도 하였다. 그것 때문에 아오지 탄광에도 가고 한 10년 충성을 맹세하여야 했다. 휴전선을 넘는 것은 총살을 당하거나 지뢰를 밟을 가능성이 많아 더 시도하지 않았다. 적극적으로 시도하지 않고 10년이고 20년이고 기회를 기다리는 것, 그것이 방법이었고 노하우였다. 그가 죽어도 안 되지만 다시 또 한 번 붙들리면 총살을 당하거나 징역을 살거나 오지로 끌려가 억류생활을 하게 되고 거기서 평생 풀려나지 못할 것을 잘 알고 있었다. 자신은 절대로 죽으면 안 되는 것이었다. 남영희를 만나지 않고는 절대로 눈을 감을 수가 없는 것이다.

그 때 그날 밤 헤어지기 전에 사랑의 증표를 달라고 하여 주었고 온 몸으로 사랑을 하였었는데 그로하여 아들이나 딸이 태어났다면 그 또한 만나서 한 번 안아보지 않고는 눈에 흙을 넣을 수가 없는 것이다. 하루 밤의 관계가 꼭 증표로 나타나 있으란 법은 없었다. 그런 아무 소생도 없이 영희는 혼자 살고 있을지도 모른다. 아니 다른 데로 시집을 갔을지도 모른다. 죽었을지도 모른다. 그러나 죽지만은 말고 아무래도 좋으니 한 번 만나야 했다. 만나 손이라도 한 번 잡아보고 정말 미안하다는 얘기를 해야 했다. 미안했다, 어쩔 수가 없었다, 아무리 노력해도 안 되었다…… 늙어서라도 병들어서라도 만나서 그 말을 꼭 하고 싶었다. 먼발치서라도 만나서 그런 눈빛이라도 전하고 싶었다. 정말 어쩔 수가 없었다, 죽어서는 몰라도 살아서는 갈 수가 없었다, 그렇게 말하여야 했다.

정말 아무리 노력해도 안 되었다. 할 수 있는 최대한을 다하였다. 그가 요구하는 것은 대단한 것도 아니었다. 고향에 가고 싶은 것이었다. 가서 기다리고 있을 아내를 아니 남영희를 만나고 싶은 것이었다. 만나주지 않는다면-만날 수가

없는 사정이라면-그래 그러냐고 미안하게 되었다고 말하고
싶은 것이었다. 그저 다만 그것이었다. 그러나 그것은 북을
버리고 남으로 가는 것이고 그것은 절대로 안 되었다. 말을
할 수도 없었다. 휴전이 될 때까지, 그리고도 지쳐 나자빠지
고 이제 그만 두라고 할 때까지 충성을 다 하였고 목숨 걸
고 싸워주었다. 할 것은 다 하였다. 더 할 것이 없었다. 곡식
을 축내고 소금만 축을 내었다. 그런데 반기를 들겠다는 것
도 아니고 무슨 사상이 어떻다는 것도 아니고 그저 사랑하
는 사람을 만나겠다는 것인데 안 되는 것이었다. 만나 얼굴
만 보고 돌아와도 좋다는 것인데 그것도 안 된다는 것이었
다. 뭐가 됐든 한 발짝도 이쪽으로 넘어오는 것은 안 되었
다. 그러면 이렇게 살아서 갈 날을 기다리고 있다고 하는 소
식만이라도 전하고 싶은데 그것도 안 된다는 것이었다. 안
죽고 살고 있다는 소식을 전하는 것도 안 되었다. 어떻게 살
고 있는지 소식을 전해 듣고 싶은데 그것도 물론 안 되었다.
50년 60년 기다려도 안 되었다. 좌우간 이대로 죽을 수는 없
었다.

　결혼하는 날 떠나와서 살았는지 죽었는지 소식조차 전하
지 못하고 소식을 알지도 못하고 있는 것이었다. 소식을 전
하는 것만도 안 되었다. 물어볼 필요도 없었다. 어디다 물어
볼 데도 없었다. 어디다 물어볼 수도 없었다. 물어보는 자체
로도 반동이 되어 대역죄인이 되고 아니면 바보 취급을 당
하고 놀림까마리가 되었다.

　생각으로 그쳐야 하고 혼자 끙끙 앓아야 했다. 누구 하나
친한 사람도 없지만 마음을 터놓고 사는 사람도 없었다. 탈
출의 모의 같은 것은 아예 하지 않았다. 배신을 당했다 하면

살아날 수가 없었다. 한 해 두 해 10년 20년도 아니고 눈으로 보아 너무도 잘 아는 것이었다. 탈출의 기회는 도무지 오지 않았다. 50년 60년 기다려도 안 되었다. 좌우간 이대로 죽을 수는 없었다. 어떻게든 도망치지 않고는 갈 수가 없었다.

러시아 벌목공으로 갔을 때도 몇 번 탈출의 기회를 노렸으나 되지 않았다. 기차를 탈 때도 그랬고 숲 속에서도 대열을 이탈할 수가 있었고 도망칠 수도 있었다. 보초병이 졸고 있었다. 그러나 만일의 경우 붙들리면 목숨을 부지할 수가 없었다. 같이 간 박영구는 도망을 치다가 총에 맞아 죽었고 도망을 치는 데까지는 성공을 했지만 다시 붙들려와서 기차에서 처형이 되었고 철로길 바닥에 내버려졌다. 어디 무덤이라도 있어야 하는데. 그래서는 안 되었다. 늙고 병들어서라도 살아서 가야 하는 것이었다. 가서 영희, 남영희를 만나지 않으면 안 되었다. 어떻게든 목숨을 붙여가지고 가야 하는 것이었다. 그래서 기회를 백번도 천번도 더 노렸지만 신중의 신중을 기하고 1퍼센트라도 위험성이 있으면 감행하지 않았다. 용기가 없어서가 아니었다. 그런 것이 중요하지 않았다. 어떻든 아무리 시련이 있어도 실패가 있으면 안 되었다. 그렇게 10년이 지나고 20년 30년이 지나고 40년이 지나고 50년이 지났다. 60년도 지났다.

전쟁이 이렇게 길 줄은 몰랐다. 몇 달이면 끝날 줄 알았다. 길어야 1년이면 될 줄 알았다. 그러나 3년이 지나서 휴전이 되었고, 도대체 휴전이 뭐 말라비틀어진 똥막대기이며, 그러고도 계속 싸움을 하였고 늙고 꼬부라지도록 전쟁은 끝나지 않았다. 아직 그런 아무런 조짐이 없고 기약이 없다.

죽기 전에 끝나지 않으면 안 된다. 어떻든 죽음만은 안 되었다.

장가도 가지 않고 기다리고 있었다. 어떻게 약속을 하고 왔는데 장가를 들 수가 있단 말인가. 절대로 그래서는 안 되었다. 절대로 죽으면 죽었지 그런 일은 있을 수가 없었다. 이제 장가를 갈 능력도 없었다. 장가가는 놈이 불알 떼어놓고 간다는 말이 있지만 이제 늙어서 그런 것과는 무관하고 거리가 멀어졌다.

그렇지 않았을 때 젊었을 때는 도무지 이 사람도 싫다 저 사람도 싫다 어떤 여자가 되었든 다 싫다고 하고 장가를 가지 않자 이상하게 생각하였다. 너무나 사람이 좋고 어디 하나 나무랄 데가 없는 사람이 별 사람을 다 얘기해도 싫다고 하였다. 장가를 안 간다고 하였다. 그러자 이 사람 저 사람 친한 사람들이 따지고 묻는 것이었다.

"장개 가기가 싫어요?"

"예, 싫어요."

"와 그것이 싫지요?"

"싫으니까 싫지요."

"그런데 와 싫으냐 말이요?"

"아니 그런 자유도 없어요? 일을 안 하는 것도 아니고 행패를 부리는 것도 아니고 혼자 편하게 살겠다고 하는데 그것도 안 되나요?"

"안 되는 것이 아니라 그럴 필요가 없지 않아요"

"그럴 필요가 있어요."

"그러니까 그 이유가 뭐이냐 말이에요?"

"그건 비밀이에요. 말할 수 없어요. 그런 자유도 없나요?"

"원 자유에 걸신이 들렸나 말끝마다 자유 타령이야?"

"맞아요. 그래요."

하나도 보탠 것도 아니고 거짓말을 한 것도 없었다. 그저 말한 그대로였다. 다만 남영희에 대한 얘기는 할 수가 없었다. 해서 득이 될 것이 없었고 사나이가 비밀을 하나 간직하고 있는 것이 어쩌면 아름다운 것이었다.

그러나 다른 사람들은 그렇게 생각하지 않았다. 무슨 결함이 있나, 성불구자이거나 성격적 장애를 갖고 있지 않나, 의아스럽게 생각하기도 하는 것이었다. 심지어는 고자가 아니냐고 대놓고 얘기하기도 하는 것이었다. 그것도 여자가 확인하고 싶어 하는 것이었다.

"한 번 보여드릴까요?"

여자는 홍당무가 되어 쥐구멍이라도 찾고 있었다.

신동호를 좋아하는 여인이었다. 처녀였다. 협동농장에서 여러해째 같은 부서에서 일하고 있는 김영란이었다. 결혼하자고 청이 들어온 중에 제일 반반하고 속이 차 있는 여성이었다. 반반한 정도가 아니라 미모가 뛰어났다. 그녀가 신동호에게 목을 매자 다른 사람들이 전부 야단들이었고 신동호는 어떤 여자든 다 싫다고 하니까 주가는 점점 올라갔다. 한참 젊을 때였다. 40 전의 얘기였다. 그 후에도 한동안 그랬다.

김영란은 동호의 모든 면을 좋아했다. 아무 욕심을 내지 않고 지식이라든지 기술이라든지, 농촌의 한해서이지만, 모르는 것이 없고 아는 척하지 않고 교만하지 않고 말이 없고 듬직하고 나무랄 데가 전혀 없었다. 비밀을 간직한 채 입을 열지 않고 있는 짓끼지도 좋아했다. 남자기 그래야 되지 않느냐는 것이었다. 그런데 동호는 끝까지 결혼을 거부하였다. 정말 이해할 수가 없었다. 가령 김영란만 해도 특A급 결혼 상대자였다. 그런데도 불구하고, 그냥 사이 좋게 지나면 되지 않겠느냐는 것이었고 결혼은 노였다.

"아니 어떻게 그냥 살아요. 잠도 같이 자고 그래야지요."

"그래요. 잠을 같이 잡시다."

"아이도 낳고 그래야지요."

"그건 안 돼요."

"와 안 되느냐 말이에요."

"안 되니까 안 되지요."

정말 이해가 가지 않았다.

누가 봐도 이상하였다. 나중에는 간첩으로까지 오해를 받았다. 그러나 전혀 그런 것이 아니었다.

그래서 김영란이 따진 것이었다. 동호는 무엇보다도 그런 오해는 받고 싶지 않았다. 특히 그녀에게 그런 취급을 받고 싶지 않았다. 어쩌면 그녀를 좋아하고 있었는지도 모른다. 남영희가 아니라면, 결혼을 하지 않았다면 아내를 삼고 싶은 사람이었다. 오히려 넘치었다. 모든 면에서 월등하였다. 학벌도 나왔고 지식도 나왔고 성격도 나왔다. 인물도 나왔다. 그러나 절대로 그럴 수는 없었다. 죽으면 죽었지 그럴 수는 없었다.

좌우간 김영란이 신동호와 단 둘이 있는데 그런 이야기를 하여 그럼 벗어보이겠다고 하여 놀란 데다가 정말로 옷을 훌훌 벗었다. 이왕 벗는 것 속 시원히 다 벗었다. 벗기만 하는 것이 아니었다.

"자 보셔요. 나중에 딴 소리 하지 마시고 실컷 보셔요."

여자는 말문이 막혀버리고 전신의 기능이 멎어버린 듯 입을 벌린 채 다물지를 못 하였다. 앉은뱅이가 된 듯 일어서지도 못하고 눈을 가리고 그 자리에 엎드리는 것이었다.

그 뒤 김영란은 남자의 몸을 보았으니 정조를 바친 것과 같다고 하면서 다시 청혼을 하는 것이었다. 결혼을 안 하면 안 된다는 것이었다. 아니 결혼하였다고 소문을 내고 다니었다. 관계를 했다는 것이다. 억지를 쓰는 것이었다. 보통 떼가 아니었다. 오래 전의 얘기였다. 이상한 간첩 누명까지 씌우는 것이었다. 그리고 당 간부를 통하여 강제 결혼을 시키는 것이었다. 거부를 하고 빠져나갈 수가 없었다. 꼼짝을 할 수가 없었다. 빼도 박도 못하였다. 아니 뺄 수가 없었다.

신동호는 김영란과 살림을 차리었다. 결혼을 한 것이다. 단 조건이 있었다. 아이는 갖지 않는다는 것이었다. 좋다고 하였다. 몇 번 다짐을 받았다. 김영란은 시원찮게 대답을 하였지만 약속을 지켰다. 신사였다. 아니 숙녀였다.

여자가 원하는 대로 성관계를 가졌다. 두 번이고 세 번이고 다섯 번이고 여섯 번이고 하자는 대로 응하였다. 그러나 사정은 하지 않았다. 몇 번이고 여축 없이 사정은 밖에서 하였다. 콘돔이 있었고 피임약이 있었고 여러 피임 방법이 있었지만 그것이 100퍼센트도 아니었고 구하는 것도 용이하지 않았다. 어렵기도 하고 번번이 성가셨다. 다른 피임 방법이 있었지만 다른 방법은 사용하지 않았다.

한번은 김영란이 임신이 되어, 이상하게 여겨 알아보았더니 콘돔에 바늘로 구멍을 내놓았던 것이다.

신동호는 대노하여 펄펄 뛰며 큰소리로 말하였다.

"사림을 속이면서 이렇게 같이 살 수가 있겠이요. 당장 헤어집시다."

"그게 뭘 속이는 거에요?"

"양심도 없구만, 여러 소리 할 것 없어요. 내가 나가겠오."

"잘 못 했어요. 아이를 갖고 싶은 생각에 그렇게 한 것뿐이에요."

"일없어요."

"당장 뗄게요. 무슨 수를 쓰더라도 약속을 지킬게요. 정안 되면 양잿물이라도 먹겠으니까 화를 푸세요. 그리고 앞으로는 절대로 그런 일이 없도록 할게요."

"정말이오?"

"두고 보세요."

김영란은 생명의 위험을 무릅쓰고 낙태를 시켰다. 그리고 몸이 반쪽이 되어가지고 정말 잘 못했다고 다시는 그렇게 하지 않겠다고 하였지만 콘돔은 사용하지 않았다. 그것이 좋은 구실이 되었다.

결혼을 하지 않을 수가 없었다. 살아남기 위해서였다. 죽지 않기 위해서였다. 그리고 결혼을 하고 성관계를 갖지 않을 수가 없었다. 있을 수가 없는 일이었다. 가능하지가 않은 일이었다. 그러나 아이가 생기면 안 되었다. 절대로 그래서는 안 되었다. 남영희가 아이를 가졌는지 모른다. 안 가졌는지도 모른다. 사랑의 증표를 주고 왔는데 그것이 어떻게 되었는지 모른다. 그러나 그 여부를 떠나서 다른 사람이 아이를 가지면 안 되었다. 그러면 그 때 그 사랑의 약속을 지키지 않는 것이었다. 그러면 안 되었다. 그런 일이 있어서는 안 되었다. 절대로 안 되었다.

"그런데 와 그렇게 해야 돼요?"

김영란은 따지는 것이 아니고 아무래도 이해가 안 되어 묻는 것이었다.

　"따지는 것이 아니에요."

　"그래야 돼요."

　"와 그래야 되지요?"

　"좌우간 그래야 돼요."

　"신동무는 그렇게 하는 것이 힘들지 않아요? 괴롭지 않아요?"

　"말할 수 없이 힘들고 괴로워요."

　"그런데 와 그러세요?"

　"그래야 돼요. 미안해요. 어쩔 수가 없어요."

　"참 답답한 양반 다 보겠네. 그런데 와 결혼을 했어요?"

　"미안해요. 잘 못 되었어요. 용서해줘요."

　미리 다 얘기한 것이었다. 그렇게 약속도 한 터였다. 오히려 모함을 하여가며 결혼을 하자고 한 것은 여자 쪽이었다. 하지만 그것을 탓하지 않고 잘 못했다고 사죄를 하였다.

　여자는 오히려 황송하였다. 김영란은 얼마 안 가서 견디지 못하고 손을 들었다. 몇 번이고 여자가 원하는 대로 성관계를 해 주었다. 그러나 절대로 사정은 하지 않았다. 성행위가 절정에 이르렀을 때 중단하는 것이었다. 열 번이면 열 번 그렇게 하였다. 결론적으로 그녀가 도저히 못 견디고 포기한 것이었다. 남영희에게는 정말 미안한 일이지만 그 방법밖에는 없었다. 남자는 여자보다 더 견디기 어려웠다. 그런데 어떻게 그것이 가능하였는가. 죽기 아니면 살기였던 것이다. 다른 여자와 같이 살고 함께 자는 것은 죽기보다 싫었던 것이다. 그래도 죽는 것보다 나았던 것이다. 이니 죽율힘올 디

하였던 것이다. 그래도 죽지만은 않았던 것이다.

　나름대로 뜻을 이루고 나서 신동호는 그럴 수밖에 없는 사정을 말하였다. 사실대로 다 말할 수는 없었고 알아들을 만큼 말하였다. 김영란은 그제서야 신동호를 이해를 하고 그와 같은 고통의 삶에 대하여 동정을 하는 것이었다. 존경심을 표하기까지 하는 것이었다. 그리고 다른 곳으로 시집을 가는 것을 양해 받기 위하여 최선을 다하여 예의를 갖추는 것이었다. 그녀도 역시 미안하다, 이해해 달라, 청춘을 어떻게 그냥 지낼 수 있단 말이냐…… 신동호는 더욱 미안하고 고마웠다. 한 가지 어려운 주문도 있었다. 남자의 기능을 발휘하지 못하는 것으로 해주었으면 좋겠다는 것이었다. 마음에 안 들고 못마땅하였지만 그러기로 하였다. 어쩌면 그것이 제2 제3의 김영란을 막는 길이 되기도 하였다.

　다 젊었을 때 얘기였다. 결혼을 하지 않기 위하여 별짓을 다 하였다. 아무래도 좋았던 것이다. 병신이래도 좋았고 정신병자라도 좋았다. 바보 천치라고 해도 좋았다. 모자란다고 해도 좋았고 뭘 모른다고 해도 좋았다. 누가 뭐라고 해도 눈도 깜짝하지 않았다. 그만큼 남영희를 향한 의지가 강하고 흔들리지 않았던 것이다.

　그 뒤 참 많은 세월동안 고통스러운 나날을 보내며 살았다. 그냥 일만 하고 밥만 먹고 산다는 것은 하나도 힘들지 않았다. 시간만 되면 농장으로 가서 맡은 일만 하고 퇴근을 하면 되었고 집에 돌아와 씻고 밥을 해 먹으면 되었다. 밥을 하고 설거지를 하는 것은 일도 아니었다. 혼자 먹는 것도 습관이 되어 힘들 것이 없었다. 먹고 싶지 않으면 안 먹으면 되었고 배고프면 먹으면 되었다. 밥을 먹는다든지 잠을 자는 것은 삶을 유지하는 방법이었고 그 외 아무 것도 아니었다. 어떻게든 시간이 가서 남영회를 만나는 것만이 기대였고 희망이었다. 아버지를 만나고 어머니를 만나고 어서 가서 아들의 얼굴을 보여주고 사죄를 하고 하여야겠지만 그들이 100살을 넘고부터는 그런 기대를 포기할 수밖에 없었다. 그 전까지는 가서 아들 노릇을 하게 되기를 애타게 기다렸지만 서서히 기대를 접었다. 형제들 친척들을 만나고 싶은 생각도 간절하였지만 남영회를 만나고 싶은 생각은 하루에 열 두 번도 더 났고 하루 종일 한 시도 잊어본 적이 없었다.

어떻게든 그녀를 만나야 했다. 만나지 않고는 눈을 감을 수가 없었다. 신동호에게서 사는 목적이 있다면 그녀를 만나는 것이었다. 만나기만 하여도 되었다. 그러지 않고는 죽을 수가 없다. 그런데 아무런 소식을 몰랐다. 남북 이산가족을 만난다는 말을 듣고 여러 번 신청을 하였지만 한 번도 이루어지지 않았다. 그저 살았는지 죽었는지-아니 절대로 죽으면 안 되었다-아이가 있는지, 남자인지 여자인지-그거야 아무래도 좋았다-아이가 없으면 무슨 상관인가. 어떻든 잠시만이라도 만나야 했다.

그런데 그렇게 잠시라도 만날 수 있을 것인지, 아무런 보장은 없다. 기약도 없다. 도대체 왜 무엇 때문에 이런 가혹한 운명의 형벌이 내려진 것인가. 무엇을 잘 못하고 죄를 진 것인가. 그쪽에 가서도 그랬지만 이쪽에서 잘 못한 것이 무엇인가. 농사를 지어가며 학교에 다닌 것밖에 없고 학교에서도 모범생이었다. 전교의 1등이었다. 1등 아니면 2등이었다. 보도연맹에 들었다고 하지만 자신은 알지도 못했고 설사 알았다 하더라도 그것이 무슨 그리 대단한 길 못인가. 보도연

맹이 전향자들의 단체라고 했을 때 그것이 무슨 범죄인들도
아니었다. 그들을 개 끌듯 끌고 가서 한 구덩이에 죽인 것이
잘 못이었다. 그러나 신동호는 그런 것도 아니었다. 거기서
도망쳤고 또 도망을 쳐서 목숨을 부지하지 않았나. 그 자리
서 총맞아 죽든가 매맞아 죽지 않고 도망친 것이 잘 못인가.
그쪽으로 가서 이쪽으로 총을 겨누고 있었던 것이 잘 못인
가. 거기서 집총을 거부하고 처형되지 않은 것이 잘 못인가.
뭐가 잘 못이길래 30년 40년 50년 형벌을 주고 있는 것인가.
사람을 때려죽인 죄라고 하더라도 그렇게 가혹한 형벌을 가
하지는 않을 것이다. 그러나 아직 아무런 끝이 보이지 않았
다. 아무런 희망의 예감이 느껴지지 않았다.
　바람결에라도 어렴풋이라도 이쪽 남영희의 소식을 알 수
없었다. 이쪽 근방의 사정도 알 수 없었다. 백방으로 수소문
해도 알 수가 없었다. 재주가 없어서 그런지 요령이 없고 눈
치가 없어서 그런지 전혀 한 마디도 소식을 전해 들을 기회
가 없었다. 소식을 들으려고 했다가 의심만 받고 그로 하여
또 한 동안 탈출 의심을 받다가 풀리고 그런 반복을 열 번
이고 백 번이고 하고 또 하고 했을 뿐이다. 전쟁이 끝나거나
그래서 통일이 되어야 되는데 그것을 기다릴 수밖에 없다.
골백번을 더 생각하고 말하고 해야 입만 아팠다. 아무리 도
망칠려고 해봐야 안 되었고 아무리 여기를 벗어날려고 해봐
야 벗어날 수가 없었다. 몸부림치면 칠수록 더 꼼짝 못하게
묶이는 것이었다. 가만히 체념하고 세월만 가기를 가다리는
것이 현명한지 모른다. 여태 그렇게 해온 대로 또 몇 십년이
고 기다리는 수밖에 없는지도 모른다. 그러다 죽어도 할 수
가 없다. 다른 방법이 없는 것이다. 죽지만은 않아야 되는데

좌우간 다른 도리가 없는 것이었다.

러시아 벌목공으로 다녀온 후 타 지역 외국 근무를 희망하였으나 되지 않았다. 그 때가 기회였는데 그것을 놓친 것이다. 그쪽 대사관으로 도망을 치고 거기서 망명을 요청하고 그렇게 드세게 나와야 하는데 그러지를 못한 것이다. 용기가 없어서인가. 머리가 모자라서인가. 어떻든 그런 기회를 다 놓지고 이제 통일이 되기를 기다리는 수밖에 없었다.

전쟁은 끝날 것이었다. 통일은 될 것이었다.

아버지의 만남

남영희는 신동호를 기다리다 기다리다 체념하였다. 여자는 참고 기다릴 수 있지만 남자는 기다릴 수가 없다고 생각했다. 수절을 한 여자는 있었지만 그런 남자는 없었다. 그렇게 생각하였다. 그렇게 생각하고 잊어버리려 하였다. 그러나 아무리 생각하고 마음을 고쳐 먹어도 잊을 수가 없었다.

사실 결혼을 한 것도 아니었다. 약속을 한 것뿐이었다. 그것도 둘이서만 한 것이고 밤중에 굴 속에서 애정을 나눈 것이다. 피투성이가 되도록 사랑을 하였다. 그것도 억지로 그녀가 떼를 쓴 것이다. 부모의 허락을 받은 것도 아니었다. 부모들은 극구 반대하였다. 남영희의 부모는 죽기 살기로 반대하여 집을 나와야 했다. 성당에 가서 신부의 주례로 식을 올릴 수밖에 다른 도리가 없었다. 떼를 쓰고 사정을 하여 억지로 어거지로 식을 올린 것이었다. 신동호가 억지로 끌려서 따라온 것은 물론 아니고 누구보다도 남영희를 좋아하고 뜻을 같이 한 것은 맞다. 서로 무한한 희열을 느낀 것도 맞다.

더 이상 도달할 수 없는 절정이었다. 상황이 더 시간을 끌고 얘기하고 할 여유가 있는 것이 아니었고 더 생각하고 따지고 할 겨를이 없었다. 그녀가 먼저 요구하고 먼저 옷을 벗었다. 체면을 세우고 예의를 차리고 뭘 따질 처지가 아니었다. 순진하고 예의 바른 신동호의 제 대로 된 절차를 기다려 무엇을 할 수 있는 상황이 아니었다.

좌우간 성당에서 혼배성사는 하였다. 부모 대신 하느님의 허락을 받은 것이다. 밤중이고 새벽이고 어거지라고 하지만 분명히 결혼을 한 것이다. 하루 밤이지만 하루 밤도 안 되지만 말할 수 없는 깊은 사랑을 나누기도 했고 사랑의 증표도 받았다.

남영희는 10년 20년 30년 40년 그 남편이 돌아오기를 기다렸다. 밤마다 남편의 꿈을 꾸었다. 꿈을 꿀 때마다 달려가고 있었다. 아니 달려오고 있었다. 남편이 돌아오기 전에는 눈을 감을 수가 없었다. 손이라도 한 번 잡아보고 눈이라도 한번 맞춰봐야 했다. 그러기 전에는 눈에 흙을 넣을 수가 없었다. 딸 금녀의 손을 만져보게 하고 아버지의 얼굴을 한 번이라도 보게 하고 숨을 거두어야 했다. 그러나 그러나 그게 안 되었다. 죽어도 안 되었다.

금녀도 어떻게든 아버지를 만나야 했다. 어머니가 살아 있을 때 만나게 하고 싶었다. 어머니가 얼마나 아버지를 보고 싶어 하고 만나고 싶어 하고 그래서 죽을 수도 없이 기다리고 있었는지 얘기해야 했다. 얼마나 힘들고 괴로운 삶을 살고 있었는지 얘기해 주어야 했고 또 그녀 자신 아버지의 얼굴을 보아야 했다. 그것이 어머니의 소원이고 자식의 도리이기 때문이었다.

자식으로서 아버지를 한 번이라도 만나지 않으면 안 되었다. 그것이 아버지에 대한 도리이고 어머니에 대한 도리였다. 죽었으면 언제 어디서 왜 죽었나 하는 것을 알아야 했다. 그래야 제사라도 지내고 단념이라도 하였다.

그런데 도대체 왜 그런 것도 알 수가 없는가. 왜 그런 것도 알 수 없게 하고 있는가. 그것이 무슨 기밀이며 전략이라도 된단 말인가. 그까짓 것을 숨기고 감추는 것이 무슨 가치가 있단 말인가. 참 한심하고 답답한 인간들이다. 이렇게 절실하고 간절한 소원을 누가 짓밟고 있단 말인가. 도대체 무엇을 위하여 무엇 때문에 그렇게 비인간적이고 반인륜적인 짓거리를 하고 있단 말인가. 그것으로 얻는 것이 무엇이란 말인가.

금녀는 참으로 이가 갈리지만 어머니의 괴로움에 비할 바가 아니다. 어머니의 고통이 한 섬이라고 한다면 딸의 그것은 한 홉도 안 되고 한 줌도 안 되는 것이었다. 그것이 전쟁 때문이었다. 6.25전쟁 때문이었다. 그런 고통이 어머니뿐이 아니고 아버지뿐이 아니고 그녀뿐이 아니라고 할 때 참 이 나라는 비극의 나라인 것이다. 다만 금녀의 이야기를 할 뿐이다.

금녀는 어머니의 고통스러운 삶을 지켜보며 병수발을 하고 팔이 되어주고 다리가 되어주고 아들이 되어주고 모든 것을 다 하여 줄 수가 있으나 아버지 역할은 해 줄 수가 없었다. 남편 역할은 해 줄 수가 없었다.

"우리는 왜 이렇게 살아야 하지. 이러다 말지는 않겠지."

"그럼요. 그럴 리가 없지요. 꼭 만나게 될 거에요."

"그래 그렇겠지. 그렇게 되겠지."

"그럼요. 염려마시고 오래만 사세요."

"내가 지금 만나면 아이를 낳을 수가 있을까. 안 되면 인공수정 같은 것도 할 수 있겠지."

"무엇이든지 다 가능해요. 다 어머니 뜻대로 될 거에요."

"그래도 나이가 있는데……"

얼마 전까지만 해도 그런 걱정도 하였다.

"아이를 사내 아이를 하나 낳아야 돼."

"왜 저 가지고는 안 되겠어요?"

"대를 이어줘야지. 남의 집 대를 끊어 놓으면 안 되지. 그보다 더 큰 불효가 어디 있어. 그것만은 면해야 되는데……"

"아 예. 그래서는 안 되지요. 그렇지 않을 거에요. 다 잘 될 거에요."

금녀는 조금 섭섭했지만 말은 그렇게 하였다.

어머니는 아들을 하나 낳아 신동호가 절종되지 않게 해야 된다고 생각하였다. 금녀 가지고는 안 되었다. 그것을 제일 큰 숙제로 생각하고 있는 것이었다. 신동호의 부모가 죽고야 그들의 제사에 금녀를 데리고 가서 참례하면서 조카들에게 그렇게 약속하기도 했다. 무슨 수를 써서라도 그렇게 하겠다고 공언을 하기도 하였다. 그것이 신동호의 집 안 방에 들어가는 구실이 되기도 하였다. 금녀를 데리고 들어가는 구실이었는지도 모른다. 그렇게 밀고 들어갔던 것이다. 그러나 남영회는 그런 구실을 만들기 위해서가 아니고 사실을 말한 것이고 절실한 소원을 말한 것이었다.

"어머니 제가 아들 열 몫을 할께요. 뭐든 원하는 것을 다 해 드릴께요."

"알았어. 알았어. 나는 너만 있으면 돼. 아버지는 없어도 돼. 네가 바로 아버지여. 너는 나의 모든 것이여."

또 그렇게 얘기하기도 하였다. 이제 명이 다 한 것을 알고 인 것 같았다.

"너는 나에게 금쪽이여. 금덩어리여. 구세주여. 네가 없었더라면 나는 한 시도 살 수 없었어."

"아버지는 꼭 돌아오실 거에요. 곧 오실 거에요. 안 오시면 제가 가서 모셔 올께요."

"그래. 그래야지."

"우선 제가 가서 만나뵙고 올게요. 조금만 기다리세요."

"그래. 정말 그래 주겠냐? 정말 네가 내 소원을 풀어주겠나?"

"예. 염려 마세요. 두고 보세요."

"그러니께 구세주지. 너는 나의 천주님이여. 하느님이여."

금녀는 어머니에게 희망이었다. 어머니 남영희의 마지막 소원을 이루어줄 수 있는 구세주였다. 철천지한을 풀어줄 수 있는 존재였다. 눈에 넣어도 아프지 않은 딸이었다. 무엇이든지 다 해 주고 싶었다. 그렇게 예쁠 수가 없었고 그렇게 착할 수가 없었다. 그렇게 귀할 수가 없었다. 보배였다. 금덩어리보다 다이아몬드 상자보다 값지고 빛났다. 금녀는 동호가 가고 난 뒤에 바로 들어섰고 그녀는 바로 동호 대신이었다. 신이 내린 딸이었다. 아니 신이었다.

금녀는 아버지가 올 때까지 결혼도 않겠다고 했다. 어머니와 같이 살겠다고 했다. 그러나 그것은 안 되는 일이었다. 학교도 제대로 못 보냈고 연좌제로 취직도 못했고 어머니 뒷바라지 해야지, 그러면서도 정말 열 아들 부럽지 않게 할 깃은 다 하였다. 못 한 것이 없었다. 결국 결혼도 하였다. 그것은 어머니의 간청에 의해서였다.

금녀에게 한이 많았다. 할 일이 많았고 밝힐 것이 많았다. 돈을 많이 벌고 좋은 집을 갖고 좋은 가정을 갖고 그런 것도 중요하였지만 우선 아버지를 찾고 어머니와 아버지를 만나게 하는 데 삶의 목표를 두었다. 특히 최근 10여년 동안 그랬다. 그로 인해 가정도 문제가 생겼다. 지난번에 북에 갈 때도 남편은 가지 말라고 하였다. 같이 가는 것은 물론 반대하였다. 그 전부터 소원한 사이가 되어 있기는 했다. 오로지 거기에만 매달리고 다른 일은 너무 소홀히 하기 때문이기도 했다. 대학에 떨어진 딸 자폐증 아들이 계속 문제를 일으키고 있는 상황에서도 아버지 찾기에만 주력하고 있는 것을 만류하였고 만날 확률이 없는 방북을 반대하였던 것이다. 남편 김홍수는 허황된 일을 쫓지 말라고 하였다. 그런데도 불구하고 금녀는 북에 다녀왔다. 남북 농민문학회 세미나에 참가하여 아버지에 대한 소재를 수소문해 보자는 것이었다. 물론 성과도 없이 돌아왔지만. 김홍수는 소설을 쓰는 같은 출판사의 이림과 동행인 것에 신경을 썼고 못마땅하게 생각을 하였다. 몇 번 지방 세미나를 갈 때마다 같이 갔었고 그것이 문제가 되었다. 전화 온 것을 번번이 대신 받게 되었던 것이고 그것을 부자연스럽게 끊고 변명을 하고 하였던 것이 의심을 사게 되었던 것이다. 노골적으로 의심을 하기도 하고 그것으로 불화를 빚기도 하였다.

다시 아버지를 만나기 위해 북에 간다고 하자 이번에도 그와 같이 가느냐고 묻기까지 하는 것이었다.

"그게 말이지요……"

이상하게 금녀는 둘러댈 수가 없었다.

왜 그렇게 솔직하게 다 얘기하였는지 몰랐다.

"기냐 아니냐 그것만 말해."

"그게 아니고요……"

주선을 그가 하여 주었던 것이다. 그가 계속 수소문을 하여 아버지의 소재를 알아내고 만남을 주선하여 주었던 것이다. 중국 북한 작가들의 도움을 받기도 하였다. 구 소련 작가회의 서기였던 여류소설가의 친분으로 북한을 두 번 다녀오게 한 노력의 결과이기도 했다. 그는 금녀의 간절한 숙원을 해결하기 위해 할 수 있는 최선을 다 하여 작품을 만들어낸 것이었다. 가능한 모든 인맥을 다 동원하였고 비용도 아끼지 않았으며 만나기도 하고 우편으로 메일로 닿는 연결을 다 하였던 것이다. 그것은 안타까운 금녀의 사정을 동정하는 차원을 넘어서 정말 사랑-그 이상이었다-이 아니고는 이루어질 수 없는 일이었다. 말하자면 그랬다. 그런데 왜 그런 것을 이실직고하였는지 몰랐다.

중개인이라고 할까 브로커가 아버지를 연변 산골 동네로 데려오기로 한 것이다. 돈을 주기로 하였다. 미화로 5,000 달러를 주기로 하였다. 비행기를 타고 가야 했다. 좌우간 아버지가 살아 있다는 것이고 결혼을 하지 않고 혼자 살고 있으며 어머니와 딸을 만나러 오겠다는 것이었다. 가서 사실이 아니면 돈은 안 주면 되는 것이었다.

정말 그렇게 기대하고 있었지만 그것이 현실이 되었고 아버지를 실제로 만날 수 있다고 생각되자 꿈만 같았다. 흥분이 되고 잠도 오지 않았다. 그런데 불화 중의 남편 김홍수는 외박이 잦았고 그 문제에 대하여 코방귀도 뀌지 않았다. 말을 들으려고도 하지 않고 고개부터 흔드는 것이었다.

"나는 반대니까. 돈도 없고. 가고 싶은 사람들끼리 가요."

"당신과 같이 가려는 거에요."

금녀는 사실을 말하였지만 남편을 곧이듣지 않고 오히려 화를 내는 것이었다.

"당신 말고 누가 갈 사람이 있어요. 돈은 제가 마련해 볼께요."

애들 하고 같이 갈 수도 있지만 그건 생각해보지도 않았다. 이림을 두고 비꼬아서 하는 말 같았다. 그런 것은 절대 아니었다. 말도 안 되었다.

더 말을 붙이지 않았다. 잘 못 하다가 정말 오해를 할 것 같았다. 큰 싸움이 될 것 같았다. 사실 경비도 문제였다. 중개인에게 주기로 한 돈과 비행기 값은 물론이고 잠도 자야 되고 밥도 먹어야 되고 남편과 같이 갈 경우 술도 먹어야 하고 차도 타고 다녀야 했다. 그것이 준비되어 있는 것도 아니고 통장에 얼마라도 저금이 있는 것도 아니었다. 빚을 낼 수도 있고 그녀의 입장은 집을 팔아서라도 가야 하는 것이었다. 가지 않을 수는 없는 것이었다. 일단은 돈이 문제가 아니고 만날 수 있는가가 문제인 것이다. 아직도 믿어지지가 않는다기보다 실감이 나지 않았다.

그런데 일이 참 이상하게 되었다. 남편은 안 간다고 미리부터 선언을 하고 아예 전화도 받지 않았다. 의처증이 있는 것 같기도 했고 다른 여자가 있는 것 같기도 했다. 그녀가 늘 치매의 어머니 있지도 않은 아버지만 찾고 민족이니 통일이니 꿈 같은 얘기만 하고 있고 시도 때도 없는 남자의 요구를 들어주지도 않고 하여 술만 먹고 들어오면 사람을 패고 걸핏하면 안 들어오고 입버릇처럼 헤어지자고 하였다.

며칠 들어오지도 않았다. 지방으로 내려간다는 것이었다. 남편의 얘기도 일리는 있었다. 어머니도 못 가는데 그런 돈을 들일 필요가 있느냐는 것이고 실지로 그 돈을 마련할 수도 없었다. 토목공사를 하는 김홍수로서는 일이 없어 놀고 있는 판에 지방으로라도 가서 일을 맡아 하겠다는 것이고 모처럼 일어설 수 있는 기회라고 하였다. 그러니 정 가고 싶으면 돈도 줄이고 혼자 가든지 가지 마라는 것이었다.

금녀는 가지 않을 수는 없었다. 그런 사정을 그에게밖에 얘기할 데가 없었다. 자주 만나 속을 터놓는 처지로서 2차 3차 심야까지 술자리를 옮기며 방법을 찾다가 같이 가자고 하였다. 술에 취해서 한 말이었다. 그런데 그는 정색을 하고 바라보는 것이었다.

"제가요? 정말이에요?"

"안 될까요?"

"뭐 안 된다기보다도 이상하지."

"같이 가 줘요. 혼자는 자신이 없어요."

단순히 도와달라기보다 시대의 희생양인 아버지를 위해서 아니 자신을 위해서 그녀와 같은 동류항들을 위해서 나서 달라고 부탁하였다. 그런 얘기였다. 논리가 서는지 몰랐다. 숙연하였다.

"허허허허…… 그래도 아무래도 이상한데……"

"소설은 이선생님이 쓰세요."

"글쎄……"

소설 때문만은 아니었다. 그러나 그러잖아도 그 소설을 쓰고 싶었다.

"그럼, 신랑 허락을 받아 외요."

"잘 아시면서 왜 그러세요? 여태 얘기했잖아요?"

신랑도 아니고 구랑이지만 허락을 해 줄 리도 없고 그러면 정말 이상하였다.

"알았어요. 까짓 거 소설을 한 번 써보지 뭐."

그는 비행기값은 자기가 내겠다고도 하였다.

남편하고는 끝내 연락도 안 된 채 연길 가는 비행기를 탔다. 아버지를 데려다 놓았다고 전화를 바꿔주는 것이었다. 확인을 하라는 것이었다.

이름은 신동호, 나이는 80세, 고향은 충북 영동군 용화면 상촌리 그리고 아내의 이름은 남영희, 나이는 81세…… 할아버지의 이름 할머니의 이름 나이, 친척들의 이름 나이 특징 등도 다 얘기하였다. 확인할 수 있는 사항을 또박또박 대었다. 틀림 없는 아버지였다.

그쪽에서도 이것 저것 물었다. 무엇보다 어머니가 살았느냐고 묻는다. 그렇다고 얘기하였다. 같이 오느냐고 하였다. 건강이 허락하는 한 모시고 가겠다고 하였다. 꼭 데리고 와야 한다고 하였다.

같은 날 오후 있는 비행기로 바로 떠났다. 그리고 연길 공항에서 50대의 조선족 중개인이 대절 택시를 대기시켜 놓고 기다렸고 거기서 압록강 강가의 촌락까지 다섯 시간을 달려 지붕이 나지막한 너와집의 뒷방에 머물고 있는 신동호를 만났다.

"아버지!"

금녀는 우선 와락 끌어 안고 울었다. 뭐 물어보고 확인하고 할 필요가 없었다. 자그마한 키에 얼굴은 찌들대로 찌들고 줄음이 가득했고 허리가 꼬부라진 농부 신동호 노인의 체구와 얼굴 행색 속에 모든 설명이 씌어 있었다. 당신이 신동호냐, 당신이 60년이 넘도록 애타게 남영희를 기다린 그 사람이냐, 그리고 뭐가 어떻고 뭐가 어떻고 시시콜콜하게 묻고 자시고 할 것도 없었다. 그 노인은 바로 금녀의 아버지였던 것이다. 그녀의 원형이었던 것이다. 그녀의 또 하나의 얼굴이 거기 있었던 것이다. 그렇게 애타게 기다리고 찾아 헤매던 장본인이었던 것이다.

"아버지! 왜 뭘 하고 여기 이러고 계신 거에요? 그렇게 애타게 기다렸는데……"

"어머니는 잘 있느냐"

안 왔느냐고 묻지 않고 그렇게 묻는 것이었다.

노련하게 한 단계 뛰어넘는 것이었다. 벌써 체념을 하였는지 모른다. 그리고 그제서야 금녀의 얼굴을 바라보며 묻는 것이었다.

"네가 정녕 내 딸이란 말이냐! 남영희의 소생이란 말이지!"

역시 물어볼 필요도 없었다. 묻는 것이 아니고 감탄하고 있었다. 빼다 꽂은 듯이 얼굴이 너무도 닮은 금녀를 계속 바라보고 있는 것이었다. 얼마나 그러고 있었을까, 옆에 말없이 앉아 있는 그에게 늦었다는 듯이 터실터실한 노동자의 손을 내밀어 만지며 말하는 것이었다.

"반가워요. 고마워요."

"예."

다른 말이 필요 없었다. 그는 어정쩡한 대로 신동호 할아버지의 눈물 어린 말에 무슨 토를 달 수가 없었다. 금녀가 얼굴이 뺄깋게 되어 미안한 눈빛을 보낸다. 그는 그저 고개를 끄덕하였다. 괜찮다는 것이었다. 할 수 없지 않느냐는 것이었다. 아무런 약속은 없었다. 그런 상황에 대하여 예상을 하지 않은 것은 아니었다. 그러나 뭐라고 말을 하지는 않았다.

"아이를 남매를 두었습니다. 딸은 곧 대학에 가게 됩니다. 데려오지 못하여 죄송합니다."

"참 장하구나! 이제 통일이 되면 만나겠지 뭐."

그러며 아버지는 딸을 다시 끌어 놓지 않는 것이었다. 그리고 눈물을 펑펑 쏟는 것이었다. 특히 금녀라는 딸의 이름을 몇 번이고 되뇌이며 그 금굴 속에서의 회억을 더듬는듯 눈을 감는 것이었다.

"그 전에 다시 만나야지요."

그가 웃음을 던지며 입을 열었다. 말을 아꼈다.

"어머니는 갑자기 편찮으셔서 못 오셨어요. 꼭 오고 싶어 하셨는데……"

금녀는 다시 그를 바라보았다. 그리고 그는 다시 고개를 끄덕였다. 그런 얘기도 없었다. 소설을 써주는 것이었다.

"그래애?"

"신동호는 금녀를 계속 바라보는 것이었다. 한참을 또 그러고 있다가 묻는 것이었다.

"시집 가지 않고 살고 있는 거야?"

그러며 웃는 것이었다. 미안한 물음이라는 뜻인가. 두 가지를 묻는 것이었다.

"그럼요. 아무리 다른 사람이 권해도 싫다고 하시고 많은 혼처가 있었지만 다 물리치셨어요."

"그래애?"

신동호는 계속 눈물을 흘리며 금녀를 바라보다가 그를 바라보다가 하는 것이었다.

"아버지는 어떠셨어요?"

그녀도 웃으면서 물었다.

"나야 물론 혼자 살았지. 그런 어머니를 두고 어찌 딴 생각을 할 수 있단 말이야. 밀고 들어오는 여자들을 다 물리쳤지. 좋은 시절은 다 지나갔고 이제 만날 일만 남았어. 그런데 언제 또 만나게 될지."

"곧 다시 만나게 될 거에요. 좌우간 건강하게 오래 사셔야해요."

그가 다시 한 마디 거들었다.

"예. 그래야겠는데. 그게 마음대로 하는 것이 아니지 않아요?"

"말씀 낮추세요."

사위에게 존댓말을 쓰는 것이 아니었다. 대부분 하게를 하였다. 그것은 북한에서도 마찬가지였다. 그러나 처음 보는 자리에서 말이 놓아지지가 않았다. 그러나 딸에게는 보자마자 핏줄을 느끼고 자식처럼 말하였다.

그는 이왕 연극을 하기로 작정한 것이니 다른 복잡한 생각은 하지 않기로 했다. 그렇게 자청한 것이었다. 금녀가 같이 가자고 한 데는 그런 것이 다 포함되어 있었는지 모른다. 전혀 그렇지 않았는지도 모른다. 일이 참 이상하게 된 것이었다. 느닷없이 금녀의 남편이 되어버린 것이었다. 그녀가 싫고 좋고가 문제가 아니고 그녀도 남편이 있지만 그도 아내가 있는 몸이었다. 남편이 있고 아내가 있고 없고도 문제가 아니었다. 그런 것이 신경 쓰이는 것이 아니었다. 어디까지나 연구인 것이었다. 이왕 연구을 하겠으면 제대로 하여야 했다. 미리부터 다 각본이 되어 있는 것은 아니지만 어떤 경우라도 다 생각을 안 한 것은 아니었다.

금녀의 처지를 누구보다도 잘 이해하고 있고 이해하려고 생각하고 있었다. 같은 일에 종사하는 선배로서 같은 문인으로서 그리고 자주 만나 속의 얘기를 털어놓으며 보일 것 안보일 것 다 보이며 지나는 사이로서 다른 누구보다도 금녀의 아픈 처지를 이해하고 힘을 합할 일이 있으면 해야 했던 것이다. 그냥 또 단순히 소설을 쓰고 시를 쓰고 하는 문인 작가로서가 아니고 민족이 어떻고 농민이 어떻고 하는 처지였다. 작품도 쓰는 것도 그랬지만 하는 일, 모임 단체 활동이라든지 출판도 그렇고 저술도 그랬다. 그것이 주제였고 화두였다. 술자리서 건배를 할 때도 '조국과 민족을 위하여' '땅과 흙을 위하여'라고 하였다. 그래서 지난 번 북에도 갔었던 것이고 이번에도 그가 다 주선한 것이다. 그 자신의 일처럼 이리 뛰고 저리 뛰고 하여 정말 한 사람이 할 수 있는 최선을 다 하여 이번 일도 성사시킨 것이었다. 같이 오기까지 한 것이고 금녀의 남편 대역까지 한 것이었다.

그는 그저 대답만 하였다.

"예에."

최후의 조찬

금녀도 이왕 이렇게까지 된 것 고마운 것은 나중이고 여러 가지 연극을 했다.

"사위가 마음에 드세요? 지금 출판사에 나가고 있어요. 사장이에요. 소설도 쓰고 있어요. 많이 팔리지는 않지만 책을 많이 내었어요. 알아주는 사람이에요."

  그녀는 그를 들었다 놓았다 하는 것이었다. 다른 것은 사실대로 얘기하였다. 갑자기 남편으로 둔갑을 한 데에는 두 사람 다 공통적인 느낌에서 비롯된 것이었다. 아버지 신동호는 언제 남으로 올 수도 없는 것이지만 딸이고 진짜 사위고 다시 북으로 갈 수도 없다는 것을 잘 알고 있었다. 통일이 되어야 뭐가 됐든 그런 것이 다 이루어지는 것인데 전혀 그런 기미가 없는 것이다. 아직 멀었다. 그러니 아버지를 이제 다시 볼 가망은 없는 것이다. 사지에 두고 가는 것이다. 아니 지상 낙원, 천국에 두고 가는 것이다. 그것을 그들뿐 아니고 아버지도 알고 있는지 몰랐다.

  그녀의 말에 장단을 맞추기라도 하듯이 울러메고 온 백 속에서 책을 두 권 꺼내 준다. 이미 싸인도 되어 있었다. '민족의 수난사 신동호 선생님께'라고 붓글씨로 얌전히 쓴 것이다. 벌써 떠날 때 준비한 것이다. 장편소설 「藍」이었다. 머리를 쪽지고 남빛 치마를 입은 색씨가 그려져 있는 표지였다. 금녀의 얘기를 쓴 것이었다. 그녀 어머니 얘기였다.

  "붉은 색과 푸른 색을 합치면 남색이 됩니다."

  "그게 어쨌다는 거에요"

  "태극기의 색깔을 가지고 얘기한 겁니다."

  신노인은 머리를 갸웃뚱하며 잊어버린 국기의 빛깔을 상상하는 것이었다. 그러나 그것을 합하여 남빛이 되고 그것이 무엇을 의미하는지를 터득하는데는 시간이 걸렸다. 그래 딴소리를 하였다.

  "아아니 질문을 했으면 답변을 들어야지."

  "예?"

금녀가 되물었다.

따지는 것이 아니었다.

"어떠냐고? 뭐 훤하구만. 네가 많이 째는 것 같다."

딴 소리가 아니었다. 사위가 훨씬 낫다는 것이고 딸이 못하다는 것이었다. 재미 있게 말 하려는 것인지 몰랐다. 사실을 얘기하는 것인지 몰랐다.

"잘 보셨어요. 제가 많이 부족해요. 그래도 저에게 잘 해 줘요. 제가 시를 쓰게도 해 주고 아버지를 찾는데 전념하게 해 주고 실은 아버지를 만나게 된 것도 이이 덕이에요. 저의 선생님이에요."

아까도 말했지만 다른 것은 사실대로 얘기하였다. 남편이 아닌 것 외에는. 이이라고 말하기까지 했다. 그래도 그는 눈도 깜작하지 않고 가만히 있었다. 그럴 필요가 없었던 것이다. 여기서 얘기한 것 벌어지는 일을 위성사진으로 찍어 대령하기 전에는 다른 누가 알 수도 없고 볼 수도 없기 때문이었다. 완전범죄라는 말이 있지만 그 반대형 완전소설이었다. 1회용 카메라였다.

"그래. 손자가 어떻게 생겼는지 보고 싶구나."

아버지 신동호는 그렇게 발전하는 것이었다.

"다음에 꼭 데리고 올께요."

"정말 그럴 수 있으면 좋겠구나."

"어머니도 모시고 올께요."

그 말에는 두 사람 딸과 사위를 물끄러미 바라보기만 하는 것이었다. 이미 무엇을 다 알고 있는 것 같기도 했다.

어머니는 아버지를 그리다 그리다 숨을 거두었다. 숨이 넘어갈 때까지 자신보다 아버지를 생각하였다. 나 죽었다고 하지 마라. 어디 여행 갔다고 하고 곧 돌아온다고 해야 돼. 아니 나 죽을 수는 없어. 손이라도 한 번 만져 봐야지. 입이라도 한번 맞춰 봐야지. 한번 보기라도 해야지. 그러지 않고는 눈을 감을 수 없어. 내 눈에 흙을 넣어서는 안 돼. 알았지. 알았어. 그러다 정말 어머니는 눈을 감지 못하고 숨을 거두었다. 몇 년 전의 일이었다.

금녀는 이제 아버지 놓아드린다고, 어머니는 돌아가셨다고 말하려고 하였다. 그러나 제지되었다

"저어……"

아버지는 화제를 돌리는 것이었다.

"우리 집은?"

소식을 아느냐는 것이었다.

"예. 제사 때 늘 가고 있어요. 조카들-그녀에게는 오빠 언니 동생들-이 여럿이에요."

할아버지 형제들은 다 세상을 뜨고 아들들 조카들도 밖으로 나간 사람들이 많지만 장손인 할아버지 할머니 제사를 지내고 있었다. 신동호의 제사도 지내자는 것을 그녀가 못하게 하였다.

"그래? 네가 제사에?"

정말 천만 뜻밖이라는 듯 아버지는 되물었다.

"예. 어머니가 절 데리고 가서 참례시켰어요."

그간의 여러 가지 사정 과정은 얘기하지 않았다. 그 말 대신 다른 말을 하였다.

"어머니는 늘 대를 이어주지 못하는 것을 죄스럽게 생각하고 아버지가 돌아오시기를 고대하고 계셨어요."

"그야 내 잘못이지. 어머니 잘못이 아니지."

아버지는 그러며 울음을 터뜨리는 것이었다.

얼마나 소리를 내어 우는 것을 기다려 그녀가 다시 말하였다.

"그것은 아버지 잘 못도 아니에요."

"그럼 누구 잘못이란 말이냐?"

"그 책임은 민족에게 있습니다. 이 시대의 잘못입니다."

듣고만 있던 그가 묵직하게 말하였다.T

"맞아요. 우리 잘못이 아니에요."

"내가 선택을 잘 못한 것이야."

"그래서 아버지가 총 맞아 죽는다고 뭐가 해결되는데요?"

신동호는 그래도 고개를 내저었다. 그러면서도 모든 그의 누명을 벗겨주는 판결이라도 하여 준 듯 모든 죄씻음을 하여 준 듯 홀가분한 기분이었다. 계속 고개를 저었다. 지금 할 수 있는 것은 다른 아무 것도 없었다.

"외가 집에는……"

"예. 외할아버지는 아직 살아 계십니다. 아버지가 목숨을 구해 주셨지요."

"뭐 그랬었지."

금녀는 선물 중의 하나인 성경과 찬송 책 싼 것을 들려주었다. 새것이 아니고 다 낡은 것이었다. 어머니가 갖고 다니던 것이었다. 그 말은 하지 않았다. 그 속에 어머니가 많은 메모를 하여 놓았다. 어머니의 삶이었고 사랑이었다.

아버지는 예쁘게 싼 것을 풀어서 훑어 보며 눈물을 뚝 뚝 흘리었다. 그리고 가슴에 안고 말하였다.

"이것을 가져 가게 할지 모르겠구나."

"하느님을 믿으면 다시 산다고 했어요. 다시 살아 어머니를 만나세요."

살아서는 어머니를 다시 만날 수가 없다는 말을 그렇게 하였다.

"그래. 어머니는 천주교 신자였지. 나도 그랬었고. 교회서 만났었지. 그리고 거기서 헤어졌지. 신부의 주례로 번개불에 콩 구워 먹듯이 혼배성사를 하고. 그 뒤 계속해서 교회를 나갔었나?"

"그럼요. 늘 제가 모시고 다녔지요. 어머니는 새벽에도 하루도 빠지지 않고 다녔어요."

"그럼 너도 신자냐?"

"그럼요. 아이들도 다 같이 다녔어요."

그러면서 옆을 바라보았다. 그는 그저 고개를 끄덕 끄덕 하여 주었다.

"그랬어요."

그녀를 바라만 보고 있는 아버지에게 다시 확인시켜 주었다.

그대신 아버지는 어떠냐고, 교회 성당을 나가고 있느냐고 물어보지 않았다. 대답을 못할 것 같아서였다.

"그래에. 참 장하구나."

교회, 거기가 마지막 헤어졌던 장소이다. 늘 거기서부터 생각하는 기억의 끈이었다.

"나는 교회에 안 나간 지 오래 되었다. 교회는 안 나가도 늘 하늘만 쳐다보고 살았어."

"그러셨어요."

"내 생전 통일이 될지 모르겠다. 그랬으면 얼마나 좋겠느냐. 통일은 우리 세대가 더 죽어야 된다고 하는 사람도 있지만 그래도 아직 포기할 수는 없다. 우리 두 식구 이렇게 만났으니 됐다. 너를 보니 엄마를 만난 것이나 다름없다. 엄마는 남겨 두어야 매일 밤 꿈에도 보고 하지 않겠느냐."

"예. 그래요. 느긋하게 생각하세요. 그리고 이제 아버지 해방시켜 드릴께요. 수절은 이제 그만 하세요."

금녀는 이번에는 웃으면서 말하였다.

"하하하하…… 그럴 수는 없지. 너희 엄마가 어떤 엄마냐. 내가 공주로 모시고 여왕으로 모셔야 하는데. 내가 어떻게 그럴 수가 있느냐. 그건 안 된다. 절대로 그럴 수는 없지."

신동호는 그 것을 확인이라도 하는 듯이 말하였다.

어머니에 대하여 해방을 시켜 주겠다고 한 말인데 그러니 그녀가 더욱 어머니의 죽음에 대하여 얘기할 수가 없었다.

어머니가 몸이 아파서 못 왔다고, 올려고 다 준비하였었다고 얘기했었다. 달리 얘기할 수도 있었다. 사실을 얘기할 수도 있었다. 그러나 굳이 그럴 필요가 없었다. 아버지를 이제 다시 만날 수는 없을 것이므로 마음을 편하게 해주는 것이 좋을 지도 모른다. 아버지를 만나는 것이 목적이고 어머니의 얼굴을 빼 꽂은 딸의 얼굴을 보여주는 것이 중요하였다. 이 세상에 없는 어머니 대신, 다시 만날 수 없는 아버지에게.

그래 한 방에서 같이 잤다. 그녀 아버지와 같이. 그도 옆에 같이 누었다. 신랑이 둘인 것 같았다.

"내 딸 참 잘 자랐구나. 금쪽 같은 내 딸 금덩어리 같은 내 딸이야."

아버지는 그녀를 어머니 대신 끌어안았다.

"내가 금덩어리면 엄마는 뭐예요?"

딸은 아버지의 터실터실한 수염까지 애무를 하며 말하였

다. 그리고 그리던 연인이었다.

"엄마는, 엄마는 다이아몬드 다발이지."

"보석이 그렇게 크면 값지지 않지요."

"그럼 뭐라고 할까 하늘의 별과 같은 존재지."

아버지는 그러며 어스러지도록 금녀를 안는다. 그 때 그 굴 속에서의 어머니로 대입되었는지 몰랐다. 마구 불덩어리가 튀는 것 같았다.

대단한 힘이었다. 그녀 비해 훨씬 억세었다. 80 노인의 완력 같지 않았다. 정력이 끓어 넘치는 젊은이 같이 우람하였다.

금녀는 정말 솔직히 그것을 느끼며 말하였다.

"왜 그런 줄 아나?"

"정말 웬 일이세요?"

"나는 아직 그 때 그 나이로 있어."

"어떻게 그럴 수가 있었지요?"

"얘기가 길어. 밤새 얘기해도 다 못해. 딸한테는 얘기할 수도 없어."

"그런데 그것이 가능할까요?"

"이렇게 가능하잖아?"

그러며 딸을 으스러지도록 끌어안아 보이는 것이었다. 그리고 그것으로 증명이 안 될 것 같은지 자리에서 벌떡 일어나 몸을 엎드려 뻗쳐서 짚은 팔을 구부렸다 폈다 하는 팔굽혀펴기 운동을 하는 것이었다. 100번도 더 할 수 있다는 것이었다. 참 대단하였다. 그리고도 여러 가지 예를 들어준다. 또 하나의 신랑은 코를 골고 자고 있었다.

이튿날 아침 느시막하게 아침 식사를 하였다. 너러 가시

반찬이 많았다. 한 중 혼합 식단이었다. 된장찌개 김치 콩나물에 밥도 있고 꽃빵과 만두에 잡채도 있었다. 떡 벌어진 한 상이었다. 그녀가 특별히 시켰다. 부로커-소개인이 식사는 따로 하면서 포도주를 한 병 가지고 왔다. 집에서 담은 것이라도 했다. 그러면서 시간 많으니까 서둘지 멀라고 하였다. 저승사자 같았다. 압록강을 건너게 해 줄 사람이었다. 그 비용을 약속대로 이미 주었다. 3천 달러였다.

"천천히 드시라요."

숟갈을 들기전에 술을 한잔씩 따랐다. 금녀는 아버지 옆에 앉았다.

"무얼 한 말씀 하셔요."

그녀는 아버지에게 건배사를 하라고 하였다.

세 사람이 잔을 높이 들었다.

"이거 무슨 생일 잔치 같구만. 최후의 만찬 같기도 하고."

"아침이니까 조찬입니다."

금녀가 정정하였다. 최후의 조찬이었다. 정말 이제 다시 만날 수도 없을 것 같았다.

"그렇지. 조찬이지. 자, 우리 날래 다시 만나자구. 그러자면 남북 통일이 되야갔지. 그런 의미에서 통일을 기원하는 뜻을 담아 건배를 하자고. 통일을 위하여 건배!"

맥주 잔에 반 쯤 따른 포도주잔을 들고 깨질 듯이 부딪었다.

"건배!" "건배!"

술을 한 목음 마셨다. 신동호는 홀짝 다 마셨다.

금녀는 아버지의 빈 잔에 술을 따르고 다른 사람 잔에도 첨작을 하였다. 그리고 그에게도 한 마디 하라고 하였다.

"민족을 위하여! 이 아픈 시대를 위하여!"

또 잔을 부딪었다. '조국과 민족을 위하여'에서 조국은 빼놓았다. 어느 조국이냐 말이다.

그녀도 한 마디 하였다.

"아프니까 민족이다. 멀리 계신 어머니를 위하여!"

그러며 그녀는 마구 우는 것이었다. 신동호도 따라 울었다.

만찬은 줄지 않았다. 두 사람은 울기만 하고 한 술도 뜨지 못 하였다.

부녀는 얼굴이 뻘개져 가지고 애무를 하였다. 그게 영원한 이별의 인사였다.

이윽고 뱃군들이 심청이를 데리고 가듯이 부로커는 신동호를 차에 태워가지고 갔다. 그리고 또 한 대의 대절 승용차가 그들을 싣고 공항으로 달렸다.

두 대의 중국 영업용 승용차는 압록강 가에서 갈라져 달렸다.

손은 차 안에서 흔들었다.

이동희 창작집
아직 끝나지 않았다

2011년 8월 1일 1쇄 인쇄
2011년 8월 10일 1쇄 발행
지은이   이동희

발행인   심보화
펴낸곳   도서출판 풀길

서울 종로구 연건동 304
전화 567-9628 (팩스겸용)
등록 제300-2002-160호

ISBN 978-89-86201-26-0 03810
Printed in Korea 2011 ⓒ 이동희
저자와의 협의에 의해 인지 생략

값 10,000원
잘못된 책은 바꿔 드립니다.